U.G.E. 10/18
12, avenue d'Italie — Paris XIIIe

Du même auteur
dans la collection 10/18

LA PLUME DU CORBEAU, n° 2307
MISS SILVER ENTRE EN SCÈNE, n° 2308
MISS SILVER INTERVIENT, n° 2362
LE POINT DE NON-RETOUR, n° 2363
LES LÈVRES QUI VOIENT, n° 2407

PLEINS FEUX

PAR

PATRICIA WENTWORTH

Traduit de l'anglais
par Patrick BERTHON

10 18

« Grands Détectives »
dirigé par Jean-Claude Zylberstein

SEGHERS

Si vous désirez être régulièrement tenu au courant
de nos publications, écrivez-nous :
Éditions 10/18
12, avenue d'Italie
75627 Paris Cedex 13

Titre original :
Spotlight

ISBN 2-264-01935-2

1

Lorsque Dorinda Brown franchit la porte du Club des Bruyères à quatre heures de l'après-midi ce 8 janvier, elle ne se doutait certes pas qu'elle venait de s'engager dans une voie qui allait la mener dans bien des endroits étranges. Si quelqu'un lui avait dit cela, elle n'eût fait qu'en rire. Elle avait le rire facile, d'ailleurs, et elle s'y abandonnait en renversant la tête en arrière, en plissant les yeux et en offrant généreusement aux regards des dents blanches et parfaites. N'importe qui, doté d'un caractère moins facile, aurait pu se froisser de la remarque de Justin Leigh qui lui avait dit que lorsqu'elle riait à gorge déployée, il pouvait vraiment les compter. Dorinda avait ri de plus belle et avait répondu : « Eh bien, elles sont toutes là. »

Le Club des Bruyères n'était pas un club à proprement parler. On pouvait le considérer soit comme une pension pour dames seules, soit, avec une bonne dose d'optimisme, comme un hôtel « privé ». Miss Donaldson, qui présidait à sa destinée, estimait faire montre à la fois de patriotisme et de raffinement en dénommant ainsi son établissement et en exposant dans l'entrée sombre et étroite un grand vase rempli de bruyère d'Écosse. Mais peut-être valait-il mieux se dispenser du mot « privé », car l'intimité était une des choses que le Club était tout à fait incapable d'offrir à sa clientèle. C'était une grande bâtisse située dans un quartier qui avait connu des jours meilleurs ; ses vastes salles avaient été découpées en si menues portions qu'on eût dit des tranches d'une pièce de viande de belle taille. Chaque tranche était juste assez large pour contenir un lit étroit et laisser à son occupante la place pour entrer et sortir. Quelques-unes des tranches partageaient une fenêtre, les autres ne disposaient que d'une étroite ouverture qui ne laissait pas passer l'air lorsqu'il faisait chaud mais laissait filtrer un courant d'air glacé que l'on recevait sur la nuque lorsqu'il faisait froid. Dorinda avait une tranche avec une ouverture. En traversant le hall, elle rencontra miss Donaldson, grande, osseuse et d'aspect austère. Mais cette austérité n'était qu'une façade. Elle impressionnait les nouvelles venues, mais personne n'était dupe bien longtemps. Cet aspect redoutable, ces cheveux tirés, ces sourcils touffus abritaient un être simple et affable qui ne demandait rien d'autre à la vie que de pouvoir suffire à ses besoins.

— Oh, miss Donaldson, dit Dorinda, je l'ai eue !

— La place que vous cherchiez après ?

Vingt années passées à Londres n'avaient pas réussi à supprimer le parler écossais d'Euphemia Donaldson.

Dorinda hocha la tête.

— Je l'ai eue !

— Ce ne serait pas en Écosse par hasard ?

Dorinda secoua la tête.

Une lueur désenchantée passa dans le regard de miss Donaldson.

— Je pensais que si vous aviez de la famille là-bas, ce serait bien...

Dorinda secoua à nouveau la tête.

— Mais je n'en ai pas.

Miss Donaldson parut déçue.

— C'est étonnant aussi, et vous qui êtes si jeune. Tenez, moi, par exemple... ça fait plus de vingt ans que je suis venue dans le Sud, et j'ai trente-cinq membres de ma famille en Écosse... en comptant les cousins au troisième et quatrième degré.

Ses *r* étaient semblables à un roulement de tambour.

Dorinda éclata de rire.

— Je ne comptais pas les cousins.

— Ah, votre mère était anglaise, vous m'avez dit... c'est pour ça. Et ce Mr. Leigh qui vous a appelée une ou deux fois, il serait du côté de votre mère ?

— Bien éloigné, répondit Dorinda. Vous voyez... suffisamment pour être un cousin si l'on veut qu'il en soit ainsi, et pour ne pas faire partie de la famille si on ne veut pas.

En réponse, miss Donaldson grommela le vieux mot écossais « Imphm », qui signifie absolument tout ce que l'on veut. Dans le cas présent, il signifiait qu'elle voyait ce que Dorinda voulait dire et qu'elle était loin d'abonder dans son sens.

— La famille peut être excessivement désagréable, ajouta-t-elle en produisant un nouveau roulement de tambour, mais la voix du sang parle plus haut que les autres, et on peut compter sur elle en cas de besoin.

Dorinda estima que l'honneur était satisfait. Elle la gratifia d'un large et charmant sourire et se mit en mouvement.

— J'allais justement téléphoner.

Miss Donaldson prit le temps de faire « Imphm » avant de se retirer dans le trou sombre qu'elle appelait son bureau. Dorinda bondit dans la cabine téléphonique et referma la porte. C'était le seul endroit de toute la maison où l'on pouvait parler à l'abri des oreilles indiscrètes. Dans les tranches séparées par des cloisons, on entendait absolument tout ce que les gens faisaient à l'intérieur des quatre murs de ce qui avait été jadis une vaste pièce. Dans le hall, dans les couloirs, dans la salle à manger, dans le petit salon, il y avait sans cesse des gens qui allaient, venaient et écoutaient... écoutaient surtout. La vie semblait se résumer à cela pour quelques-unes des vieilles dames. Elles rassemblaient tout ce qu'elles avaient pu entendre et échangeaient leurs informations le soir, en formant un cercle compact autour du feu. Même lorsqu'on prenait un bain, elles entendaient le bruit de l'eau que l'on tirait et le gargouillis qu'elle produisait en s'écoulant. Elles pouvaient donc immédiatement savoir si quelqu'un s'attribuait plus que sa part. Les mauvaises langues s'en étaient donné à cœur joie à propos de Judith Crane qui prenait effectivement deux bains par jour, mais qui, heureusement, était partie au bout d'une semaine. La cabine téléphonique était parfaitement insonorisée. Cela amusait toujours Dorinda de voir les gens parler derrière la vitre, ouvrant et fermant la bouche comme des poissons dans un aquarium, mais lorsque l'on était soi-même enfermé à l'intérieur, on se sentait plutôt bien, comme si l'on évoluait dans l'intimité d'un petit monde clos. Et l'on ne s'y sentait pas seul puisqu'il suffisait d'actionner le cadran magique pour partager cette intimité avec qui l'on voulait... dans les limites du possible, bien sûr.

Dorinda composa son numéro, introduisit ses pièces et attendit. Si quelqu'un était passé à ce moment, il eût contemplé un spectacle bien agréable. Il y a tant de visages tristes, tant de visages fatigués, ridés, maussades, grincheux, irascibles, qu'il est réconfortant d'en voir un à l'aspect souriant. Dorinda était presque toujours souriante. Même lors de son unique visite chez un dentiste, où elle avait pourtant été intimidée en son for intérieur à la vue des instruments étranges et quelque peu effrayants qui semblaient guetter son arrivée, elle avait réussi à sourire. Elle traversait la vie en souriant, parfois avec détermination, mais la plupart du temps d'une manière agréablement spontanée, et lorsqu'elle souriait, ses yeux souriaient également.

Ils brillaient et prenaient une couleur dorée lorsqu'elle était très contente ou lorsqu'elle se trouvait en présence de quelqu'un qu'elle aimait bien. Elle avait des cheveux châtains à reflets dorés et très épais. Justin Leigh avait dit un jour qu'ils étaient de la couleur du noyer. Il avait expliqué gentiment et avec un brin de condescendance qu'il ne voulait bien sûr pas parler de la couleur du fruit, mais de celle du bois poli. Dorinda, qui avait dix ans à l'époque, était restée un long moment devant le bureau en noyer du salon, essayant de déterminer si Justin avait voulu dire qu'il aimait ses cheveux. Elle avait appliqué sa tresse contre le bois et elle la contemplait. Il y avait sans aucun doute dans ses cheveux les mêmes teintes que dans le bois, et lorsqu'ils étaient bien brossés, ils brillaient de manière tout à fait semblable. Elle prit soin par la suite de les brosser très fréquemment. Mais elle n'aimait pas sa tresse, car toutes les autres filles à l'école avaient les cheveux courts. Alors, avec simplicité et sans hésitation, elle s'était emparée des ciseaux de couturière de sa Tante Mary et elle l'avait coupée. Elle avait souri pendant toute la pénible scène de famille qui en avait résulté, rassurée par le fait qu'ils ne pouvaient pas la remettre en place. Elle avait le teint vif et rose, deux fossettes, une belle bouche et des lèvres charnues naturellement assez rouges pour se passer de rouge à lèvres. Pour le reste, elle mesurait un mètre soixante-cinq sans chaussures, et elle était dotée de courbes agréables sans être grasse toutefois.

Il y eut un bruit de friture, puis Justin Leigh dit : « Allô ! » du ton cultivé, voire un peu blasé avec lequel il avait coutume de s'exprimer au téléphone.

— C'est moi, dit Dorinda, sans s'embarrasser d'autres détails.

— Qui ça, moi ?
— Moi ! Écoute... j'ai trouvé du travail.
— Ah, bon ? Quel genre ?
Il ne semblait guère manifester d'enthousiasme. Mais Dorinda se refusait à croire que quiconque puisse réagir ainsi alors qu'elle-même était rayonnante et se sentait tout excitée.
Elle se mit à déballer précipitamment toute son histoire.
— C'était une petite annonce. Une des autres filles me l'a montrée pendant l'heure du déjeuner... je veux dire de son déjeuner, pas le mien. Elle travaille dans un bureau...
— Tu ne déjeunes pas ?
— Eh bien, en général, si, mais je n'ai pas eu le temps aujourd'hui, parce qu'elle m'a montré l'annonce, et je me suis tout de suite précipitée à l'adresse qu'ils donnaient, le Claridge... et quand je suis arrivée là-bas, il y avait une demi-douzaine d'autres filles qui faisaient la queue et que cela n'avait pas l'air d'enchanter, si tu vois ce que je veux dire. Alors, je me suis dit : « Eh bien, si ça a été comme cela toute la journée, je n'ai pas l'ombre d'une chance. »
— Et c'était vrai ?
— Je crois bien, parce que j'étais la dernière à monter et Mrs. Oakley m'a dit que la tête lui tournait. Il y avait une rousse qui sortait quand je suis entrée, et quand elle m'a vue dans le couloir, elle a tapé du pied en disant d'une de ces voix perçantes et qui portent bien : « Un boulot pourri... que je n'accepterais pas pour un empire. » Et puis elle a souri et elle m'a dit : « Enfin, je suppose que si, mais je finirais par lui couper la gorge et la mienne en même temps, et celle de tous ceux qui me tomberaient sous la main. »
Justin manifesta quelque intérêt... à sa manière.
— Que peut-on dire à une parfaite étrangère qui,

dans un couloir du Claridge, se répand en confidences à propos d'égorgements ? C'est le genre de rencontres excitantes qui ne m'arrive jamais. Tu m'intrigues fort. Que lui as-tu dit ?

— Je lui ai dit : « Pourquoi ? »

— Quelle présence d'esprit !

— Et elle a dit : « Allez donc voir vous-même. Je n'accepterais pour rien au monde, à moins d'être vraiment dans la dèche. » Et je lui ai dit : « Eh bien, c'est le cas. »

— Et c'est vrai ?

Sans se départir le moins du monde de sa gaieté, Dorinda répondit :

— A peu près.

— Est-ce la raison pour laquelle tu n'avais pas le temps de déjeuner ?

Il entendit son rire fuser.

— Oh, de toute façon, ça n'a plus d'importance maintenant, puisque j'ai décroché la place. Je suis entrée et Mrs. Oakley était allongée sur un canapé et tous les stores étaient baissés, à l'exception d'un seul qui faisait comme un spot dirigé sur l'endroit où il fallait s'asseoir pour se faire inspecter des pieds à la tête. Cela m'a un peu donné l'impression d'être sur une scène sans avoir ni le bon costume, ni maquillage, ni rien.

— Continue.

— Au début, je ne voyais pas grand-chose, mais elle avait l'air de pleurnicher. Puis, quand je me suis habituée à la lumière, j'ai vu qu'elle avait de longs cheveux blonds qu'elle entretenait soigneusement... elle ne les laissait pas grisonner, tu vois le genre. Je lui ai donné une quarantaine d'années. Et elle faisait toujours enfant gâté... enfin, ce style. Avec un déshabillé rose pâle absolument divin, comme on n'en voit que dans les films et un petit flacon doré contenant des sels.

— Qui est-ce ?

— Mrs. Oakley. Son mari est financier. Il se prénomme Martin. Ils ont une fortune énorme et un petit garçon de cinq ans. Il se prénomme Martin aussi, mais ils l'appellent Marty, ce qui est absolument épouvantable pour un petit garçon, tu ne crois pas ?

— Si, si. Continue.

Dorinda continua :

— Eh bien, au début elle s'est lamentée en disant que ce défilé de filles lui avait fait tourner la tête. Alors je lui ai demandé si aucune d'elles ne faisait l'affaire. Elle m'a répondu que non... que c'était leurs voix qui n'allaient pas. Il lui fallait une voix qui ne lui ébranle pas les nerfs, et la dernière fille était un véritable volcan. Je lui ai demandé ce qu'elle pensait de ma voix, parce que si elle lui agaçait les nerfs comme les autres, ça ne servirait à rien que je reste sous un spot à perdre mon temps. Elle a respiré ses sels un grand coup et elle m'a dit qu'elle pensait que j'avais une personnalité lénifiante. Après cela, nous avons continué à faire connaissance, et elle me donne trois livres par semaine !

Justin manifesta un manque d'enthousiasme décevant.

— En quoi consiste le travail... qu'es-tu supposée faire ?

Dorinda gloussa.

— Elle appelle ça être sa secrétaire. Je pense que je ferai tout ce qu'elle est trop fragile pour faire elle-même... prendre des notes, arranger les fleurs, répondre au téléphone quand c'est quelqu'un qui insiste pour lui parler personnellement. Elle a passé un bon moment à m'expliquer cela. Il y a des moments où ses nerfs ne peuvent même pas supporter la voix d'un ami intime et il faut qu'elle soit fraîche lorsque Martin arrive le soir. Et puis je surveille Marty quand sa gouvernante prend un après-midi de congé et... oh, enfin, tout ce genre de choses.

— Et, où tout cela se passe-t-il... au Claridge ?

— Oh, non. Elle a ce qu'elle appelle une maison de campagne dans le Surrey. Comme il y a elle-même, et lui, et Marty, et sa gouvernante, et moi, et les domestiques, et qu'ils ont l'intention d'avoir des invités tous les week-ends, je suppose que c'est immense. En tout cas, cela s'appelle la Ferme du Moulin, et nous y descendons demain.

Après un silence, Justin dit d'un ton où sa réticence était perceptible :

— Cela sent l'humidité... de l'eau dans les caves et de la rosée sur les chaussures au matin.

Dorinda secoua la tête.

— Ce n'est pas ce genre de moulin... en tout cas d'après elle. C'est au sommet d'une colline. Il y avait jadis un moulin à vent, mais il est tombé en ruine et quelqu'un a construit cette maison. Je t'écrirai pour te dire comment elle est. M'as-tu entendu dire que je descendais demain ?

— Oui. Tu ferais mieux de dîner avec moi ce soir.

Dorinda éclata de rire.

— Je ne pense pas pouvoir.

— Et pourquoi ne penses-tu pas pouvoir ?

— Eh bien, je devais dîner avec Tip, mais je lui ai dit que je n'irais pas à moins que Buzzer ne vienne avec nous, et je ne sais vraiment pas...

Justin l'interrompit d'un ton supérieur :

— Pas de ça, veux-tu ! Je passerai te prendre à sept heures et demie.

2

Martin Oakley sortit du bureau de Gregory Porlock et referma la porte. La main posée sur le bouton, il laissa s'écouler environ une demi-minute, comme s'il hésitait un peu à le tourner et à entrer de nouveau. C'était un homme mince et dégingandé, au teint jaunâtre, au front dégarni, aux yeux sombres et légèrement voilés. Il se décida enfin et, les sourcils froncés, descendit l'escalier sans attendre l'ascenseur. Si Dorinda Brown avait été là, elle aurait été frappée par sa ressemblance avec le petit garçon brun à l'air renfrogné qu'elle avait croisé en sortant de la suite de Mrs. Oakley. Mais Dorinda n'était pas là... elle était au Club des Bruyères, en train de téléphoner avec ravissement à Justin Leigh. Il n'y avait donc personne pour remarquer cette ressemblance.

A l'intérieur de la pièce que Martin Oakley venait de quitter, Gregory Porlock, d'aspect extrêmement séduisant, tenait contre son oreille un récepteur téléphonique et attendait qu'au bout du fil Mr. Tote dise : « Allô ! » Tout dans ce bureau était harmonieux et confortable et c'était ce qui se faisait de mieux dans le genre. Mr. Porlock se parait du nom d'Agent d'affaires et pour quiconque pénétrait dans cette pièce, il était hors de doute que son agence était une affaire florissante. De la moquette qui recouvrait le sol aux trois ou quatre tableaux accrochés aux murs, tout était frappé au coin du bon goût que seul autorise un compte en banque bien garni qui peut se dispenser d'ostentation vulgaire. Ce luxe était empreint de sobriété. Il en était de même des vêtements de Gregory Porlock. Déjà d'une qualité remarquable, non seulement ils n'avaient aucune imperfection physique à compenser, mais ils se trouvaient en fait mis en valeur par les avantages dont la nature avait pourvu leur possesseur. C'était un très bel homme dont le teint rubicond offrait un contraste prononcé et réussi avec ses yeux sombres et ses cheveux gris acier très épais. Il pouvait avoir dans les quarante-cinq ans et il est probable qu'il pesait une douzaine de kilos de plus que dix ans auparavant, mais cela lui allait bien et il les portait avec beaucoup de distinction.

Il y eut de la friture sur la ligne et Mr. Tote dit : « Allô ! » Gregory Porlock sourit avec autant d'affabilité que s'il avait été en présence de Mr. Tote.

— Allô, Tote... comment allez-vous ? Gregory Porlock à l'appareil.

La ligne grésilla de nouveau.

— Et Mrs. Tote ? J'aimerais vous avoir tous les deux ce week-end... Mon cher ami, je n'admettrai pas de refus de votre part.

Il y eut encore un bruit de friture. L'écouteur collé à l'oreille, Gregory Porlock entendit Mr. Tote s'excuser.

— Je ne pense vraiment pas que ce soit possible... ma femme n'est pas très en forme...

— Mon cher ami, je suis désolé d'apprendre cela. Mais vous savez, un peu de changement parfois... et même si la Grange est une vieille maison, il y a le chauffage central dans toutes les pièces et je vous promets de bien la chauffer. De plus, les invités seront charmants. Connaissez-vous les Martin Oakley ?

— J'ai déjà rencontré Oakley.

Gregory Porlock se mit à rire.

— Mais pas sa femme ? Alors nous sommes dans le même cas. Ils ne dormiront pas à la Grange car ils viennent juste d'emménager dans une maison qu'ils ont achetée à côté de chez moi. Une bâtisse immense et affreuse. Mais ne racontez pas à Oakley que j'ai dit cela... il pense que c'est très vivifiant. Je vais seulement les inviter à dîner. Ce sont mes plus proches voisins, alors je dois m'arranger pour faire connaissance avec Mrs. Oakley. Il paraît qu'elle est jolie. Alors... vous venez, n'est-ce pas ?

Il entendit Mr. Tote déglutir.

— Je ne pense pas que nous puissions...

— Mon cher Tote ! Oh, à propos, vous avez ce mémorandum que je vous ai envoyé avec... la date et le lieu ? Eh bien, j'en ai un ou deux autres susceptibles de vous intéresser. J'avais pensé que si vous descendiez, nous pourrions discuter amicalement de tout cela. Je pense vraiment que ce serait une excellente idée... vous ne croyez pas ? Oh, merveilleux ! Je m'en réjouis à l'avance. Au revoir.

Il raccrocha et composa presque immédiatement un autre numéro. Cette fois, ce fut une voix de femme qui répondit.

« Moira Lane à l'appareil. » Une jolie voix, beaucoup plus élevée dans l'échelle sociale que celle de Mr. Tote.

Gregory Porlock ayant décliné son identité, il y eut un échange de politesses. Miss Lane fut conviée à se joindre aux invités du week-end, et elle accepta avec empressement.

— J'en serais absolument ravie ! Qui avez-vous d'autre ?

— Les Tote. Vous ne les connaissez certainement

pas, et vous n'aurez guère envie de faire leur connaissance. Mais j'ai besoin d'avoir une discussion d'affaires avec lui.

— Ne s'agit-il pas d'un de nos nouveaux riches ?

— Très exactement. En voyant les bijoux qu'elle porte, on a de la peine à en croire ses yeux.

Moira éclata d'un rire charmant.

— De quoi a-t-elle l'air ?

— D'une souris blanche.

— Mon cher Greg !

— Vous n'aurez pas besoin de lui parler. Parmi les autres invités, il y aura Mr. et miss Masterman... ils sont frère et sœur... et ils viennent d'hériter la fortune d'une vieille cousine.

— Il y a des veinards, fit miss Lane avec un accent de sincérité.

— Peut-être y en aura-t-il pour tout le monde..., répondit-il en riant, on ne peut pas savoir, n'est-ce pas ?

— Qui d'autre ?

— Ah, oui... Leonard Carroll pour vous.

— Greg chéri ! Pourquoi pour moi ?

— C'est ce que j'ai trouvé de mieux assorti à une petite merveille dans votre genre.

— Mon pauvre ami ! Nous approchons tous deux à grands pas de la trentaine.

— Quel âge délicieux ! Si je puis me permettre d'employer une image de notre enfance, c'est l'âge où l'on a dépassé le stade de la tartine beurrée et où l'on commence à apprécier le gâteau.

Il l'entendit lui envoyer un baiser.

— Len vient vraiment ? La dernière fois que je l'ai vu, il m'a dit qu'il avait des contrats pour plusieurs mois. Voilà ce que c'est d'être un comique en vogue !

— *Le* comique en vogue, vous voulez dire. J'ai l'impression qu'il n'apprécierait pas tellement ce

« un ». Mais... oui, c'est sûr, il viendra. Bon, alors, à bientôt.

Il raccrocha avec un charmant sourire.

Quelques instants plus tard, il composa un autre numéro.

— Je suis bien au Luxe ?

— Oui, monsieur.

— Euh... Mr. Leonard Carroll a-t-il terminé son numéro ?

— Eh bien, monsieur, je pense qu'il vient juste de terminer.

— Pourriez-vous envoyer quelqu'un le prévenir que j'aimerais lui parler ?... Gregory Porlock. J'attends.

Il eut un petit moment à attendre. Pour faire passer le temps, il se mit à fredonner un vieil air écossais. Puis les paroles de la chanson succédèrent au fredonnement :

« Cet amour que j'avais choisi
Me remplissait le cœur de joie.
La mer salée sera gelée
Avant que je m'en repente.
Jamais ne m'en repentirai
Avant mon dernier soupir.
Mais le plat pays de Hollande
T'a détachée, ma mie, de moi. »

Un air charmant sur un mode mineur, qu'il interprétait doucement d'une belle voix de baryton. Il eut le temps de reprendre le refrain avant d'entendre Leonard Carroll dire « Allô » au bout du fil.

Gregory Porlock remarqua qu'il semblait légèrement essoufflé.

— Mon cher ami, j'espère que je ne vous ai pas fait courir.

— Pas du tout. Que voulez-vous ?

— Mon cher ami ! — Le ton de Gregory exprimait une protestation pleine de bonhomie. — Mais, bien sûr… je suppose que vous êtes débordé de travail. Pas de temps à me consacrer… hein ?

— Je n'ai pas dit cela.

Gregory se mit à rire.

— Eh bien, j'espère que ce n'est pas ce que vous vouliez dire. Toute plaisanterie à part, je vous ai appelé pour savoir si vous pouviez venir passer le week-end chez moi.

— Absolument impossible.

— Mon cher Carroll, vous êtes trop impulsif. Vous savez, je vous soupçonne d'être un peu surmené et si vous ne vous ménagez pas, vous allez avoir besoin d'une très longue période de repos. Dans votre propre intérêt, il ne faut pas laisser les choses en arriver là… vous connaissez le proverbe : qui veut voyager loin… Je vous attends samedi.

— Je vous ai dit que je ne pouvais pas y aller.

Carroll ne faisait visiblement pas le moindre effort pour se montrer poli.

Gregory ne se départit point de son sourire.

— Quel dommage ! A propos, si vous avez un peu de temps pour lire, j'ai quelque chose qui est susceptible de vous intéresser. Un type nommé Tauscher. Des révélations extraordinaires. Seulement, voilà… je ne pense pas que vous ayez le temps.

Il y eut un silence prolongé avant que Carroll ne se décide à dire d'une voix lente et traînante :

— A moins que je ne puisse me libérer pour un week-end.

— Eh bien, dans ce cas, mon cher ami, c'est très simple. Venez donc me voir samedi et j'arrangerai les choses pour Tauscher.

Il y eut un nouveau silence.

— D'accord, répondit-il de la même voix lente.

Gregory Porlock entendit un déclic au bout du fil. Leonard Carroll avait raccroché.

Il avait encore un coup de téléphone à passer. Lorsqu'une voix de femme lui répondit, il demanda à parler à Mr. Masterman. La voix féminine reprit d'un ton dénué d'amabilité :

— Il est occupé. Je peux prendre un message.

Gregory Porlock eut un rire léger et distingué.

— Mais naturellement... c'est miss Masterman ! C'est idiot de ma part ! Je n'avais pas reconnu votre voix. Gregory Porlock à l'appareil.

— Oh oui. Qu'y a-t-il, Mr. Porlock ?

La voix s'était quelque peu adoucie.

— Eh bien, j'ai juste appelé pour vous dire à quel point je me réjouis de vous voir ce week-end. J'espère que vous pourrez arriver à l'heure du thé.

— Je ne sais pas... Il faut que je demande à mon frère...

— Bien sûr ; je vais patienter si cela ne vous dérange pas. Voulez-vous lui dire qu'en ce qui concerne l'affaire pour laquelle il m'a consulté, je crois avoir trouvé une solution tout à fait satisfaisante. Je pense qu'il n'a vraiment plus à s'inquiéter à ce sujet.

Le téléphone est un instrument extrêmement sensible. Miss Masterman se trouvait au moins à huit kilomètres à vol d'oiseau, mais Gregory Porlock entendit distinctement la respiration lui manquer. Il aurait certes pu se tromper, mais il ne le pensait pas. Ce bruit lui apprit quelque chose qu'il désirait savoir. Il l'informa que son frère l'avait mise dans la confidence. C'est ce qu'il avait supposé, mais il est toujours préférable d'être sûr de son fait.

Lorsqu'elle revint pour annoncer qu'ils tâcheraient d'arriver à la Grange à quatre heures, il adopta l'attitude du parfait amphitryon.

— Splendide ! J'espère que les invités vous plairont. Ce sont tous des gens charmants et l'un d'eux est même célèbre. Leonard Carroll sera des nôtres, alors nous ne devrions pas nous ennuyer. Il y aura aussi

Moira Lane, une jeune fille absolument ravissante. Puis les Tote... des gens simples et très gentils. Et pour finir, mes plus proches voisins. Eh bien, transmettez toutes mes amitiés à votre frère.

— Je vous remercie, répondit miss Masterman d'un ton qui paraissait sincère.

Gregory Porlock raccrocha et partit d'un grand rire.

3

Justin Leigh emmena Dorinda dans un de ces endroits qui sont sur le point de faire fureur. Lorsqu'il serait effectivement devenu un restaurant en vogue, Justin prétendrait sans doute que l'endroit était devenu vulgaire et irait ailleurs. C'était un beau jeune homme d'aspect irréprochable qui venait de franchir le cap de la trentaine et travaillait au ministère de la Reconstruction. A le voir, nul n'aurait pu imaginer qu'il avait passé près de six années de sa vie sale, non rasé et trempé jusqu'aux os de manière plus ou moins permanente, avec des parenthèses où il avait subi l'ardeur du soleil et la morsure du froid. Il y avait également eu d'interminables périodes où tout ce qui l'entourait s'envolait littéralement en fumée. Quand on réussissait à survivre, on se sentait encore plus dégoûtant qu'avant. Tout cela semblait parfaitement incroyable lorsque l'on regardait ce jeune homme brun et soigné, à l'élégance nonchalante et dont la prestance donnait toujours un peu à Dorinda la sensation d'être rejetée sur les bancs de l'école. Mais elle ne s'y abandonnait pas, car si elle commençait à faire un complexe d'infériorité devant Justin, il deviendrait tout simplement insupportable et ce serait regrettable, car cousin au énième degré ou pas, il était la seule famille qui lui restait.

Elle sentait ses yeux posés sur sa robe. C'était une robe bleue qu'elle avait achetée parce qu'elle aimait la couleur et c'était bien sûr une erreur. Si l'on ne peut avoir qu'une seule robe du soir, elle doit impérativement être noire et qu'importe s'il faut se priver d'autre chose, elle doit être d'excellente qualité. Et l'on ne se séparera qu'à la mort de l'une des deux.

Elle soutint son regard avec une fermeté adoucie par les fossettes.

— Elle ne me va pas... je sais par cœur tout ce que tu vas me dire... elle n'a pas de ligne et c'est là-dessus que l'on jauge les gens. Mais la couleur est jolie, tu ne trouves pas ?

— Ma chère enfant, c'est une catastrophe.

Mais Dorinda ne se laissa pas abattre.

— Ça sert à quoi de dire cela quand je la porte ? La rose était bien pire... je m'en suis débarrassée. Et tu peux dire ce que tu veux, celle-ci me va bien. C'est ce que Tip m'a dit.

— Tip Remington traverse une phase de sentimentalité larmoyante qui lui ferait dire n'importe quoi.

— Buzzer me l'a dit aussi.

— Vraiment ?

La voix de Justin exprimait la plus complète indifférence pour Buzzer Blake. Il compulsait le menu et s'était mis en devoir d'attirer l'attention du maître d'hôtel. Ils échangèrent quelques mots entre experts, puis Justin se retourna vers Dorinda qui était en train de se consoler du sacrifice de son déjeuner en se disant que le dîner promettait d'être délicieux.

— Es-tu fiancée avec l'un des deux ? demanda-t-il.

Sa question la tira de sa douce rêverie emplie de préoccupations gastronomiques. Elle le regarda avec franchise.

— Eh bien, je ne sais pas...

Justin haussa les sourcils comme s'il se trouvait en présence d'une incongruité.

— Ne penses-tu pas qu'il serait préférable de le savoir ? Je ne veux pas me mêler de tes affaires, mais tu ne peux pas les épouser tous les deux.

— Oh, mais je ne vais pas les épouser. Je n'ai pas l'intention de me marier avant un bon moment.

On leur apporta le potage, qui avait une odeur appétissante. Elle éprouva toutes les peines du monde à le consommer avec la lenteur voulue, mais l'entraînement rigoureux imposé par sa Tante Mary porta ses fruits. Une de ses dernières paroles à Dorinda avait été : « Voilà, je ne te laisse que cinquante livres par an, mais je t'ai appris les bonnes manières. » Il y avait des moments où elle trouvait cela gênant. Elle vivait un de ces moments, car elle était absolument affamée.

Entre chaque cuillerée, elle lui fit part de sa conception du mariage.

— Tu sais, cela dure tellement longtemps, à moins de se décider à divorcer et je trouve cela tellement désagréable, sauf si c'est vraiment nécessaire.

Justin parut légèrement amusé.

— On en abuse peut-être un peu, dit-il.

Dorinda suivit le fil de ses idées.

— Supposons que j'épouse Tip. Il a vingt-quatre ans et j'en ai vingt et un. Nous pourrions rester ensemble pendant cinquante ou soixante ans. C'est affreusement long. Bien sûr, il a beaucoup d'argent. Il travaille dans l'étude de son oncle et il deviendra associé dans un an ou deux, et ce serait bien agréable d'avoir un appartement et une voiture à soi. Mais j'ai l'impression que je me lasserais vite d'être mariée avec Tip...

Elle s'interrompit pour manger sa *sole meunière.*

— Alors ne le fais pas.

— Oh, mais je ne vais pas le faire... répondit Dorinda. En tout cas, je ne pense pas, à moins que les Oakley ne se révèlent être de véritables poisons, comme disait la rousse. Tu sais, elle avait l'air sympathique. J'aurais bien aimé la connaître.

— Il est parfaitement inutile d'essayer de détourner la conversation. Le problème n'est pas que tu envisages ou non de te marier, mais ce que ces pauvres garçons s'imaginent que tu penses. As-tu ou non laissé espérer à l'un d'entre eux ou aux deux que tu pourrais l'épouser ?

Le visage de Dorinda était épanoui.

— Justin chéri, c'est vraiment le poisson le plus délicieux que j'aie jamais goûté. Je suis ravie de ne pas avoir déjeuné.

Il la regarda d'un air sévère.

— N'essaie pas encore de détourner la conversation, Dorinda. Alors, oui ou non ?

— Crois-tu que je pourrais en reprendre ?

— Tu peux si tu veux, mais tu ferais mieux de regarder la suite.

Après avoir étudié le menu avec attention, elle poussa un soupir de regret et dit qu'en effet il valait peut-être mieux n'en rien faire... « Tout cela a l'air tellement bon. »

— Eh bien alors, peut-être vas-tu répondre à ma question ?

Pendant que le garçon changeait leurs assiettes, elle fixa Justin qui, pour sa part, eut l'occasion de remarquer que cette robe qui choquait la vue rendait ses cheveux réellement très brillants. Pour des blancs-becs dépourvus de goût comme Tip Remington et Buzzer Blake, nul doute qu'elle pourrait paraître seyante. Il était par ailleurs improbable qu'ils aient remarqué ou apprécié que ses cils avaient exactement la même teinte châtain doré que ses cheveux. Si jamais elle commençait à les noircir, il se ferait un devoir de lui en parler, car c'était une couleur qui sortait de l'ordinaire et d'un point de vue purement esthétique, elle n'avait pas le droit de tricher avec.

Lorsqu'ils se furent servis de poulet *en casserole,* avec une sauce contenant des champignons et tout un tas d'autres choses délicieuses, il répéta sa question.

— Eh bien, répondit Dorinda, je pourrais dire : « En quoi cela te regarde-t-il ? »

Son ton restait tout à fait amical.

— C'est ce que tu as l'intention de faire ?

Elle se mit à rire.

— Non, je ne pense pas. L'ennui, c'est que...

— Eh bien ?

— Il est tellement difficile de dire non.

Cette réponse eut pour agréable résultat de faire rire Justin. Les rares fois où cela se produisait, Dorinda avait toujours la sensation d'avoir remporté un succès. Ses yeux devenaient encore plus brillants et son visage se colorait.

— Mais c'est vrai, protesta-t-elle, je les aime énormément tous les deux. A tout prendre, je crois que je préfère Buzzer, mais peut-être est-ce seulement parce qu'il n'a pas d'argent, ce qui me donne l'impression d'être sur un pied d'égalité. Mais je ne veux vraiment pas épouser quelqu'un qui n'a rien du tout, parce que quand je me marierai, j'aimerais avoir des enfants et si l'on n'avait rien du tout, ce serait assez difficile de les élever.

— C'est bien possible.

— Oh, c'est sûr. J'y ai beaucoup pensé. Tu vois, je pense que deux garçons et deux filles, ce serait bien. Et il ne suffit pas de les élever, de leur acheter des chaussures et les livres d'école... même si toute l'éducation est gratuite... mais il faut les lancer dans la vie et leur trouver du travail. Alors je ne pense pas que ce soit une bonne idée d'épouser Buzzer, même si j'en avais vraiment envie. D'autre part, je ne me sentirais pas très fière d'épouser Tip uniquement parce qu'il gagnerait assez d'argent.

— Ma chère enfant, si tu te mets en tête d'épouser l'un des deux, je ferai opposition à ce mariage.

Dorinda manifesta un vif intérêt.

— Comment fait-on cela ?

— Je n'en ai pas la moindre idée, mais je me ferai un devoir de le découvrir. Il faut que tu fasses preuve de volonté et que, cinq minutes tous les matins, tu t'entraînes devant le miroir à dire non. Tu ne peux pas épouser tous les gens qui te le demandent.

— Personne ne me l'a demandé, à part Tip... enfin, pas vraiment. Buzzer a seulement dit qu'il ne pouvait pas... pas avant d'avoir trouvé un emploi convenable, et il m'a demandé si je voulais bien attendre. Je ne sais pas si on peut considérer cela comme une demande en mariage.

— Je ne compterais ni l'une ni l'autre. Écoute, veux-tu me promettre quelque chose ?

Dorinda avait une tournure d'esprit qui la portait à la circonspection, ce qui la poussa à demander :

— De quoi s'agit-il ?

— Ne te fiance avec personne sans m'en parler. Et prends le temps de réfléchir. En règle générale, il me semble qu'il convient de ne pas se fiancer à moins d'avoir l'intention de se marier et de ne pas se marier avant d'en sentir la nécessité. Ta Tante Mary ne t'a jamais dit ça ?

Il avait les yeux pétillant d'une ironie légère.

— Elle m'a dit de ne jamais me marier du tout, répondit Dorinda avec franchise. Tu sais, elle faisait un complexe vis-à-vis des hommes. Tout cela à cause du Méchant Oncle.

— Je n'ai jamais rencontré ta Tante Mary, mais elle me paraît avoir été excessivement déplaisante.

Dorinda défendit la mémoire de la morte.

— Non, ce n'est pas vrai. Cela a été tellement gentil de sa part d'accepter de m'élever. Personne d'autre ne voulait s'en charger, mais elle a estimé que c'était son devoir et elle l'a fait. Tu sais, je n'avais que deux ans et j'ai dû lui causer bien des soucis.

Si Justin eut une pensée attendrie pour Dorinda à l'âge de deux ans, souriante et inconsciente d'être une gêne, il n'en laissa rien paraître. Il ressentit seulement une antipathie accrue envers feu Mrs. Porteous.

Dorinda poursuivit son récit.

— Le Méchant Oncle était vraiment un sale type. Il avait l'habitude de partir pour aller faire la noce, puis il revenait, prenait tout ce qu'elle avait et il repartait.

— Il existe une loi protégeant les biens de l'épouse. Pourquoi le laissait-elle faire ?

— Eh bien, elle m'en a parlé lorsqu'elle était malade. Je crois qu'elle divaguait un peu et qu'elle ne savait plus très bien ce qu'elle racontait, mais c'était bien le fond de sa pensée. Elle m'a dit : « Ne te marie jamais, Dorinda. Cela ne fait que donner à un homme le pouvoir de te briser le cœur. » Et une autre fois, elle m'a dit : « C'était un homme foncièrement mauvais. » Elle m'a demandé si je me souvenais de lui. Je lui ai répondu que je me souvenais l'avoir appelé Oncle Glen, et qu'il avait des yeux noirs pétillants et une cicatrice ronde et blanche au poignet. Alors, elle a dit d'une voix affreusement amère : « Il avait ce que l'on appelle du charme. Et il était prêt à pressurer les gens jusqu'à leur dernière goutte et à leur extorquer jusqu'à leur dernier sou, puis à en rire. » Puis elle m'a raconté qu'il lui avait pris tout son argent, à l'exception de sa rente et des cinquante livres par an qu'elle me laissait. Et elle m'a demandé de ne jamais lui en donner un centime.

— Il n'est pas mort ?

— Elle l'ignorait. Et tout à fait à la fin, quand elle divaguait complètement, elle a voulu que je lui promette de ne jamais me marier. Mais naturellement, je n'ai pas voulu.

— Tu peux m'envoyer les prétendants.

— Tu sais, Justin, je crois qu'il y a quelque chose d'intéressant dans ce que tu dis. C'est vraiment excessivement difficile pour une jeune fille de ne s'en remettre qu'à elle-même pour refuser les demandes.

J'ai souvent pensé qu'il serait utile d'avoir un parent ou un tuteur sévère ou quelqu'un qui reste dans l'ombre pour le faire à ma place. Tu ferais ça... vraiment ?

— Je le ferais... et je veux le faire. Tu pourras venir m'observer si tu veux. Je pense que je serai très bon dans ce rôle. Prendras-tu une bombe glacée ?

Dorinda le regarda d'un air de reproche.

— Naturellement ! Justin, c'est un merveilleux dîner !

— Savoure-le bien, mon enfant. Et maintenant, écoute. Je me suis renseigné sur les Oakley. Il a fait fortune pendant la guerre. En théorie, la taxe sur les bénéfices de guerre rendait cela impossible. Mais en fait, il y a pas mal de gens qui sont passés à travers. Martin Oakley est l'un d'entre eux.

— Oui, je t'ai dit qu'il était très riche... Mrs. Oakley m'en avait parlé. C'est ce genre de femme... elle te raconte tout.

Justin se mit à rire.

— Dans ce cas, Martin Oakley fait probablement en sorte qu'elle ne sache rien pour ne pas le raconter. En tout cas, il semble que sa situation financière soit solide et qu'il n'y ait rien contre elle non plus. Alors il ne semble pas y avoir de raison pour que tu refuses cet emploi.

Dorinda se sentit gagnée par une sensation de douce chaleur. Ainsi, Justin s'était donné la peine de se renseigner sur les Oakley parce qu'elle allait travailler chez eux. C'était merveilleusement gentil de sa part. Elle le lui dit.

— Parce qu'il n'y a personne d'autre pour le faire, n'est-ce pas... à part moi. Et, bien sûr, il est beaucoup plus agréable de voir le parent ou le tuteur sévère ou je-ne-sais-quoi s'en charger. On a l'impression d'être soutenue, si tu vois ce que je veux dire.

Justin lui adressa un sourire charmant.

— Je refuse formellement d'être un parent.

Dorinda le dévisagea pensivement.

— Oui, tu es beaucoup plus proche de l'âge d'un frère, n'est-ce pas ?

Elle fut surprise et un peu décontenancée de la vigueur de sa réponse.

— Jamais de la vie je ne serai un frère, Dorinda !

Elle mit intérieurement cela sur le compte de sa malheureuse robe bleue. La sœur de Justin ne l'aurait certainement jamais achetée simplement parce qu'elle en aimait la couleur. Elle aurait eu un goût infaillible et ne lui aurait jamais fait honte en public.

— Il est évident que si tu avais eu une sœur, elle ne m'aurait pas ressemblé le moins du monde, fit-elle avec une franchise sans fard.

Justin s'était retranché derrière un sourire énigmatique.

— Je serai un je-ne-sais-quoi, répondit-il.

4

Le lendemain, Dorinda partit pour la Ferme du Moulin dans une Rolls extrêmement spacieuse qui contenait Mrs. Oakley, la gouvernante dont le nom était Florence Cole, Marty, elle-même et devant, à côté du chauffeur, la femme de chambre de Mrs. Oakley, qui avait l'air d'être depuis longtemps dans la maison, mais qui en fait n'y était que depuis une semaine. Personne ne semblait être avec Mrs. Oakley depuis longtemps à l'exception de Marty. Florence Cole y était depuis une dizaine de jours, et autant que Dorinda en puisse juger, elle était en train de se résoudre à partir à la fin du mois. La paie était peut-être bonne, mais Marty était un véritable poison. Comme il n'avait pas la moindre ressemblance avec son petit bout de mère aux cheveux blonds, Dorinda en conclut qu'il devait tenir de Mr. Oakley, auquel cas il n'était peut-être pas surprenant que ce dernier ait émergé de la guerre en pleine prospérité. Marty était le petit garçon le plus avide qu'elle ait jamais eu le malheur de rencontrer. Il voulait tout ce qu'il voyait et rebondissait sur les coussins de cuir bien suspendus en le réclamant à tue-tête. S'il ne l'obtenait pas, il beuglait comme un taureau et Mrs. Oakley disait d'une voix geignarde : « *Vraiment*, Miss Cole ! »

La première chose qu'il voulut fut une petite chèvre

noire attachée à un piquet au bord de la route. Ils la dépassèrent en un éclair, mais il la réclama à cor et à cri jusqu'à ce que son attention soit attirée par la broche de Dorinda. Sa bouche, qu'il avait gardée grande ouverte, se referma brutalement, interrompant ainsi un hurlement de sirène à mi-chemin de la gamme ascendante. Il reprit la voix normale d'un petit garçon pour demander :

— Qu'est-ce que c'est ?

Il pointa un doigt sale vers l'objet.

— C'est une broche, répondit Dorinda.

— Pourquoi ?

— Pourquoi es-tu un petit garçon ?

Marty commença à rebondir sur son siège.

— Pourquoi c'est une broche ? Je veux la voir. Donne-la-moi !

— Tu la vois très bien de là-bas, ou si tu veux, tu peux venir la regarder ici. C'est une broche écossaise. Elle appartenait à mon arrière-grand-mère. Ces pierres jaunes sont des pierres de Cairngorm. Elles viennent des monts Cairngorm.

— Comment elles viennent ?

— Les gens les ramassent là-bas.

— Je veux y aller et en ramasser... je veux y aller tout de suite.

Dorinda garda son calme.

— Il doit faire beaucoup trop froid. Tout doit être recouvert d'une épaisse couche de neige... tu ne pourrais pas ramasser les pierres.

Marty avait continué à rebondir sur les coussins de cuir.

— Elle serait épaisse comment, la neige ?

— Elle ferait un mètre trente-sept. Elle dépasserait ta tête.

Le visage très ordinaire du petit garçon se colora d'un rouge terne. Il rebondit de plus belle.

— Je ne veux pas.

Dorinda lui adressa un sourire.

— En été il n'y aura plus de neige.

Il rebondit en dehors de son siège.

— Je veux y aller tout de suite ! Je veux ta broche ! Défais-la, vite !

— Je ne peux pas faire ça.

— Pourquoi tu peux pas ? Je la veux !

Mrs. Oakley, allongée en arrière sur son siège, les yeux fermés, les ouvrit pour dire d'un ton désespéré :

— S'il ne l'a pas, il va crier.

Dorinda la contempla avec intérêt.

— Vous lui donnez toujours ce qu'il veut lorsqu'il crie ?

Mrs. Oakley referma les yeux.

— Oh, oui. Il continue à crier jusqu'à ce que je cède, et mes nerfs ne le supportent pas.

Dorinda se demanda si quelqu'un avait essayé de voir l'effet que produirait une gifle bien appuyée. Elle faillit poser la question, mais estima qu'il valait mieux n'en rien faire. Marty commençait à ouvrir la bouche. Un nouveau beuglement était imminent. La main lui démangeait en dégrafant sa broche et en la lui tendant. Avec un sourire plein d'insouciance, il la prit, enfonça l'épingle dans la jambe de Dorinda aussi profondément qu'il le put et avec un grand éclat de rire balança la broche par la vitre de la portière qui se trouvait abaissée de cinq ou six centimètres. En attendant que la voiture puisse s'arrêter, il était devenu excessivement difficile de retrouver avec précision l'endroit où elle était tombée. Après avoir cherché sans grande conviction, ils repartirent en abandonnant la broche de l'arrière-grand-mère de Dorinda quelque part sur le bas-côté.

— Marty a vraiment le compas dans l'œil, fit Mrs. Oakley. Martin sera tellement content ! Vous pensez, réussir à la faire passer directement comme ça par le haut de la vitre !

Même Dorinda, avec toute sa douceur de caractère, trouva difficile d'abonder dans son sens. Florence Cole avait visiblement décidé de ne plus faire d'efforts. C'était une jeune femme au teint pâle et au visage assez bouffi, à qui l'on avait appris à respirer par le nez, quelles que soient les difficultés que cela puisse présenter. A chaque arrêt de la voiture, on l'entendait distinctement.

Marty continua à rebondir sur son siège et à crier... pour un lapin de garenne dont la queue disparut à l'intérieur d'une haie, pour l'enseigne d'une auberge représentant un cerf blanc sur fond de prairie, pour un chat endormi sur le rebord de la fenêtre d'un pavillon, et finalement pour du chocolat. Sur ce, miss Cole, respirant toujours fort, ouvrit son sac et en sortit une barre. Là-dessus, il s'endormit, après s'en être abondamment barbouillé les mains et le visage. Le calme qui en résulta était presque trop beau pour être vrai.

Il dormit jusqu'à leur arrivée à la Ferme du Moulin. La propriété était entourée de bosquets, et une allée sombre, sinistre et ombragée d'arbres remontait en serpentant jusqu'au sommet de la colline où la maison s'élevait en terrain découvert, exposée à tous les points cardinaux hormis le sud. C'était un bâtiment imposant et très laid, avec des motifs en briques rouges et jaunes disposés au hasard sur la façade et agrémenté d'horribles tourelles et balcons un peu partout. Mrs. Oakley frissonna et déclara que la situation de la maison était très vivifiante. Et puis Marty se réveilla et commença à réclamer son thé en beuglant. Dorinda se demanda si elle aurait à prendre le thé avec Marty et sa gouvernante, et se sentit égoïstement soulagée d'apprendre que ce ne serait pas le cas. Par contre, elle ne s'attendait plus à ce que Florence Cole parte à la fin du mois. Il s'agissait seulement de savoir si elle prendrait le dernier train du soir ou le premier le lendemain matin. Dans ce cas... non, elle ne s'occuperait *pas* de Marty... pour rien au monde... à moins qu'on ne lui laisse carte blanche.

Elle prit le thé avec Mrs. Oakley dans une pièce outrageusement féminine qu'elle fut émoustillée d'entendre son employeuse appeler le boudoir. Dorinda n'avait jamais rencontré auparavant de boudoir, sauf dans un roman vieillot. Il ne déçut point ses rêves les plus doux, avec son tapis rose pâle et ivoire, des rideaux assortis avec une doublure vieux rose, un divan recouvert de plus de coussins qu'il ne lui avait jamais été donné d'en voir rassemblés au même endroit et l'impression générale d'un luxe fastidieux.

Mrs. Oakley, vêtue d'un déshabillé rose couvert de ruches, s'était nichée au milieu des coussins, pendant que Dorinda était assise sur une chaise dorée épouvantablement inconfortable et versait le thé. Juste au moment où elles terminaient, on frappa à la porte. « Entrez ! » fit Mrs. Oakley d'une voix légèrement surprise, et Florence Cole, encore vêtue de sa tenue de ville, pénétra dans la pièce. Son visage était empreint d'une résolution farouche et Dorinda sut ce qu'elle allait dire avant même qu'elle n'ouvre la bouche. Elle le dit d'une voix forte et décidée.

— Je suis désolée, Mrs. Oakley, mais je ne reste pas. Il y a un train à six heures et je vais le prendre. J'ai donné son thé à votre fils et je l'ai laissé avec la femme de chambre. Elle m'a dit que sa vieille nourrice habite au village et qu'*elle* sait comment le prendre. Moi, je ne peux pas. Et si elle en est capable, vous avez intérêt à la reprendre. Il vient juste d'essayer de me renverser l'eau bouillante du thé sur le pied. Si vous voulez mon avis, il est dangereux.

— Il déborde tellement de vie ! fit Mrs. Oakley.

— Il a surtout besoin d'une bonne fessée ! répliqua miss Cole. — Elle s'empourpra légèrement. — Avez-vous l'intention de me payer pour les dix jours où je l'ai supporté, Mrs. Oakley ? Vous n'y êtes pas légalement tenue, mais je pense que tout le monde serait d'accord pour dire que je l'ai bien mérité.

Mrs. Oakley avait l'air totalement désorientée.

— Je ne sais pas ce que j'ai fait de mon porte-monnaie, dit-elle. Il doit être quelque part dans ma chambre... si cela ne vous dérange pas, miss Brown, peut-être pourriez-vous aller le chercher avec miss Cole. Il doit être dans le sac que j'avais dans la voiture.

Lorsqu'elles l'eurent trouvé et que Florence Cole eut reçu une somme dépassant de loin le prix de son billet de train, elle se radoucit quelque peu.

— Si vous voulez, Mrs. Oakley, en traversant le village, je peux m'arrêter chez Mrs. Mason. Doris m'a dit que je ne pouvais pas rater la maison.

Mrs. Oakley frémit.

— Oh, non, vous ne pouvez pas la rater, mais peut-être ne voudra-t-elle pas revenir? Mon mari avait estimé que Marty devenait trop grand pour garder sa nourrice. Cela lui a fait énormément de peine. Peut-être ne voudra-t-elle pas revenir.

— Doris m'a dit qu'elle allait sauter sur cette proposition, répondit Florence Cole. Elle prétend qu'elle est totalement dévouée à Marty.

Elle dit cela du ton de quelqu'un se trouvant en présence d'un phénomène qui dépasse la compréhension.

Mrs. Oakley fut parcourue d'un nouveau frémissement.

— Eh bien, peut-être pourriez-vous y aller. Mais mon mari risque de ne pas être d'accord... à moins que miss Brown...

— Ce n'est pas possible, fit Dorinda d'un ton ferme et sans équivoque.

Mrs. Oakley ferma les yeux.

— Bon, eh bien alors, peut-être... oui, ce serait très gentil de votre part... mais j'espère que mon mari...

— Au revoir, Mrs. Oakley, dit Florence Cole en quittant la pièce.

Dorinda l'accompagna jusque sur le palier et lui serra la main.

— J'espère que vous trouverez très vite une bonne place, dit-elle. Avez-vous un endroit où aller ?

— Oui, j'ai une sœur mariée. Vous allez rester ?

— Si je peux, oui.

— Eh bien, si vous voulez mon avis, c'est le genre d'endroit où il ne faut pas rester, fit Florence Cole.

Dorinda devait par la suite se souvenir de ces paroles.

5

Environ une heure et demie plus tard, Dorinda frappa à la porte de l'ancienne chambre d'enfants. « Entrez ! » répondit une voix, et à peine avait-elle obtempéré qu'elle réalisa qu'après un bref et malheureux intermède où elle avait été transformée en salle d'étude, la pièce était redevenue une nursery. Tous les vêtements de Marty étaient étendus devant le feu, Marty lui-même était en train de ranger ses jouets dans un placard à jouets et une forte femme à l'air décidé et à la poitrine plantureuse, qu'il eût été impossible de prendre pour autre chose qu'une nourrice, était assise à la table en train de repriser des chaussettes. C'était une scène infiniment paisible, mais on avait la sensation que si cette paix devait cesser, il faudrait expliquer pourquoi à la nourrice. Dorinda s'y connaissait en nourrices. Elle-même en avait eu une qui était excessivement vieux jeu. C'était avant que le Méchant Oncle ne s'empare d'une bonne partie de l'argent de Tante Mary.

— Bonjour, nourrice, dit-elle très respectueusement avant d'expliquer que Mrs. Oakley lui avait demandé de se renseigner pour savoir si elle ne manquait de rien.

Mrs. Mason inclina la tête et répondit d'un ton qui tenait plus de la non-belligérance que d'une stricte neutralité que si elle avait besoin de quelque chose, elle s'en occuperait, merci.

Marty s'avança, un cheval décapité à la main.

— Nounou, elle dit qu'elle a jamais vu des affaires s'en aller à vau-l'eau comme les miennes.

— Ça suffit comme ça, Marty ! Continue immédiatement à ranger ces jouets... et je suis choquée de voir la manière dont ils ont été cassés.

Marty fit disparaître le cheval mutilé et se retourna avec un sourire radieux.

— J'ai été un petit garçon *très* méchant depuis que tu es partie, n'est-ce pas, nounou ?

— Continue à ramasser tes jouets !

Portant une brassée des épaves de ses jouets, Marty continua à discourir.

— J'ai lancé sa broche par la vitre. — Il demanda à Dorinda de confirmer ses dires... — Hein ? Et j'ai enfoncé une épingle dans sa jambe pour la faire saigner. Est-ce que ça a saigné, miss Brown ?

— Je n'ai pas regardé, répondit Dorinda.

La nounou avait fixé un regard pénétrant sur le coupable.

— Tu vas tout de suite demander pardon à miss Brown ! Enfoncer des épingles dans les gens pour les faire saigner... je n'ai jamais entendu ça ! Des méthodes de sauvages, de païens, mais pas d'un enfant que j'ai élevé ! Va demander pardon tout de suite !

Marty laissa tomber tous les jouets qu'il avait ramassés, fit deux pas en avant, joignit ses mains devant lui et débita d'une voix mécanique et rapide :

— Je vous demande pardon d'avoir été méchant et je le referai plus.

Elles parlèrent un peu de la broche, la nourrice ayant été scandalisée d'apprendre qu'il s'agissait de l'héritage d'une arrière-grand-mère. Marty apporta quelques précisions sur les pierres de Cairngorm et conclut en disant :

— Je l'ai lancée aussi fort qu'en tirant avec un pistolet.

— Je ne veux plus entendre parler de cette histoire, fit la nourrice d'un ton décidé.

— Et j'ai lancé l'eau de la bouilloire sur miss Cole, et elle a mis son manteau et son chapeau et elle est partie.

— Ça suffit, Marty ! Si ces jouets ne sont pas en place dans dix minutes, tu sais ce qui va arriver.

Il s'attela énergiquement à la tâche.

Dorinda se tourna pour partir, mais ce faisant, quelque chose attira son attention. Lorsque Marty s'était débarrassé de sa brassée de jouets, il les avait jetés plus que laissés tomber. Les objets les plus légers s'étaient éparpillés et parmi eux il y avait le bristol gauchi d'une photographie. Dorinda la ramassa et entreprit de la redresser. A quel instant précis tout commença-t-il à chavirer en elle, elle eût été incapable de le dire. Elle entendit seulement la nourrice demander d'un ton sec :

— Marty, mais où as-tu déniché cette photographie ? Est-elle à ta mère ?

Et elle l'entendit répondre :

— Elle est sortie d'une boîte.

— De quelle boîte est-elle sortie ?

— Une boîte. Elle était toute froissée et elle était glissée en dessous.

Dorinda entendait leurs paroles, mais elle était incapable d'en comprendre le sens. Tout chavirait de plus en plus vite. Au prix d'un effort absolument surhumain, elle parvint à dire : « Je vais la remettre à sa place », et elle réussit à quitter la pièce.

Sa chambre se trouvait juste de l'autre côté du palier. Après s'être enfermée à clé, elle s'assit sur son lit et contempla la photographie froissée avec une incrédulité horrifiée. Il n'y avait pas d'erreur. Le nom du photographe était inscrit en toutes lettres...

« Charles Rowbecker and Son, Norwood. » C'était la réplique exacte de celle qui figurait dans l'album de photos de sa Tante Mary. Aussi incroyable que cela puisse paraître, c'était sans contestation possible une photographie du Méchant Oncle.

6

Cela lui avait assurément donné un choc. Qui n'a pas un membre de sa famille qu'il espère ne plus revoir de sa vie ? Cette situation n'a jamais appelé de remarque particulière et n'en appellera sans doute jamais. Dorinda resta assise, regardant la photo et se disant qu'il était dans l'ordre naturel des choses d'avoir un Méchant Oncle et de trouver une photo de lui pliée en deux dans un tas de jouets du gosse de son employeur. Elle sentait que si elle parvenait à se persuader que ce qui venait de se passer était normal, elle pourrait repousser les nausées qui la menaçaient. En réalité, elle avait toujours eu ce qu'elle avait décidé d'appeler un complexe vis-à-vis de Glen Porteous. Très, très longtemps auparavant, son fameux charme avait agi sur elle aussi. Puis, une nuit, elle s'était réveillée et l'avait entendu parler à Tante Mary, et tout ce charme s'était transformé en poison amer. Elle ne devait guère avoir plus de six ans, mais elle n'avait jamais oublié cette nuit où, allongée dans l'obscurité, elle les avait entendus dans la chambre voisine. La porte devait être restée ouverte, car elle les entendait très distinctement et elle n'avait jamais oublié, car c'était la première fois qu'elle entendait une grande personne pleurer. Tante Mary avait pleuré amèrement, et Oncle Glen s'était moqué d'elle comme si elle avait fait quelque chose de très amusant. Puis il avait disparu pendant près de deux ans. Tante Mary n'avait pas repleuré, mais elle était devenue très stricte et très maussade.

Dorinda émergea de ses souvenirs. Le passé était mort et Tante Mary était morte aussi. Mais en était-il de même du Méchant Oncle ?... la question était là. Et elle était incapable d'y apporter une réponse. Sa dernière apparition remontait à quelque sept ans auparavant, et il n'avait fait que passer en coup de vent, réduisant Tante Mary à vivre de manière sensiblement plus économique. Elle avait considéré sa mort comme une chose acquise, car il n'était jamais revenu, mais cela pouvait tout aussi bien avoir été parce qu'il estimait qu'il n'avait plus rien à s'approprier. En fait, il restait les cinquante livres annuelles dont Dorinda disposait maintenant, mais il n'était peut-être pas au courant. Le reste des revenus de Tante Mary consistant en une rente annuelle, il ne pouvait pas, même avec les pires intentions du monde, l'empocher et s'en aller.

Elle continuait à contempler la photo. C'était la réplique exacte de celle qui figurait dans l'album de Tante Mary. Elle montrait un homme séduisant, aux cheveux bruns et aux yeux noirs et pétillants. On distinguait à l'œil nu ses cheveux bouclés. Ses dents étaient découvertes par un sourire que tous ceux qui l'avaient connu s'accordaient à trouver plein de charme. Dorinda se demanda à quelle époque elle avait été prise. Au moins quinze ans plus tôt, car après cela il n'avait fait que passer pour tirer le maximum de Tante Mary et il ne se serait jamais adressé à un photographe local ni ne lui en aurait laissé un exemplaire. Elle estima qu'elle devait avoir été prise alors qu'ils habitaient à Norwood. Avant la scène nocturne.

De l'époque antérieure à cette scène et de Charles Rowbecker and Son jusqu'au placard à jouets de

Marty et à la Ferme du Moulin, beaucoup d'eau avait coulé sous les ponts. Une idée affreuse lui vint soudain à l'esprit. Et si le Méchant Oncle et Martin Oakley ne faisaient qu'un ? Elle était trop raisonnable pour favoriser cette idée, mais ne parvenait pas à la chasser totalement. Cherchant en toute hâte des arguments pour la repousser, elle se souvint que la nourrice n'avait pas mis de nom sur la photographie. S'il s'agissait de Martin Oakley, elle aurait dû demander en bonne logique : « Que fais-tu donc avec la photo de ton père toute froissée comme ça ? » Elle commença à se sentir mieux. Après tout, elle ne risquait au pire que de perdre son emploi. Mais cela ne se produirait pas... elle en avait l'intime conviction. Tout le monde gardait de vieux albums de photos pleins de cochonneries. Tante Mary avait oublié le nom d'un tas de gens dont elle avait conservé les photos dans le sien. La photographie d'Oncle Glen n'était ni ici, ni ailleurs. Cela n'avait pas la moindre importance. Il s'agissait juste de quelque chose provenant d'un tas de cochonneries. Elle portait une robe avec de grandes poches plaquées. Elle glissa la photo dans l'une d'elles et descendit.

Rien n'aurait dû être plus facile que d'entrer dans le boudoir, de sortir la photo et de la mettre sous le nez de Mrs. Oakley et de lui dire : « Cela traînait dans le placard à jouets de Marty. J'ai dit à la nourrice que je la descendais. » Mais il n'en fut rien. Elle s'imagina en train d'agir ainsi et fut incapable de seulement ouvrir la porte et d'entrer. C'était trop bête. Si Doris, une des bonnes, n'était arrivée à ce moment-là dans le couloir, elle serait certainement restée plantée devant la porte à prendre racine dans le sol. En la circonstance, elle pénétra dans la pièce qui se révéla être vide. Des voix provenant de la chambre contiguë l'informèrent que Mrs. Oakley était en train de s'habiller pour le dîner.

Avec soulagement, Dorinda déposa la photographie sur un bureau de pacotille et remonta en courant pour enfiler sa robe bleue tant décriée.

Lorsqu'elle redescendit, Mrs. Oakley avait troqué le divan pour le plus confortable des fauteuils. Elle portait encore des lingeries froufroutantes, mais d'un rose légèrement différent. Nulle part, il n'y avait trace de la photo. Elle n'y fit pas allusion, ce qui fit l'affaire de Dorinda. Ceux qui avaient connu Glen Porteous pouvaient avoir de tout aussi bonnes raisons qu'elle-même de vouloir garder le silence à son sujet.

Elles prirent sur un plateau un repas délicieux. Dorinda se dit qu'il allait y avoir beaucoup trop de repas et que tout cela allait être beaucoup trop tentant. Mais c'était un changement bien agréable après la nourriture économique et déprimante du Club des Bruyères.

A peine avaient-elles terminé leur dîner que le téléphone sonna. Comme on lui avait expliqué que l'essentiel de sa tâche consisterait à faire écran entre le téléphone et Mrs. Oakley, elle se leva et se dirigea vers l'appareil. Il était placé sur le bureau où elle avait déposé la photographie. Elle prit l'écouteur.

— La secrétaire de Mrs. Oakley à l'appareil, dit-elle.

— Pourriez-vous dire à Mrs. Oakley que Gregory Porlock désirerait lui parler ? fit une voix d'homme.

Elle couvrit de la main le microphone de l'appareil et répéta la demande. Tout en continuant à lui tourner le dos, Mrs. Oakley murmura :

— Je ne parle à personne hormis Martin ou les gens que je connais vraiment très bien... jamais, jamais, *jamais*. Il doit vous parler et vous me répéterez ce qu'il dit.

Dorinda plaqua l'écouteur contre son oreille.

— Je suis désolée, Mr. Porlock... Mrs. Oakley me demande de vous dire qu'elle ne parle jamais au téléphone. Je suis nouvelle ici, sinon je l'aurais su. Si vous voulez bien me dire l'objet de votre appel, je lui transmettrai.

Elle entendit Mr. Porlock pouffer de rire. Eh bien, il valait mieux cela que de l'entendre prendre la mouche.

— Voulez-vous lui dire que j'ai vu son mari cet après-midi, dit-il. J'invite quelques amis ce week-end et il m'a promis que sa femme et lui seraient des nôtres pour dîner samedi soir. Il m'a dit que cela ne devrait pas poser de problèmes, mais comme je n'ai pas encore eu le plaisir de rencontrer Mrs. Oakley, je ne voudrais pas lui donner l'impression de lui forcer la main.

Dorinda répéta ces paroles à Mrs. Oakley qui lui répondit d'un ton maussade que si Martin avait dit qu'ils iraient, elle supposait qu'ils seraient bien obligés de le faire. Elle dit cela d'une voix si peu audible qu'il y avait des raisons d'espérer qu'elle ne porterait pas jusqu'à la Grange.

Dorinda transmit une acceptation polie et entendit Mr. Porlock s'exclamer : « Splendide ! »

Ce mot déclencha quelque chose dans son esprit. Il lui évoqua quelque chose ou quelqu'un le temps d'un de ces éclairs si éblouissants pendant l'instant fugitif où ils durent, mais qu'il est impossible de retrouver une fois disparus. Elle sortit de ce moment d'étourdissement pour l'entendre dire :

— Mais c'est maintenant qu'il me faudrait parler à Mrs. Oakley, car j'aimerais lui demander d'avoir la gentillesse de bien vouloir vous amener également. Miss Brown, c'est bien cela ?... Oui, je pense que c'est ce qu'a dit Martin Oakley... Miss Dorinda Brown. Voulez-vous donc essayer de vous montrer aussi persuasive que je pourrais l'être moi-même et dire à Mrs. Oakley qu'il manque une dame et que je suis excessivement désireux de faire votre connaissance.

Dorinda fixa un regard grave et sourcilleux sur l'appareil. Elle estimait que Mr. Porlock se montrait un tantinet familier. Elle transmit cette invitation à Mrs. Oakley de manière aussi sèche que possible.

— Il dit qu'il lui manque une femme pour samedi et il demande si vous voulez m'emmener. Il semble avoir arrangé cela avec Mr. Oakley.

Elle reçut un murmure d'assentiment, qu'elle exprima en termes clairs à son interlocuteur. Elle l'entendit de nouveau s'exclamer : « Splendide ! » puis elle raccrocha.

En revenant à son siège, elle s'aperçut qu'elle était l'objet de l'attention de Mrs. Oakley.

— Et une robe du soir, miss Brown ? En avez-vous une qui fasse l'affaire ?

Cette pauvre robe bleue devait vraiment avoir quelque chose qui n'allait pas, car elle n'envisagea pas un instant cette solution.

— Oh, non... c'est bien ce que je craignais. Martin m'a téléphoné pendant que je m'habillais et il m'a dit de faire en sorte que vous ayez quelque chose de convenable.

Dorinda n'aurait pas été humaine si cette remarque lui avait fait plaisir. Elle déclara d'une voix contrainte :

— Il n'est pas indispensable que j'y aille.

Le visage de Mrs. Oakley se crispa comme si elle allait fondre en larmes.

— Oh, mon Dieu !... vous voilà froissée maintenant... et Martin va dire que je n'ai aucun tact. Mais ce n'est même pas cela en fait, seulement je pense que faire preuve de tact est la chose la plus épuisante qui soit et mes nerfs ne le supportent pas. Ce serait tellement plus simple si vous ne vous sentiez pas froissée. Nous ne pouvions naturellement pas nous attendre à ce que vous ayez des vêtements dont vous ignoriez avoir besoin. Et nous n'attendons évidemment pas de vous que vous fassiez des frais, si vous voyez ce que je veux dire.

Dorinda voyait parfaitement. Elle n'était pas Dorinda Brown... elle n'était qu'un signe extérieur et visible de la situation financière des Oakley. Ils ne pouvaient pas se permettre de sortir dîner avec une secrétaire piètrement vêtue, pas plus qu'avec une livrée de misère ou une voiture bonne à mettre au rebut. Elle se raidit dans sa fierté d'Écossaise.

Puis elle réalisa soudain que Mrs. Oakley avait peur. Elle s'était penchée en avant et sa main tremblait sur le bras du fauteuil.

— Miss Brown... je vous en prie, ne soyez pas offensée. Vous êtes encore très jeune... pourquoi n'accepteriez-vous pas que nous vous offrions une robe ?

Toutes ces dentelles cachaient donc malgré tout un être humain. Qui n'était pas très adulte... qui n'était guère habitué à perdre les pédales et paniquait lorsque cela se produisait. Dorinda retrouva toute sa douceur de caractère.

— Mais naturellement, Mrs. Oakley... c'est très gentil de votre part, répondit-elle.

Elle appela Justin Leigh lorsque Mrs. Oakley fut partie se coucher.

— Écoute, je vais à Londres demain... oui, je sais que tu croyais t'être débarrassé de moi... moi aussi d'ailleurs. Mais ce n'est pas encore le cas. Il y a un sursis... à moins que tu ne considères cela comme une récidive.

Justin répondit d'un ton calme et amusé :

— Je ne pense pas aller jusque-là. Est-ce que cela implique que tu déjeuneras avec moi demain si je me fais très pressant ?

— Oui... à une heure. Parce que l'on m'envoie acheter une robe pour un dîner samedi soir, et si nous déjeunons ensemble, je pourrais te montrer ce que j'ai acheté, et si tu penses que ça ne va pas, je pourrais retourner la changer.

— Pas question. J'ignore où tu as l'habitude de déjeuner avec Tip et Buzzer, mais dans les sphères élégantes où j'évolue, on ne se change pas entre les plats.

Dorinda poussa une sorte de gémissement.

— Justin, parfois je pense vraiment que tu es un mufle !

— Pas du tout... Je suis un noble héros. Je vais m'arranger pour être libre entre midi et une heure et je te retrouverai à... au fait, où vas-tu ?

— Mrs. Oakley m'a dit d'aller dans un de ceux-là...

Elle lut une liste de noms de magasins.

— Parfait. Prenons le grand magasin. Ce sera plus facile pour toi de m'attendre là-bas... disons au rayon des gants. L'œil d'un connaisseur pourra alors guider ton choix. A quelle heure arrives-tu ?

Dorinda tressaillit de joie.

— Oh, Justin... tu ferais ça ? J'arrive à dix heures et demie. Mais ça n'a pas d'importance... j'ai des courses à faire pour Mrs. Oakley. J'ai largement de quoi occuper le temps... en fait j'en aurai besoin. Je dois être au bureau de Mr. Oakley à deux heures et demie et il m'emmènera en voiture. Ce sera plus calme qu'aujourd'hui... tout au moins j'espère.

— Pourquoi, que s'est-il passé aujourd'hui ?

Elle entreprit de lui raconter l'épisode de Marty et de sa broche. Si elle le racontait avec humour, peut-être Justin en rirait-il. Il apparut très vite qu'il n'en serait rien. En fait il avait l'air plutôt en colère.

— La broche de ton arrière-grand-mère ! s'exclama-t-il.

— La seule que j'avais, fit tristement Dorinda. Je vais être obligée d'acheter une épingle de nourrice en or pour attacher ce qui doit être attaché. Je sais où je peux en avoir une pour sept shillings.

— Alors, elle ne sera pas en or.

Dorinda poussa un petit rire.

— Tu es tellement grand seigneur ! Elle ne sera pas vraiment en or, bien sûr… seulement plaquée.

Justin se mit en colère d'un seul coup. Jamais elle ne l'avait vu ainsi auparavant et elle en fut fort surprise. Le plus étrange fut qu'elle eut réellement l'impression d'entendre quelque chose éclater au bout du fil. Comme s'il avait claqué une porte ou quelque chose dans ce genre. Puis il dit avec violence : « Je n'ai jamais entendu une telle bêtise de ma vie ! » et il raccrocha en écrasant le récepteur.

Dorinda alla se coucher pleine d'espoir.

7

Miss Maud Silver était en train de choisir de la laine pour tricoter des brassières pour un bébé. Après le kaki et le bleu pâle de l'armée de l'air qu'elle avait tricotés pendant la guerre, sans parler des indispensables bas de laine grise pour les trois garçons de sa nièce Ethel, c'était un véritable plaisir de palper cette laine douce et rosée déjà roulée en pelotes, et bien mieux qu'on n'aurait pu le faire soi-même. Le frère aîné d'Ethel, qui avait vécu si longtemps à l'étranger, était revenu en Angleterre quelques mois auparavant et sa femme attendait son premier enfant. Toute la famille était très excitée car ils étaient mariés depuis dix ans et le vide de la chambre d'enfant avait commencé à avoir un effet décourageant sur Dorothy. Miss Silver estimait qu'il convenait, pour marquer le coup, de confectionner des brassières hors série. Cette laine rose pâle était d'une couleur absolument ravissante et tellement douce et légère. Elle régla le prix de son acquisition et attendit sa monnaie et son paquet.

La laine était entassée en une profusion de teintes enchanteresses sur un grand présentoir à trois niveaux au point de rencontre de quatre rayons. Juste devant elle se trouvaient les bas, les gants et les mouchoirs. Derrière elle, une longue perspective de robes bon marché. Sur la droite, au-delà d'un présentoir festonné de parapluies, elle distinguait des pull-overs et des tricots. Alors qu'à sa gauche un étalage de bijoux en verroterie, de perles et de colliers tirait l'œil vers le rayon mode. Miss Silver se dit que tout cela était rutilant et bien joli à contempler. Il était réconfortant de voir les magasins réapprovisionnés après les années de vaches maigres où l'étalagiste le plus habile ne parvenait pas à donner le change.

Quelqu'un d'autre était en train de contempler les perles et les colliers. Il y avait également de petits bouquets de fleurs en verroterie et en émail brillant... des violettes, des pâquerettes, un rameau de houx, un autre de mimosa. La jeune fille qui les regardait s'attardait sur le mimosa. Elle avait les cheveux châtain doré et brillants avec des cils exactement de la même couleur et elle portait un ample manteau de tweed couleur de miel. Il était un peu râpé, mais la coupe était bonne et il lui allait bien. Miss Silver pensa que la branche de mimosa ferait très bien dessus. La jeune fille était bien évidemment de cet avis. Elle ne parvenait pas à en détacher son regard, puis elle poussa un soupir de regret et se prépara à passer son chemin.

C'est à cet instant précis que plusieurs personnes convergèrent du comptoir des bas en direction du rayon mode. Pour ce faire, il leur fallait passer près de la jeune fille au manteau de tweed. Elle se trouva prise dans une bousculade. Miss Silver observa la scène avec intérêt et attention. Son attention se fit soudain plus vive. Elle vit la jeune fille au manteau de tweed se dégager et se diriger vers le comptoir des mouchoirs. Miss Silver remarqua une petite femme brune qui faisait partie du groupe en ressortir de l'autre côté et aller voir la vendeuse derrière le comptoir. Elle parut lui dire quelque chose avec précipitation, puis elle prit en toute hâte le sillage de ses compagnes et disparut.

Miss Silver se retourna pour prendre son paquet et

sa monnaie. Puis elle se dirigea rapidement vers le rayon des mouchoirs. Il était trop tard. Dorinda Brown, une expression d'étonnement peinte sur le visage, était guidée le long de l'allée par un inspecteur du magasin à l'air imposant. Ils tournèrent d'abord à gauche, puis à droite, puis de nouveau à gauche et l'étonnement se transforma en vive irritation. Dorinda ne comprenait pas ce qui se passait, mais elle n'appréciait guère. Pourquoi lui avait-on demandé de se rendre dans le bureau du directeur ? Elle n'avait aucune envie de le voir et ne voyait pas la moindre raison pour qu'il désire la voir.

Ils arrivèrent devant une porte en bois merveilleusement poli, si brillant que l'on pouvait y voir le reflet de son visage, et l'instant d'après, Dorinda pénétrait dans un très vaste bureau où un homme de haute taille et complètement chauve était assis derrière un bureau et la regardait sans aménité derrière des lunettes à monture en corne. Elle entendit une voix à ses côtés dire :

— Vol à l'étalage, monsieur.

Dorinda s'empourpra d'indignation jusqu'à la racine des cheveux. On peut avoir le caractère le plus doux du monde, mais s'entendre traiter de voleuse par un inspecteur totalement inconnu, cela dépasse les bornes. Sa colère explosa, elle tapa du pied et s'exclama :

— Quelle audace !

Cela ne parut pas faire la moindre impression sur le directeur qui demanda d'une voix excessivement vexante :

— Voulez-vous rendre les objets ou préférez-vous être fouillée ?

La voix reprit par-dessus la tête de Dorinda :

— Je pense que c'est dans les poches de son manteau.

A cet instant, Miss Silver entra dans la pièce sans frapper. C'était une petite femme mal fagotée qui aurait pu avoir été, disons, une gouvernante au tout début du siècle. Elle était vêtue d'un manteau de drap noir destiné à faire de l'usage et qui n'avait fait que deux hivers et portait une petite écharpe de fourrure jaune d'origine douteuse. Son chapeau, qu'elle avait acheté en automne, était de ceux qui font dix ans avant de rendre l'âme. Il était en feutre noir avec une étoile de mer violette sur le devant et un mince ruban noir et violet courant tout autour de la forme. Il surmontait des cheveux gris souris sagement roulés en chignon et une frange protégée par une résille. Ses traits marquaient son âge mais restaient fins et elle avait des yeux noisette qui, d'après le sergent Abbott de Scotland Yard, voyaient toujours un peu plus que ce qu'il y avait à voir.

Les lunettes à monture de corne du directeur se tournèrent vers elle pour accompagner un regard qui prétendait la pétrifier.

Miss Silver ne parut pas pétrifiée le moins du monde. Avec un léger toussotement d'introduction, elle s'avança jusqu'au bord du bureau.

— Bonjour.

— Madame, ceci est un bureau privé.

Miss Silver inclina la tête avec une telle dignité qu'un doute affreux s'insinua dans l'esprit directorial. Le manque de chic n'était pas toujours la marque de la pauvreté ou d'un statut social modeste. Parfois les gens très riches ou très célèbres aimaient à le simuler. Ainsi, il y avait une duchesse douairière dotée d'un caractère redoutable qui...

— Si vous voulez bien me permettre..., était en train de dire miss Silver.

Il cessa de tenter de la situer et d'un ton poli lui demanda ce qui l'amenait.

Miss Silver toussota de nouveau, mais cette fois avec grâce. Pas un mot n'avait franchi ses lèvres, mais il y avait tout de même eu des excuses. Elle les accepta. A l'époque, heureusement révolue, où elle avait été gouvernante, elle avait toujours maintenu une discipline stricte mais pleine de tolérance vis-à-vis de ses élèves. Elle n'avait pas perdu cette habitude.

— Je m'appelle Maud Silver, dit-elle d'une voix où perçait encore de l'autorité. J'étais en train de faire l'acquisition de quelques pelotes de laine rose lorsque je me suis trouvée être témoin de l'incident qui, je suppose, a valu à cette jeune femme d'être convoquée dans votre bureau.

— Vraiment, madame ?

Dorinda tourna les yeux vers la petite femme vêtue de noir. Ils brillaient d'indignation. Elle était rouge de colère. Elle dit d'une voix jeune et claire :

— Vous n'avez rien pu voir... parce qu'il n'y avait rien à voir !

Miss Silver affronta calmement son regard indigné.

— Si vous voulez bien mettre vos mains dans vos poches, vous aurez, je pense, quelques raisons de changer d'avis.

Sans un instant d'hésitation, Dorinda plongea ses deux mains dans les poches de son manteau de tweed. Elles étaient vastes et profondes. Elles auraient dû être vides. Elles ne l'étaient pas. Cela lui donna un choc aussi violent qu'inattendu. Elle eut la sensation d'avoir raté une marche et d'être tombée dans l'obscurité. Ses yeux s'écarquillèrent, son visage devint cramoisi. Elle sortit de ses poches ses mains remplies d'un assortiment de bas, de mouchoirs et de rubans. L'inspecteur dit quelque chose, mais cela n'atteignit pas Dorinda. Pendant qu'elle fixait d'un air incrédule les bas de soie, les mouchoirs, et les rubans déroulés, le rouge de la colère se retira totalement de ses joues. Puis elle fit un pas en avant, déposa tous les objets sur le bureau et explora de nouveau les poches de son manteau. Il y avait encore une paire de bas et le rameau de mimosa dont elle avait pensé qu'il ferait si bien sur le revers de son manteau. Elle le déposa avec les autres objets.

— Je ne sais pas comment tout cela est venu dans mes poches, dit-elle calmement.

Le directeur la dévisagea d'une manière qui fit bouillir son sang écossais.

— Ah, vous ne savez pas ? Vraiment ? Eh bien, je pense que nous pouvons vous proposer une explication. Nous allons porter plainte pour vol à l'étalage. Et si cette dame voulait bien nous laisser son adresse, nous pourrions la citer comme témoin. Peut-être voulez-vous nous raconter ce que vous avez vu, chère madame.

Miss Silver se redressa.

— Je suis venue pour cela. Après avoir fait une emplette, j'attendais mon paquet et ma monnaie, lorsque j'ai vu cette jeune femme qui s'était arrêtée pour regarder les verroteries et les colliers à l'angle du rayon mode. Elle semblait séduite par ce rameau de mimosa, et j'ai pensé qu'elle allait peut-être l'acheter. Il aurait certainement fait très bien sur son manteau. Elle se préparait à s'en éloigner lorsque plusieurs personnes sont arrivées, qui venaient du rayon des bas. J'ignore si elles étaient ensemble. Au moment où elles sont arrivées à sa hauteur, cette dame s'était déjà éloignée de l'endroit où elle s'était arrêtée. J'affirme d'une manière formelle que ce rameau de mimosa était encore à sa place alors qu'elle en était déjà éloignée d'au moins un mètre et qu'elle se dirigeait dans la direction opposée. Il y avait deux jeunes femmes dans le groupe qui venait du comptoir des bas. Elles se sont placées de chaque côté de cette dame. A ce moment-là, il y avait pas mal d'allées et venues entre les différents rayons. Il y avait parfois des gens entre ces deux jeunes femmes et moi-même et parfois non. Je suis prête à jurer que cette dame ne s'est jamais retournée et qu'il ne lui a pas été possible de prendre le rameau de mimosa. Elle m'intéressait et je n'ai jamais perdu de vue au moins le sommet de sa tête. Elle n'a pas pu atteindre le mimosa de l'endroit où elle était et elle ne s'est pas retournée. C'était le premier point. Voici le second. Comme les gens continuaient à avancer, il se créait naturellement des espaces vides entre eux. C'est ainsi que j'ai vu l'une des deux jeunes femmes dont j'ai parlé en train de retirer sa main de la poche du manteau de cette dame. A ce moment-là, la vendeuse m'a tendu le paquet et la monnaie que j'attendais. J'ai vu les jeunes femmes dire quelque chose à une vendeuse derrière un comptoir et s'éloigner rapidement. Le temps que je prenne possession de mon paquet, il y avait un certain nombre de gens qui nous séparaient. Lorsque je suis arrivée au comptoir, les deux jeunes femmes avaient disparu et la vendeuse, en proie à une certaine émotion, était en train de faire une communication à votre inspecteur. J'ai remarqué que le rameau de mimosa n'était plus à sa place. Lorsque j'ai vu l'inspecteur aborder cette dame, qui à ce moment-là s'approchait du comptoir des mouchoirs, j'ai réalisé que mon témoignage serait nécessaire et j'ai décidé de les suivre.

Le directeur était renversé dans son fauteuil. Il demanda d'un ton sceptique :

— Vous prétendez avoir vu une femme glisser la main dans la poche de cette jeune fille ?

Miss Silver toussota avant de répondre.

— J'ai déclaré l'avoir vue en train de retirer sa main de la poche de cette dame. Je suis parfaitement disposée à attester sur l'honneur ce que j'ai vu.

Le directeur fronça les sourcils.

— Je suis persuadé que cela fait bien l'affaire de madame. C'est une excellente idée, lorsque l'on va faucher dans les magasins, d'avoir sous la main quelqu'un prêt à jurer que l'on ne peut être coupable.

Miss Silver braqua sur lui le regard qui n'avait

jamais manqué de faire baisser les yeux aux plus intrépides de ses élèves. Un regard qui avait intimidé bien des malfaiteurs. Depuis, il avait fait hésiter l'inspecteur principal Lamb lui-même et l'avait amené à présenter des excuses à contrecœur. Il transperça le directeur dans son amour-propre et le dépouilla jusqu'aux os. Il se sentit glacé et beaucoup moins sûr de lui. Lorsqu'on a vécu dans le respect des conventions et sous l'égide des convenances, quelque chose se désintègre lorsqu'elles disparaissent.

— Plaît-il ? demanda Miss Silver.

Le directeur s'aperçut qu'il était en train de présenter des excuses. Elle avait parlé très calmement et il avait acquis la conviction qu'elle n'était ni une duchesse excentrique ni un membre moins éminent de l'aristocratie. Mais l'autorité qui perçait derrière cette voix tranquille l'avait ébranlé. Il s'interrompit dans ses formules maladroites en réalisant qu'on lui adressait la parole. Il eut la sensation totalement inexplicable que son interlocutrice se trouvait sur une estrade. Il eut la sensation inhabituelle d'être devenu quelque chose de très humble dans l'échelle des êtres.

Miss Silver ne montra pas la moindre indulgence pour son désarroi.

— Peut-être souhaiteriez-vous que je vous fournisse la preuve de ma crédibilité en tant que témoin. Voici ma carte professionnelle.

Du sac noir et défraîchi qui pendait à son poignet gauche, elle produisit une carte rectangulaire et immaculée qu'elle déposa devant lui. Son nom figurait au centre — Miss Maud Silver — avec son adresse, 15 Montague Mansions, S.W., dans le coin inférieur gauche, et dans le coin correspondant à droite, ces mot : Enquêtes Privées.

Pendant qu'il digérait cette information, Miss Silver reprit :

— Si vous voulez bien avoir l'obligeance d'appeler

Scotland Yard, l'inspecteur principal Lamb vous confirmera qu'il me connaît bien et que je suis quelqu'un que l'on peut croire. Le sergent Abbott ou en fait n'importe lequel des officiers de la police judiciaire pourra vous assurer que je jouis de toute la confiance de la police. Naturellement, si vous êtes prêt à admettre qu'une erreur a été commise et à présenter toutes vos excuses à cette jeune femme, il ne sera pas nécessaire de déranger Scotland Yard.

Le directeur, ainsi mis au pied du mur, se retourna férocement contre l'inspecteur. Il se réjouit dans son amour-propre rabaissé d'avoir sous la main un subordonné à rudoyer.

— Mr. Sopeley !

— Oui, monsieur ?

— Comment en êtes-vous arrivé à intervenir ? Madame prétend que l'une des vendeuses est allée vous voir et vous a parlé. Qui était-ce et que vous a-t-elle dit ?

Mr. Sopeley vit se dessiner la perspective de se retrouver dans le rôle peu enviable du bouc émissaire. C'était un vétéran de la guerre dont l'emploi n'était pas assez stable pour qu'il puisse se permettre de voir des menaces peser ainsi sur lui. Il eut la sensation que le col de sa chemise était soudain devenu trop serré et commença à expliquer en bafouillant :

— Ce... c'était miss Anderson. Elle m'a dit qu'une dame lui avait chuchoté à l'oreille que cette... — il s'interrompit pour déglutir sa salive — ... cette jeune femme était en train de se remplir les poches et qu'elle estimait devoir le signaler.

— Alors pourquoi ne s'est-elle pas présentée comme témoin ?

— Elle a prétendu qu'elle avait un train à prendre, répondit Mr. Sopeley d'une voix éteinte.

Le crâne chauve du directeur s'empourpra de colère.

— Miss Anderson aurait dû la retenir.

Apercevant une échappatoire possible, Mr. Sopeley reconnut que Miss Anderson avait fait preuve d'une grande négligence, mais comment aurait-elle dû s'y prendre exactement pour retenir une cliente résolue et paniquée à l'idée de rater son train, ni lui ni le directeur n'en savaient rien.

— Je le lui ai fait remarquer très sévèrement, monsieur, reprit-il d'un ton de vertueuse indignation.

Miss Silver s'interposa.

— Il est parfaitement évident que la femme qui a porté cette accusation avant de se volatiliser est celle qui a placé les marchandises dérobées dans les poches de cette jeune femme. Je vais maintenant insister pour que vous appeliez Scotland Yard. Vous devez faire amende honorable à cette jeune femme et je ne m'estimerai pas satisfaite avant qu'il en soit ainsi.

L'inspecteur principal Lamb souleva le combiné de l'appareil qui reposait sur son bureau. La voix du sergent Abbott lui parvint.

— Eh bien, chef, j'en ai une bien bonne ! J'ai le directeur des grands magasins De Luxe au bout du fil. Il voudrait savoir si Maudie est un témoin digne de foi ! Il voudrait vous parler. Un type assez déplaisant... vous aimeriez peut-être l'aplatir vous-même.

Lamb poussa un grognement.

— De quoi s'agit-il exactement ?

— Vol à l'étalage. Maudie dit que la jeune fille est victime d'un coup monté. Elle dit qu'elle a vu une femme mettre la main dans sa poche et aller voir une vendeuse pour lui passer le tuyau. Puis elle a vidé les lieux pour aller prendre un train. Je vous le passe ?

Lamb exprima son assentiment par un nouveau grognement qui fut suivi d'un déclic puis de l'impact dans son oreille d'une voix pour laquelle il ressentit une aversion profonde. En observateur sagace et averti de la nature humaine, il subodora en son interlocuteur quelqu'un qui avait fait une gaffe et essayait de s'en sortir en crânant. Il y mit un frein en se présentant.

— Inspecteur principal Lamb à l'appareil.

Chacune des syllabes bien détachées était imprégnée d'autorité.

Le directeur se vit dans l'obligation de reprendre encore une fois son récit, ce qu'il n'apprécia guère. Il commençait à regretter de ne pas avoir présenté ses excuses à Dorinda Brown et d'avoir appelé Scotland Yard.

L'inspecteur principal l'interrompit avant qu'il soit allé très loin.

— Ce qui s'est passé dans votre magasin n'est pas de mon ressort. Si vous voulez porter plainte contre quelqu'un, adressez-vous à votre commissariat. Mais dans la mesure où vos investigations portent sur miss Maud Silver, je suis prêt à intervenir. Je la connais très bien et je peux vous assurer qu'elle est un témoin entièrement digne de foi. Elle a rendu énormément de services à la police en bien des occasions et si je puis me permettre de m'exprimer ainsi, vous seriez bien avisé de vous rallier à son opinion. Si elle prétend que cette jeune fille est innocente, il vaut mieux la croire, elle sait ce dont elle parle. Un instant, voulez-vous... j'aimerais lui parler, juste pour m'assurer de son identité.

Dans le bureau du directeur, Miss Silver saisit le combiné avec un toussotement préalable.

— Inspecteur principal Lamb ? Que cela me fait plaisir d'entendre votre voix ! Vous allez bien, j'espère ?... et Mrs. Lamb ?... Et vos filles ?...

Lorsque les politesses furent terminées, Lamb se permit un petit gloussement.

— Qu'avez-vous manigancé ?

— Mon cher inspecteur principal !

Le gloussement se transforma en rire.

— Vous avez eu besoin de faire appel à la police

pour vous en sortir... hein ? Mais savez-vous que cela nous fait extrêmement plaisir ?

— Je suis totalement persuadée de pouvoir compter sur vous, répondit miss Silver avec gravité.

Elle rendit le combiné au directeur dont le crâne chauve avait pris la couleur d'une betterave rouge, et fit un pas en arrière.

Conscient de ce changement d'interlocuteur, Lamb conclut d'un ton brusque :

— Il n'existe qu'une seule miss Silver, et c'est bien elle.

8

L'attitude de Dorinda rendait Justin Leigh légèrement perplexe. Elle avait pris soin de s'habiller d'une manière qui avait déjà recueilli son approbation. Elle semblait être en parfaite santé et très heureuse de le voir. Et pourtant, il y avait quelque chose. Elle laissait flotter son attention et ne manifestait pas l'enthousiasme qui aurait dû accompagner le choix d'une toilette offerte par une tierce personne. L'idée que se faisait Mrs. Oakley du prix qu'il fallait mettre pour une robe du soir lui semblait parfaitement adéquate.

Dorinda, qui n'avait jamais côtoyé de sommets aussi grisants, aurait dû voler de ravissement en ravissement avec un enthousiasme débridé, alors qu'elle demeurait sur la réserve. Ce n'est que lorsque la robe fut extraite de quelque reliquaire secret et respectueusement déployée devant elle qu'elle sembla manifester un intérêt quelconque.

La robe produisit un effet irrésistible. Elle fit : « Oh ! » et se mit à rosir. Justin lui fit remarquer qu'elle ferait mieux de l'essayer et elle se retira dans une cabine. Lorsqu'elle ressortit vêtue de la robe, il n'y eut plus le moindre doute. Elle avait une touche magique et indéfinissable. Elle était à la fois moulante et flottante. La coupe en était extrêmement sobre. Par quelque prodige, le noir uni de l'étoffe donnait à ses cheveux la richesse de l'or et rendait ses yeux brillants et son teint lumineux.

— A la bonne heure, fit Justin d'une voix singulière. Va vite l'enlever ou nous n'aurons jamais le temps de déjeuner.

Ils firent envelopper la robe qu'ils payèrent une somme folle et l'emportèrent avec eux. Justin avait découvert un nouveau restaurant où on leur donna une table à l'écart dans un léger renfoncement du mur. Comme ils étaient maintenant tranquilles pour discuter, il la regarda dans les yeux et demanda :

— Que se passe-t-il ?

Il s'inquiéta fort de la voir pâlir et de l'entendre dire avec un tremblement dans la voix :

— J'ai failli être arrêtée pour vol à l'étalage.

Son inquiétude s'accrut au fur et à mesure de son récit.

— S'il n'y avait eu miss Silver, ils m'auraient arrêtée. Cela m'a donné une affreuse sensation de vertige... comme lorsqu'on a l'impression de marcher sur un sol tout à fait normal et que d'un seul coup on pose le pied et on s'aperçoit qu'il n'y a plus rien dessous. Je suppose que tu as connu cela dans des rêves... moi, ça m'arrive souvent. Mais ça ne s'était jamais produit dans la réalité... pas avant ce matin.

Après que le garçon fut venu prendre leur commande, il lui demanda de tout lui raconter de nouveau.

— Avais-tu déjà vu l'une de ces personnes ?

— Non. Miss Silver m'a posé la question. Nous sommes allées prendre un café ensemble après qu'ils ont présenté leurs excuses. C'est une femme merveilleuse. Elle connaît tout le monde à Scotland Yard, alors ils ont bien été obligés de la croire.

Justin dressa l'oreille.

— Maud Silver... ça me dit quelque chose... mais où était-ce ?... Ah, bien sûr ! C'est la Préceptrice Vénérée de Frank Abbott !

— C'est comme ça qu'il l'appelle ?

— Oui, quand ce n'est pas Maudie la Mascotte. Malgré cela, s'il y a quelqu'un en ce bas monde pour lequel il éprouve du respect, c'est bien miss Maud Silver.

— Elle a complètement démoli ce sale directeur. — Elle se rasséréna à l'évocation de ce souvenir. — Mais, Justin, elle m'a demandé si je connaissais quelqu'un qui pourrait vouloir me causer des ennuis ou se débarrasser de moi, et bien sûr, j'ai répondu que non... ça ne peut pas avoir de rapport avec le Méchant Oncle... n'est-ce pas ?

— Que veux-tu dire ?

— Eh bien, j'ai trouvé une photographie de lui toute froissée dans le placard à jouets de Marty.

— Dorinda !

Elle hocha la tête.

— Oui, c'est vrai. C'était la réplique exacte de celle qu'avait Tante Mary... Charles Rowbecker and Son, Norwood. Je l'ai posée sur le bureau de Mrs. Oakley et je ne lui ai rien dit et elle ne m'en a pas parlé non plus. Justin... Ce n'est pas possible que ce soit ça !

Justin avait l'air d'un beau ténébreux un peu distant. L'affreuse sensation qu'elle était peut-être en train de l'ennuyer s'empara d'elle.

— N'en parlons plus, fit-elle précipitamment.

Toujours beau, mais un peu moins distant, il fronça les sourcils et la pria de ne pas dire de bêtises.

— Mais, Justin, cela avait l'air de t'ennuyer.

— Il ne faut pas se fier aux apparences. En fait, je commençais à cogiter. Dis-moi, Dorinda... pourquoi donc es-tu allée dans ce magasin-là ?

— J'avais des courses à faire pour Mrs. Oakley.

— Ma chère enfant, n'essaie pas de me faire croire que la femme de Martin Oakley va faire ses courses aux magasins De Luxe ! La mode pour les masses et pour une élite bourgeoise éclairée !

Dorinda pouffa de rire.

— Mais non, elle n'y va pas pour elle. Mais quelqu'un lui avait dit qu'ils avaient de la peinture phosphorescente, alors elle m'a demandé d'aller voir. C'est parce que Marty a retrouvé sa vieille nourrice et qu'elle n'est pas du tout contente qu'on l'ait laissé écailler toute la peinture de la pendule de la chambre d'enfants et de ne plus pouvoir lire l'heure quand elle se réveille dans le noir. Alors je devais aller voir si je pouvais en trouver.

— Qui était au courant que tu y allais ?

— Eh bien, Mrs. Oakley... la nourrice... et Doris, la jeune fille qui fait les chambres... et... enfin, je crois que pratiquement tout le monde était au courant, parce que Marty passait son temps à raconter à tout le monde que j'allais lui acheter de la peinture qui brille parce qu'il avait été *très* méchant et qu'il avait gratté celle de la pendule. Et chaque fois qu'il disait cela, la nourrice faisait remarquer à quel point il était difficile d'en trouver, mais qu'elle avait entendu dire qu'ils en avaient aux magasins De Luxe. Seulement je ne sais pas qui le lui avait dit.

Le froncement de sourcils de Justin s'accentua.

— Si c'était un coup monté, il a été manigancé par quelqu'un qui savait que tu devais aller dans ce maudit magasin. Tu es sûre de n'avoir reconnu personne dans la foule ?

Dorinda hocha la tête.

— Oui, oui, j'en suis sûre.

— Bon, cela ne donne pas l'impression d'être une voleuse qui ait voulu se débarrasser de la marchandise parce qu'elle avait éveillé les soupçons. Si cela avait été le cas, elle n'aurait jamais couru le risque d'aller parler à la vendeuse. Écoute, je n'aime pas la tournure que ça prend. Tu ferais mieux de laisser tomber ce boulot. Tu peux appeler Mrs. Oakley et lui dire que tu as un drame de famille qui vient d'éclater et que tu as été appelée d'urgence au chevet de ta tante Jemima.

— Justin, ce n'est pas possible. Même si elle ne savait pas... et elle le sait... que je n'ai plus de tante de ce monde, je ne pourrais pas faire ça. Je viens de m'acheter une robe de trente livres avec l'argent qu'elle m'a donné, et il faut que je travaille pour la rembourser.

Elle n'avait jamais vu Justin l'air aussi furieux.

— Tu n'as qu'à rapporter cette fichue robe !

— Ils ne voudront pas me rembourser, répliqua Dorinda avec conviction. Ils me diront qu'ils mettront cette somme au crédit de Madame, et ça ne servira à rien du tout, car Mrs. Oakley n'ira jamais s'habiller là-bas... elle me l'a dit elle-même. Elle m'a dit qu'ils avaient de très jolies petites robes pas chères pour des jeunes filles, mais que, bien sûr, elle dépensait beaucoup plus pour ses propres vêtements. Alors, tu vois bien, ce n'est pas possible.

Justin se pencha vers elle.

— Dorinda... laisse-moi te prêter les trente livres.

La gratitude humecta les yeux de Dorinda de perles de rosée.

— C'est vraiment très généreux de ta part. Mais je ne peux naturellement pas accepter.

— Il le faut.

— Chéri, je ne peux pas. Tante Mary se retournerait dans sa tombe. C'était un de ses principes les plus stricts... ne jamais se laisser aborder par un homme qui ne vous a pas été présenté, ne jamais laisser un homme payer vos dettes, ne jamais laisser un homme vous prêter de l'argent. Et lorsque l'on a été imprégnée toute sa vie de maximes de ce genre, on ne peut tout simplement pas... même si l'on essaie.

— La famille, ce n'est pas la même chose, fit Justin.

Dorinda secoua la tête.

— Pas quand ce sont des hommes. Tante Mary avait quelque chose de particulier contre les cousins. Elle disait qu'ils étaient sournois.

Justin éclata de rire, ce qui eut pour effet de relâcher la tension qui le gagnait. Pourquoi cette tension, il ne savait pas très bien. Il s'était senti plus furieux qu'il ne se souvenait l'avoir été depuis fort longtemps, et lorsque Dorinda avait commencé à s'obstiner, une impulsion venue du fond des âges lui avait laissé entrevoir à quel point il serait bon de l'assommer d'un coup de massue et de la traîner par les cheveux dans une caverne. Cela ne se traduisit naturellement pas en paroles, mais ça revenait à cela.

Son rire chassa tout cela, mais Dorinda ne démordit pas de sa position. Elle voulait garder sa place, elle voulait garder sa robe à trente livres, elle ne voulait pas retourner au Club des Bruyères, et elle était absolument aux anges de voir Justin en colère et s'intéresser vraiment à elle. Ce n'était pas sa Tante Mary qui lui avait dit qu'un homme ne peste contre une femme que lorsqu'il tient à elle. C'était Judith Crane, la fille qui avait agacé les vieilles femmes du Club des Bruyères en prenant tant de bains et en sortant avec tant de jeunes gens. Tout compte fait, Judith Crane lui avait beaucoup appris. L'éducation que lui avait donnée sa Tante Mary avait des fondements solides et sains mais la finition laissait à désirer. Et comme le Méchant Oncle l'avait fait beaucoup souffrir, elle lui avait, tout naturellement peut-être, donné une image de l'homme qui n'était guère flatteuse. Il fallait bien qu'il existe, mais moins on avait affaire avec lui, meilleur c'était pour la tranquillité d'esprit.

Tout en gardant cela présent à l'esprit, Dorinda continuait à resplendir de gratitude et à refuser les trente livres. Elle apprécia également leur excellent repas et revint par intervalles sur miss Maud Silver.

— Elle m'a laissé sa carte et elle m'a dit, si j'avais d'autres ennuis, de la prévenir immédiatement. Je lui ai dit que je ne pourrais pas lui verser d'honoraires ou quoi que ce soit, mais elle m'a répondu que ça n'avait pas d'importance... de simplement la prévenir. Justin, elle est vraiment chou ! Elle m'a tapoté la main et elle m'a dit : « Ma chère, il y a eu une époque où j'étais une jeune fille qui gagnait sa vie en travaillant chez les autres. Et il y a tellement de bienfaits pour lesquels je me sens reconnaissante que j'ai plaisir à payer une partie de ma dette lorsque l'occasion se présente. »

Justin finit par baisser pavillon. Il avait quelque chose à offrir à Dorinda et s'il continuait à se chamailler avec elle jusqu'au dernier moment, l'ambiance ne serait pas idéale. Dorinda, de son côté, ne donnait pas l'impression de se chamailler. Elle se contentait de resplendir, de l'appeler chéri et de continuer à refuser. Il commença à réaliser qu'il devait être en train de se rendre ridicule. Pour remettre son petit présent, il avait besoin d'adopter l'attitude du cousin bienveillant et indulgent, mais il éprouvait quelques difficultés pour y parvenir.

Dorinda lui offrit une chance en déclarant qu'elle aurait juste le temps d'aller acheter son épingle de nourrice en plaqué or avant de rejoindre Mr. Oakley à son bureau. Justin plongea la main dans sa poche et en ressortit quelque chose empaqueté dans une enveloppe.

— Cela fera plus joli qu'une épingle de nourrice... tout au moins j'espère que tu seras de cet avis. Cela appartenait à ma mère.

— Oh, Justin ! fit-elle en rougissant violemment.

A l'intérieur de l'enveloppe se trouvait un petit écrin en cuir brun et fatigué et à l'intérieur de l'écrin, sur un fond de velours ivoire, jauni comme les touches d'un vieux piano, reposait une broche étincelante. Dorinda la contempla et se sentit incapable de dire un mot. La lumière faisait étinceler de mille feux deux cercles de diamants entrelacés. Elle leva des yeux noyés de larmes sur le visage de Justin.

— Tu l'aimes bien ?

Elle prit une longue respiration.

— Elle est beaucoup trop belle !

— Mets-la.

Ses mains s'immobilisèrent à mi-chemin de sa gorge.

— Justin... tu ne devrais pas... je veux dire, je ne devrais pas la prendre. Si elle était à ta mère, ne devrais-tu pas la garder ? Parce que, quand tu te marieras...

Elle se tut, car la pensée de Justin se mariant lui fit tellement mal qu'elle se sentit incapable de continuer.

Ils furent, l'espace d'un instant, en proie à une étrange émotion. Justin la regarda avec gravité.

— Quel genre de fille crois-tu que je devrais épouser ? demanda-t-il.

Rien de plus facile que de répondre à cette question, même si cela lui perçait le cœur. Dorinda avait toujours su très exactement quel genre de fille Justin épouserait et depuis quelques mois, elle avait même mis un nom dessus. Dorinda avait vu sa photographie dans un hebdomadaire à sensation... « Mr. Justin Leigh et miss Moira Lane. » Elle avait découpé la photo et l'avait conservée et un jour où elle s'était sentie particulièrement brave, elle avait demandé à Justin : « Qui est Moira Lane ? » Pour toute réponse, elle avait dû se contenter d'un froncement de sourcils et d'une phrase jetée d'un ton désinvolte : « Oh, c'est une fille que je connais. » Par la suite, elle les avait vus ensemble une ou deux fois... un jour où elle déjeunait avec Tip, et un soir au théâtre avec Buzzer. Moira Lane avait toujours de l'allure, comme si elle savait exactement ce qu'il fallait faire et comment le faire. C'était une beauté, bien sûr, mais elle aurait pu être une beauté et ne pas convenir à Justin. C'était cet air qu'elle avait, d'être exactement dans le vrai et d'en être absolument certaine, qui parcourait le cœur de

Dorinda de longs frissons glacés. Elle reposa la broche sur son lit de velours et commença à tracer des traits sur la nappe à coups d'ongle.

— Grande et, bien sûr, très très mince, mais pas maigre... tu n'aimes pas les filles maigres, n'est-ce pas ? Et peut-être aussi très blonde... mais je ne pense pas que ça ait une grande importance, à partir du moment où elle est bien coiffée. Et très très élégante, avec les vêtements qu'il faut, et sachant exactement où les acheter... et ce qui se fait et ce qui ne se fait pas, et exactement le genre de maquillage qui lui convient, et quand un vêtement est fichu et qu'on ne peut plus se montrer avec. Parce que tu sais, tout cela est très difficile, à moins d'avoir été élevé comme ça, et même dans ces conditions, il y a des gens qui s'en sortent beaucoup mieux que d'autres... et toi, il te faudrait quelqu'un de vraiment remarquable.

— Crois-tu ?

— Oh, oui, Justin. Parce que tu remarques absolument tout, et que tu ne peux supporter qu'il y ait la moindre chose qui cloche. Tu aimes que tout soit parfait, alors il te faudra épouser une fille qui ne fasse jamais la moindre faute.

Sans y jeter un regard, elle repoussa le petit écrin de cuir brun sur la table, sans quitter des yeux le visage de Justin. Il le ramassa et le reposa devant elle.

— Elle trouverait certainement la broche de ma mère démodée. Je préfère que ce soit toi qui l'aies. Vas-y, mets-la.

— Oh, Justin !

— Mon enfant chérie, ne sois pas ridicule ! Je ne te l'aurais pas offerte si je n'avais pas voulu que tu l'aies... Non, pas comme ça... un peu plus haut... voilà. — Il jeta un coup d'œil à sa montre et se leva vivement. — Il faut que je me dépêche. Ne fais pas de bêtises. Et continue à me tenir au courant.

9

Mrs. Oakley avait regretté toute la matinée d'avoir envoyé Dorinda en ville. N'importe lequel des trois grands magasins qu'elle lui avait indiqués se serait fait un plaisir de faire parvenir une sélection de robes adéquates en réponse à une demande de Mrs. Martin Oakley. Elle aurait pu passer un coup de fil aux magasins De Luxe pour la peinture. Tout le reste aurait pu attendre. Alors que là, elle allait rester seule toute la journée. Martin n'arriverait pas avant quatre heures au plus tôt, car Dorinda ne devait le rejoindre qu'à deux heures et demie, ce qui signifiait qu'il ne partirait pas avant trois heures dans le meilleur des cas. Il se passait toujours quelque chose au dernier moment dans les bureaux.

Elle ne savait pas très bien à quoi s'en tenir à propos du bureau de Martin. Elle le détestait parce qu'il le tenait éloigné d'elle, mais s'il n'avait pas existé, ils n'auraient pas eu d'argent, et elle aurait détesté ne pas avoir d'argent. A une certaine époque, elle en avait d'abord eu peu, et puis plus du tout. Il y avait eu une seule pièce et pas de quoi manger tous les jours. Il lui avait fallu tâcher de faire le ménage elle-même, ce qui avait eu pour résultat de lui salir effroyablement les mains sans que la pièce en parût plus propre pour autant. Il lui avait fallu essayer de faire la cuisine, mais il valait mieux ne pas en parler. Pendant des années, elle avait soigneusement évité de se remémorer ce passé, mais aujourd'hui elle ne pouvait s'en empêcher. Les souvenirs affreux et sordides affluèrent dans son esprit. Comme une bande de clochards répugnants se promenant dans son intérieur bien tenu. Ils allaient partout et faisaient tout ce qu'ils voulaient. Ils l'avaient tenue éveillée la nuit, et dans son sommeil, ils n'avaient fait qu'aller et venir dans ses rêves.

Elle n'aurait pas dû laisser partir Dorinda. Il y avait des tas de choses qu'elles auraient pu faire ensemble. Il y avait les rideaux neufs à choisir et les housses du salon... elles auraient pu sortir les catalogues et les regarder. Cela aurait occupé une bonne partie de la matinée. Après déjeuner, Dorinda aurait pu lui faire la lecture ou lui parler, et à l'heure du thé, elle aurait commencé à attendre l'arrivée de Martin. Alors que là, il y avait toute cette journée vide qui se traînait avec personne à qui parler. La nourrice ne tenait pas particulièrement à ce qu'elle aille dans la nursery. Elle restait très polie, mais Marty et elle lui donnaient toujours l'impression d'interrompre quelque chose. Elle les sentait y retourner avec soulagement avant même qu'elle ait quitté la pièce. Si sa nouvelle femme de chambre avait été différente, la matinée se serait écoulée sans problèmes. Elle avait des tas de vêtements dont il aurait été intéressant de discuter avec Hooper. L'ennui était que Hooper ne voulait pas discuter. Celle-ci connaissait ses attributions et savait comment les exercer, mais ça n'allait pas plus loin. Elle disait : « Oui, madame » ou « Non, madame » et si elle avait quelque chose d'autre à dire, elle le faisait le plus succinctement possible.

En l'absence de Dorinda, Hooper décrocha le téléphone lorsque la sonnerie retentit juste avant le déjeuner.

— Mr. Porlock, madame.

— Demandez-lui ce qu'il veut, Hooper. Il sait que je ne me déplace pas pour le téléphone.

Après un silence, le visage impassible de Hooper se tourna de nouveau vers elle.

— Il demande à vous voir, madame... un message important pour Mr. Oakley. Il dit qu'il viendra à deux heures.

Mrs. Oakley devint toute fébrile.

— Mais il faut que je me repose... j'ai très mal dormi cette nuit. Dites-lui... dites-lui... que Mr. Oakley devrait arriver vers quatre heures et demie...

Hooper reposa l'écouteur.

— Mr. Porlock a raccroché, madame.

A deux heures tapantes, Gregory Porlock actionna la cloche de la porte d'entrée de la Ferme du Moulin. A la fois comme sonnette et comme ouvrage prétentieux à défaut d'être heureux, on pouvait objectivement la qualifier de tapageuse. Il entendit distinctement son tintement, suivi des pas du maître d'hôtel qui venait lui ouvrir.

Il apparut que Mrs. Oakley le recevrait dans son boudoir. Ils montèrent un escalier massif, traversèrent un palier où un cabinet Boulle renfermait des porcelaines d'une laideur remarquable et empruntèrent un couloir à l'extrémité duquel le maître d'hôtel ouvrit une porte et annonça :

— Mr. Gregory Porlock.

Mrs. Oakley détacha les yeux du livre qu'elle faisait semblant de lire pour découvrir un homme assez fort vêtu d'un complet de cheviotte brun. Il avait un mouchoir sur le bas du visage... un mouchoir de soie brune avec un motif vert et jaune. Puis la porte se referma derrière lui. La main qui tenait le mouchoir retomba sur le côté et elle reconnut Glen. Elle eut tellement peur qu'elle eut beau ouvrir la bouche pour crier, aucun son ne sortit, tellement le souffle lui manqua. Elle resta assise à le regarder, les yeux écarquillés et la bouche formant un O distendu et très pâle.

Gregory Porlock glissa son mouchoir dans sa poche et remercia sa bonne étoile. Elle aurait très bien pu crier avant que le maître d'hôtel ne soit hors de portée de voix. Il lui avait fallu courir ce risque. Elle refusait de répondre en personne au téléphone et l'unique règle de conduite qu'il considérait comme sacro-sainte était : « Ne jamais laisser de traces écrites. »

Il alla s'asseoir dans le coin opposé du canapé, puis il tendit une main et dit d'une voix agréable et sur le ton de la conversation :

— Je pensais bien que c'était toi, Linnet, mais il fallait que je m'en assure. Je ne tenais pas à ce que tu arrives samedi soir avec Martin pour le dîner et à ce que tu me fasses la grande scène de la reconnaissance devant tout le monde.

Glacée d'horreur, elle continuait à le fixer en silence. Il lui prit la main.

— Ma chère enfant, il faut te remettre ! Je ne vais pas te manger.

Peut-être à cause de cette étreinte chaude et virile et du pétillement dans ses yeux noirs, ou peut-être à cause des souvenirs que cela lui évoqua, son regard perdit sa fixité.

Elle prit une inspiration saccadée.

— Je te croyais mort..., fit-elle. Oh, Glen !

Gregory Porlock secoua la tête.

— Je n'ai pas l'air mort... si ? Je ne me sens pas mort non plus.

Il lui avait pris l'autre main et il les sentait trembler et essayer de se dégager comme deux petites choses affolées. Mais il ne relâcha pas son étreinte.

— Allons, réveille-toi ! fit-il. Ce n'est pas la peine de te mettre dans un état pareil. Je ne veux ni te faire de mal ni ressusciter le passé. Je m'accommode parfaitement de la situation actuelle. Tu n'aurais plus jamais entendu parler de moi, mais il se trouve que Martin et moi traitons une affaire ensemble et que nous aurions été appelés à nous rencontrer de toute façon, alors j'ai estimé qu'il valait mieux régler ce problème en privé.

Même la créature la plus faible fait front lorsqu'elle a tout à perdre. Linnet Oakley dégagea ses mains d'un coup sec.

— Pourquoi es-tu parti et m'as-tu laissée croire que tu étais mort ?

— En voilà une question, ma chère enfant ! J'ai eu une occasion et je l'ai saisie. Nous avions à peu près touché le fond, n'est-ce pas ? Une des pages les plus déplaisantes d'une vie fertile en événements... nous n'avions vraiment rien à y gagner en continuant.

— Tu n'as jamais pensé à ce que j'allais devenir ? dit-elle.

Gregory Porlock éclata de rire.

— Bien au contraire, ma chère. J'étais certain que ma Linnet saurait se trouver un nouveau perchoir. Et c'est ce qu'elle a fait... un perchoir bien meilleur, bien plus solide, bien plus cossu. Que dit la chanson, déjà ?

« C'est une belle quelque chose, quelque chose,
Dans une belle cage dorée. »

Linnet Oakley essaya de le frapper comme un oiseau donne un coup de bec. Il rit de plus belle.

— Oh, arrête tes bêtises ! Je sais que c'est dur pour toi, mais nous n'avons pas toute la journée devant nous. Mets-toi bien ceci dans la tête et ne l'oublie pas. Il y a sept ans de cela, tu avais sept ans de moins que maintenant et tu étais plus jolie de dix ans. Lorsque j'ai disparu et que tu as eu l'intelligence de me considérer comme mort, tu n'avais aucun souci à te faire pour ce perchoir dont je t'ai parlé. Mais si maintenant tu fais des bêtises et si tu te vois déchue de ta position présente et si confortable, je ne vois pas très bien ce qu'il pourrait advenir de toi. Non, n'aie pas peur... il n'y a aucune raison que tout ne continue pas comme maintenant. Je présume que tu as dit à Martin que tu étais veuve ?

Elle avait commencé à fondre en larmes.

— J'ai cru que j'étais... J'ai cru que tu étais mort...

Les yeux noirs pétillèrent de malice.

— Je crains que les tribunaux de ce pays ne soient impitoyables et n'exigent un acte de décès. Tu espérais naturellement que j'étais mort, car cela arrangeait bien tes affaires d'épouser Martin. Mais il semble que tu aies pris tes désirs pour des réalités et j'ai l'impression que les tribunaux n'apprécieraient guère. Dis-moi... combien de temps as-tu espéré que je n'étais plus de ce monde avant d'épouser Martin ?... Six mois ?... Oh, pardon, neuf ! Eh bien, je reconnais que je ne devais pas m'attendre à ce que l'on porte mon deuil plus longtemps. Mais la justice est si conventionnelle que je crains qu'elle ne voie la bigamie d'un assez mauvais œil.

Il se demanda s'il n'était pas allé un peu trop loin, car elle cria à ce moment-là. Elle n'avait pas crié très fort... trop effrayée pour ça... mais un cri quel qu'il soit exige toujours des explications vis-à-vis des autres. Il décida d'abandonner le persiflage pour la simplicité et la franchise.

— Écoute, Linnet, il ne faut pas avoir peur de moi. Pas plus que toi, je ne tiens à déballer toute la vérité... cela ne cadre pas avec mes projets. Bien sûr, je n'ai pas enfreint la loi et toi tu l'as fait. Mais je ne veux pas briser mes projets et je n'ai donc aucune raison de vouloir briser ton mariage. Tu as un petit garçon, n'est-ce pas ?

Elle lui adressa un regard empli d'une terreur nouvelle.

— Oh... Marty...

— D'accord, d'accord... personne ne va lui faire de mal. Maintenant, écoute-moi ! Crois-tu que tu pourras tenir ta langue ?

— Oh, oui...

— Bon. Je n'imagine pas que tu le fasses une seule seconde s'il s'agissait d'autre chose. Mais avec tout ce qui est en jeu pour toi, je pense que tu feras au moins l'effort d'essayer. Et pas question de fondre en larmes dans les bras de Martin et de tout lui raconter, parce que si tu fais ça, il te jettera à la rue et je te traînerai en justice pour bigamie. Si jamais tu dis un seul mot à Martin ou à quiconque, tu n'y couperas pas. C'est bien compris ?

— Oui, Glen...

— Et arrête de m'appeler Glen, ou un jour tu te tromperas. Souviens-toi que mon nom est Gregory Porlock et que mes amis m'appellent Greg. Tu ferais mieux de commencer à penser à moi en tant que Greg et à parler de moi en tant que Greg jusqu'à ce que cela devienne naturel et que tu n'aies plus envie de m'appeler autrement. Et pour l'amour de ce que tu veux, cesse de prendre l'air de quelqu'un que je vais assassiner !

C'était effectivement l'air qu'elle avait... comme une pauvre créature qui voit le couteau s'approcher et qui sait qu'il n'y a de secours à attendre de personne... tous ses muscles tendus et rigides, la terreur se lisant dans ses yeux. Elle tressaillait de dégoût à chaque fois qu'un mouvement le rapprochait d'elle. Il fit un nouveau geste, avançant la main pour lui tapoter l'épaule.

— Ma chère petite, tu n'as jamais été très gâtée sur le plan de l'intelligence, mais si tu fais un effort pour te contrôler et si tu écoutes bien ce que je vais te dire, tu devrais être capable de piger. Et quand ce sera bien rentré, tu te sentiras beaucoup mieux. Maintenant, écoute ! Je ne veux pas briser ton mariage avec Martin Oakley. Compris ?

Elle hocha vivement la tête en tremblant.

— Bon, n'oublie pas ! Personne n'a besoin de savoir que nous nous connaissions déjà. Si tu gardes le silence, j'en ferai de même. Si tu vas vendre la mèche à Martin ou à qui que ce soit d'autre, le marché est rompu, car dès l'instant où quelqu'un sera au courant, je n'aurai pas d'autre solution que d'intenter un procès. Pigé ?

Elle eut un nouveau hochement de tête tremblant.

— Ce marché est entièrement en ta faveur. Tu gardes Martin et l'argent de Martin, tu sauvegardes ta position et ta réputation, tu conserves ton enfant et tu évites la prison. C'est déjà beaucoup, non ? En échange, je ne te demande que deux choses. La première est de garder le silence. Il sera intéressant de voir si tu y parviens. La seconde...

Il s'interrompit, la fixant intensément en souriant. Elle ne se sentait plus aussi terrifiée. C'était comme une douleur qui s'était calmée, mais qui pouvait reprendre à tout moment. Lorsqu'il se renfonça dans son angle du canapé et qu'il la regarda de son air souriant, elle en ressentit les élancements avant-coureurs.

— Écoute, Linnet ! La seconde chose, c'est quelque chose que je veux que tu fasses pour moi. C'est très simple et très facile à réaliser, et quand tu l'auras faite, je ne t'ennuierai plus. Martin et moi sommes partenaires dans une transaction d'affaires. Mais nous devons naturellement agir tous deux en fonction de notre propre intérêt. Alors voilà, il me serait très profitable d'apprendre quelque chose que seul Martin sait. Lorsqu'il arrivera cet après-midi, il sera en possession de certains papiers dont je tiens énormément à prendre connaissance. Il les transportera dans son attaché-case et je veux les voir.

— Je ne peux pas… je ne peux pas… je ne peux pas !

— Allons, ça sert à quoi de dire cela ? Tu verras, c'est simple comme bonjour. Quand Martin monte s'habiller pour dîner, où dépose-t-il en général cette mallette ?

— Dans le bureau… mais je ne peux pas… et elle est fermée à clé…

— Le bureau… c'est la pièce qui est en dessous de celle-ci ?

— Mais je ne peux pas !

— Ma chère Linnet, je ne voudrais pas me mettre en colère, mais si tu continues à répéter bêtement cette phrase, cela risque de se produire, et tu n'apprécieras pas. Tu n'as jamais tellement apprécié, d'ailleurs.

Elle frissonna des pieds à la tête. Des images du passé, nettes, affreuses et terrifiantes lui revinrent en mémoire. Qui n'avait jamais vu Glen en proie à la colère, ne pouvait imaginer à quel point c'était terrible.

Il éclata de rire.

— Parfait. Tu fais ce que je te dis et il ne se passera rien de fâcheux. Voici ce que tu auras à faire. Pendant que Martin s'habillera, tu prendras la mallette, tu la déposeras sur l'appui de la fenêtre et tu laisseras la fenêtre entrebâillée. C'est absolument tout ce que je te demande de faire. Ça te prendra trente secondes et tu ne cours pas le moindre risque. La mallette sera de retour sur la table du bureau avant que vous ayez terminé votre dîner et Martin ne se doutera jamais qu'elle a quitté la maison. Si l'envie te prend de faire un tour dans la maison et de refermer la fenêtre, après dix heures, ce ne serait peut-être pas une mauvaise chose.

— Je ne peux pas faire ça..., dit-elle d'une voix terrorisée.

— C'est très facile, tu sais.

Elle se tordit les mains.

— Je sais que je ne comprends rien aux questions d'argent, mais je ne suis pas aussi bête que tu le crois. Si je te laisse voir ces papiers, tu vas gagner de l'argent et Martin va en perdre.

— Parfaitement exact. Beaucoup d'argent, même. Continue à faire preuve d'intelligence pendant un moment encore. Combien penses-tu que Martin soit prêt à payer pour sauvegarder ta réputation et t'éviter le banc des accusés ? Sans parler de l'ignominie d'avoir un fils devenu illégitime aux yeux de tous. Je crois qu'il n'hésiterait pas à faire un gros effort. Il tient à toi, non ?

— Oh, oui...

— Et au petit ?

— Oh, Glen !

— Si tu continues à m'appeler Glen, je crois que je vais réellement t'étrangler ! Alors, on reprend et tu dis : « Oh, Greg ! »

Elle obtempéra dans un murmure terrorisé.

— C'est bien mieux comme ça ! Ainsi donc, cette somme d'argent est le prix que Martin va payer pour conserver sa femme, son fils et sa tranquillité d'esprit. Crois-tu qu'il rechignerait à payer s'il était au courant ? Tu sais bien que non... même si c'était le double. Sais-tu que, comme un aventurier plus illustre, je suis surpris de ma propre modération ?

Linnet Oakley ne le quittait pas des yeux. Elle serait obligée de se soumettre à ses exigences... elle l'avait su dès le début... elle ne pouvait pas résister à Glen. Il ne fallait pas qu'elle perde Martin. Et il ne fallait pas qu'elle aille en prison. Jamais Martin n'accepterait. Il préférerait payer n'importe quelle somme pour elle ou pour Marty. En fait, l'argent n'avait pas vraiment d'importance. Elle demanda d'une voix soumise :

— Si je le fais, me promets-tu... me promets-tu sincèrement que Martin ne l'apprendra pas ?

Gregory Porlock ne put retenir un nouvel éclat de rire.

— Ma chère, je croyais que même toi tu aurais compris que je n'ai pas intérêt à ce que Martin l'apprenne.

10

Le voyage en voiture jusqu'à la Ferme du Moulin fut parfaitement silencieux. Martin Oakley, assis devant à côté du chauffeur, ne desserra pas les dents. Dorinda avait tout l'arrière pour elle. Elle glissa un coussin dans l'angle du siège et s'enroula dans une couverture bien chaude. En regardant défiler les rues et les gens, elle se dit qu'elle avait au moins une raison de se réjouir. Martin Oakley n'était pas le Méchant Oncle. Il était seulement Marty devenu adulte et devenu un homme d'affaires prospère. Il avait le même teint jaunâtre, l'air sombre que prenait Marty lorsqu'il préparait un mauvais coup, le même froncement de sourcils nerveux. Il était heureusement moins loquace, ce qui était pour elle une autre raison de se réjouir.

Dorinda était vraiment ravie de ne pas avoir laissé Justin l'arracher de ce qui promettait d'être une bonne place. Son expérience, aussi limitée qu'elle fût, lui avait enseigné qu'un employeur silencieux et gardant ses distances valait son pesant d'or. Nombreux étaient ceux qui avaient une fâcheuse propension à se livrer. Elle se dit qu'elle pouvait s'estimer heureuse et que Justin avait tort de lui raconter des histoires, parce qu'il y avait des tas de filles à la recherche d'un emploi en ce moment, et que lorsqu'on en avait trouvé un qui était satisfaisant, il faudrait être idiot pour ne pas s'y accrocher.

Ses doigts remontèrent jusqu'à la broche de Justin. Quand elle l'eut dégrafée, admirée et remise en place, elle se sentit toute chaude et rayonnante. C'était merveilleux de sa part de la lui avoir donnée. Elle n'avait pas pu le remercier correctement, parce qu'elle avait eu l'affreuse sensation d'être sur le point de fondre en larmes. Elle ne pouvait imaginer quelque chose qui déplaise plus à Justin que d'avoir au restaurant quelqu'un qui fonde en larmes à sa table... il ne lui aurait jamais pardonné. Alors, elle n'avait pas osé parler. Elle commença à faire le plan d'une lettre qu'elle comptait lui écrire après le thé.

Quand le moment arriva de l'écrire, elle parut incapable de la rédiger dans les termes qu'elle avait préparés. Elle gaspilla énormément de papier et énormément de temps. Finalement, elle se résigna à l'écrire d'une manière spontanée et sans prendre le temps de réfléchir.

« Justin, ne crois pas que j'aie été ingrate. J'espère vraiment que tu ne penses pas ça. Jamais on ne m'a offert un aussi beau cadeau. J'avais peur de me mettre à pleurer tellement il était beau, et si j'avais fait ça, tu n'aurais plus jamais voulu m'adresser la parole.

Ta Dorinda affectionnée.

P.S. Mrs. Oakley aime bien la robe.
P.P.S. Mr. Oakley ne ressemble pas du tout au Méchant Oncle. Jusqu'à présent, tout ce qu'il m'a dit a été : « Comment allez-vous, miss Brown ? » Mais c'est mieux que l'inverse.
P.P.P.S. J'adore ma broche. »

Lorsqu'elle eut terminé, elle enfila sa robe bleue, mais avec une sensation d'incertitude, car elle ignorait si elle allait ou non dîner avec les Oakley lorsque Martin serait là. Elle avait naturellement demandé, mais Mrs. Oakley s'était contentée de prendre un air indécis et de répondre que cela dépendrait de Martin. Elle se sentait encore en période d'essai, ce qui la mettait mal à l'aise, et elle avait une préférence marquée pour un dîner en solitaire avec un plateau dans son salon. Voilà quelque chose qu'elle avait oublié de signaler à Justin. Elle revint à sa lettre et ajouta un quatrième post-scriptum :

« J'ai un salon pour moi toute seule. »

De l'autre côté du couloir par rapport à sa chambre, il était contigu à la nursery, au deuxième étage. Quoique plus bas de plafond, il avait les mêmes dimensions et la même forme que le boudoir de Mrs. Oakley et était agréablement meublé, avec un radiateur électrique qu'elle pouvait allumer quand elle le désirait. Il rougeoyait en ce moment et maintenait la pièce merveilleusement chaude. Elle estima que son salon devait être juste au-dessus du boudoir, mais cela prenait toujours un certain temps pour se repérer dans une maison inconnue. Elle entreprit d'essayer de s'orienter. Le boudoir était situé à l'extrémité du couloir sur la gauche, et il en était de même de cette pièce. Elle se dirigea vers la fenêtre, écarta les rideaux et les laissa retomber derrière elle pour intercepter la lumière.

Tout d'abord, elle ne vit rien du tout. L'obscurité était plaquée contre la vitre comme un autre rideau, mais bientôt elle sembla perdre de son opacité et se dissoudre en une sorte de clarté crépusculaire. Le ciel était nuageux, comme il l'avait été toute la journée, mais quelque part derrière le rideau de nuages, la lune devait briller, car maintenant que sa vue s'était accoutumée à la luminosité nouvelle, elle voyait les silhouettes des arbres se détacher sur le fond du ciel, la ligne sombre de l'allée et l'esplanade couverte de gravier sur laquelle s'élevait la maison. Sa fenêtre donnait sur le côté. Oui, c'était bien la fenêtre du boudoir juste en dessous, et encore en dessous, c'était le bureau. Mrs. Oakley lui avait dit que si elle voulait, elle pouvait y aller pour prendre un livre et elle avait expliqué : « Au bout du couloir, juste en dessous de cette pièce. » Et « cette pièce » était le boudoir.

Il y avait de la lumière dans le boudoir. Une lueur rosée filtrait à travers les rideaux. Les rideaux du bureau étaient rouges. S'il y avait eu de la lumière, elle se demanda si elle aurait pu filtrer à travers et se diffuser dans la nuit. Peut-être pas. Les rideaux étaient de velours rouge très épais avec de larges lambrequins, et tout le mobilier était composé de tubes d'acier chromé, à l'exception du bureau, très confortable et très ordinaire.

Elle était en train de se dire qu'elle se lasserait de ces chaises qui évoquaient un hôpital et de ce cuir rouge, même avec une tablette de cheminée en marbre noir et une moquette noire pour atténuer l'ensemble, lorsque la silhouette d'un homme se dessina sur le gravier de l'esplanade. Il avait surgi d'un seul coup. Elle n'eut pas le temps de voir d'où il venait. Elle le vit simplement se détacher sur le gravier qui était plus clair. Elle ne put établir formellement qu'il s'agissait d'un homme, mais il ne lui vint pas à l'esprit une seule seconde qu'il pût en être autrement... quelque chose dans la silhouette... quelque chose dans la démarche vive et décidée. Il avança jusqu'à la fenêtre du bureau, puis fit demi-tour et s'éloigna de la maison. Il ralentit à peine et en tout cas ne s'arrêta pas. Il traversa l'esplanade jusqu'au bord de la pelouse où elle le perdit de vue. Elle trouva cela fort étrange.

Comme elle se reculait dans la pièce allumée, Doris entra portant un plateau.

— Mr. et Mrs. Oakley dîneront seuls, miss Brown, alors je vous ai monté votre dîner.

11

Mr. et miss Masterman furent les premiers des invités de Gregory Porlock à arriver. Ils firent mieux que tenir parole, puisque ayant promis d'arriver à quatre heures, ils pénétrèrent dans le hall de la Grange au moment où la pendule sonnait la demie de trois heures.

Gregory Porlock leur souhaita chaleureusement la bienvenue.

— Ma chère miss Masterman ! Qu'avez-vous envie de faire... prendre un peu de repos avant le thé ? Voyez-vous, je pense que ce serait bien, ainsi votre frère et moi pourrions régler notre petite affaire avant que les autres n'arrivent. Cela vous convient, Masterman, n'est-ce pas ?... Parfait. Gladys, voulez-vous conduire miss Masterman à sa chambre et vous assurer qu'elle ne manque de rien. — Son rire jovial résonna. — Je crains que pour certains d'entre nous, ce ne soit demander un peu trop... hein, Masterman ?

Miss Masterman, qui suivait une soubrette vêtue d'une tenue rouge sombre fort seyante, s'abstint de sourire. Son visage, charmant et décomposé, portait un masque de fatigue. Elle donnait l'impression d'avoir oublié ce qu'était le sommeil. Quand Gladys l'eut laissée seule dans la chambre confortable et bien agencée, elle se dirigea lentement vers l'âtre, comme si elle avait été attirée irrésistiblement par la chaleur du feu. Elle avait enlevé ses gants et déboutonné son manteau de fourrure quelque peu usagé. Gregory Porlock l'avait remarqué à son entrée... mais rien n'échappait à Gregory Porlock. Elle resta debout ainsi, sentant la chaleur du feu combattre la froideur de son corps. Non, ce n'était même pas son corps qui était froid. C'était quelque chose que nul feu ne parviendrait plus à réchauffer.

Une chaise recouverte de chintz était avancée près de l'âtre. Elle se laissa tomber dessus et enfouit son visage dans ses mains.

Dans le bureau, Gregory Porlock était en train de verser à boire.

— Je suis ravi que vous ayez pu arriver en avance. Il est préférable de régler tout de suite notre affaire.

Jeffrey Masterman ressemblait à sa sœur de manière frappante. En les voyant ensemble, on ne pouvait entretenir le moindre doute sur leur lien de parenté. Tous deux étaient grands, bruns et n'avaient que la peau sur les os. Le frère était mieux réussi, ces traits accusés convenant mieux à un homme qu'à une femme. Tous deux avaient de beaux yeux et des cheveux bruns et vigoureux qui avaient tendance à friser légèrement. L'un et l'autre avaient une cinquantaine d'années, guère plus, guère moins.

Masterman but une gorgée et reposa son verre. Si quelqu'un l'avait observé très attentivement — disons aussi attentivement que Gregory Porlock — il aurait pu remarquer que cette action toute simple avait été soigneusement contrôlée. Nul n'aurait en conséquence pu prétendre que la main qui avait reposé le verre avait tremblé... que ce soit parce que rien ne l'incitait à trembler, ou parce que Masterman ne lui avait pas permis de le faire. Du fauteuil confortable où il s'était enfoncé, il regarda en direction de son hôte.

— Ma sœur m'a informé que vous lui aviez dit avoir

trouvé une solution satisfaisante, commença-t-il. J'aimerais savoir ce dont il s'agit.

Gregory se mit à rire.

— Je lui ai demandé de vous dire de ne pas vous inquiéter. J'ai pensé que vous risquiez d'être un peu soucieux. A propos, que sait-elle exactement ?

— Écoutez, Porlock, je n'apprécie pas votre ton. Le fait que quelqu'un à l'esprit outrageusement soupçonneux s'imagine pouvoir gagner de l'argent à partir d'une accusation dénuée de tout fondement ne vous autorise pas à me parler comme si ma sœur ou moi-même étions impliqués dans quoi que ce soit de... disons, déshonorant.

Gregory Porlock vida son verre et se pencha en avant pour le reposer sur la table.

— Évidemment que non, mon cher Masterman. Mille excuses si je vous ai donné cette impression. Mais voyez-vous, mon cher ami, il ne s'agit pas de ce que vous dites, ni de ce que je pense. Il s'agit d'un témoin qui n'a pas encore décidé si elle irait voir la police ou non. Si vous ne voyez pas d'inconvénients à ce qu'elle le fasse... eh bien, n'en parlons plus. Mais vous savez comment ça se passe, calomniez, calomniez, il en reste toujours quelque chose.

Jeffrey Masterman fit un geste brusque.

— Qui est cette femme ?

Gregory Porlock allumait une cigarette. Il attendit que s'élèvent les premières volutes de fumée avant de répondre d'un ton dégagé :

— Je vais vous le dire. Lors de la brève conversation que nous avons eue précédemment, je vous avais informé qu'à la suite d'un étrange concours de circonstances, je me trouvais en possession de renseignements pour le moins surprenants à propos du décès de votre vieille cousine, miss Mabel Ledbury. Lorsque j'ai dit que ces informations étaient en ma possession, il ne fallait pas le prendre au pied de la lettre. Je voulais seulement dire que la personne qui prétendait détenir ces informations m'avait consulté. Et, bien sûr, lorsqu'on apprend ce genre de choses concernant un ami, le moins que l'on puisse faire est de le mettre au courant. J'ai donc commencé à vous en parler et nous avons été coupés. En recevant le petit mot où vous me demandiez une entrevue — vraiment, mon cher ami, c'était fort imprudent de votre part de m'écrire — j'ai pensé qu'il valait mieux vous appeler et vous proposer de venir ici, où nous pourrons, je l'espère, régler cette affaire de la manière la plus satisfaisante.

Masterman tendit la main pour prendre son verre et but une autre gorgée.

— Comment ? demanda-t-il.

— Nous y arrivons. Mais avant d'aller plus loin, je crois qu'il serait souhaitable que je vous répète ce que cette femme prétend avoir vu. Je pense vous avoir déjà dit qu'elle était alitée avec une jambe cassée dans un appartement au premier étage d'une des maisons de la rue voisine de la vôtre. Les derrières de ces maisons sont mitoyens par-dessus des jardinets. La chambre occupée par votre cousine était située exactement en face de celle où cette femme gardait le lit — appelons-la Annie. Elle avait tout le temps, allongée comme elle était, et s'intéressait énormément à ses voisins... à tel point qu'elle avait pris l'habitude de les observer à l'aide de jumelles de spectacle. Elle s'intéressa tout particulièrement à miss Mabel Ledbury et acquit la conviction que vous n'étiez pas très gentil avec elle.

— C'est ridicule !

— Miss Ledbury n'était pas clouée au lit, mais elle passait la majeure partie de son temps couchée. Parfois elle se levait pour s'occuper à des riens dans sa chambre. A plusieurs reprises Annie la vit fouiller dans une boîte de biscuits et sortir de dessous les biscuits un long document plié. Annie prétend qu'avec les jumelles elle pouvait distinctement lire le mot « Testament » écrit sur l'enveloppe.

— Qu'est-ce que c'est que ces balivernes ?

La voix de Jeffrey Masterman était un peu plus haute qu'elle n'aurait dû l'être. Il n'avait pas reposé son verre, il restait assis en le tenant à deux mains.

Gregory Porlock fronça ses sourcils noirs.

— Mon cher ami, ne pensez-vous pas qu'il vaut mieux écouter jusqu'au bout ce qu'elle a à dire ? Vous ne voulez pas avancer à l'aveuglette, si ?

— Ah bon, parce qu'il y a autre chose !

— Naturellement, sinon je ne vous aurais pas dérangé. Annie déclare que, le 14 octobre dernier, elle vous a vu pénétrer dans la chambre de miss Ledbury. Elle était en robe de chambre, assise à la table près de la fenêtre, avec, devant elle, le document dont Annie dit qu'il s'agissait d'un testament. La vieille demoiselle était sourde, n'est-ce pas ? Annie dit qu'elle ne semblait pas vous avoir entendu entrer ni se douter de votre présence. Elle dit que vous êtes resté debout derrière elle à regarder par-dessus son épaule. Elle dit également — veuillez m'excuser de le mentionner — que vous aviez l'air satanique. Les femmes ont naturellement tendance à être mélodramatiques... sans doute pour compenser la monotonie de leur vie.

Il s'interrompit sans quitter des yeux le visage impassible de Masterman et se permit un petit rire réprobateur.

— Pour en terminer avec ce qu'Annie a vu... tiens, cela ferait une belle manchette, n'est-ce pas ? « Ce qu'Annie a vu. » Je vois d'ici l'impact sur le public. Elle dit donc que miss Ledbury s'est retournée d'un seul coup et vous a vu, puis qu'il y a eu ce qu'elle m'a dépeint comme une scène... vous très en colère, miss

Ledbury absolument terrorisée, vous, lui arrachant le testament des mains et le tenant en l'air hors de sa portée pendant qu'elle essayait de le récupérer. Elle dit que vous avez pris la vieille demoiselle par les épaules et que vous l'avez poussée sur le lit, et qu'à ce moment-là la porte s'est ouverte et votre sœur est entrée. Vous êtes sorti en emportant le testament et miss Masterman a fait de son mieux pour calmer miss Ledbury. Quand elle eut réussi, elle alluma la lumière et tira les rideaux, si bien qu'Annie ne put rien voir d'autre. Le lendemain matin, le laitier lui apprit que miss Ledbury avait été trouvée morte dans son lit. Elle était suivie par un médecin qui a déclaré que c'était prévisible et il n'y a donc eu ni scandale ni enquête. Lorsque le testament fut homologué, vous vous êtes retrouvés, votre sœur et vous, légataires universels avec cent mille livres à vous partager. Annie a été admise à l'hôpital le jour des obsèques et n'en est sortie qu'il y a environ un mois. Lorsqu'elle a appris que miss Masterman et vous héritiez de tout l'argent, elle s'est demandé ce qui était arrivé au testament qu'elle avait l'habitude de voir la vieille demoiselle regarder. Car lorsque vous étiez debout en train de le lire par-dessus son épaule, elle n'avait pas eu l'impression que c'était le genre de testament d'après lequel vous alliez bénéficier de cinquante mille livres chacun. Puis elle se souvint qu'une de ses amies qui avait travaillé chez miss Masterman lui avait raconté environ six mois auparavant que la vieille demoiselle qui habitait en haut l'avait appelée un jour où votre sœur et vous-même étiez sortis. Elle désirait qu'elle soit témoin de son testament, mais elle lui avait demandé d'aller chercher quelqu'un d'autre parce qu'il fallait deux témoins, et leur avait promis un billet de dix shillings chacun pour le dérangement. Cette Mrs. Wells s'était donc précipitée de l'autre côté de la rue au numéro 17 où elle connaissait la cuisinière et toutes les deux avaient vu miss Ledbury signer en bas d'un grand morceau de papier, et elle leur avait dit qu'il s'agissait de son testament.

Il y eut un bruit de verre brisé. D'un geste involontaire, Jeffrey Masterman avait un peu trop accentué son étreinte sur le verre qu'il tenait à la main.

Gregory se montra plein de sollicitude.

— Mon cher ami... vous êtes-vous coupé ?

Il ne semblait pas. Il n'avait pas de sang sur les mains. Le temps de ramasser quelques morceaux de verre et d'essuyer une éclaboussure de whisky-soda sur une jambe de pantalon, et ils se retrouvèrent au point de savoir si Annie allait parler ou non.

Masterman se pencha en avant.

— Il est évident que, du début jusqu'à la fin, toute cette histoire ne tient pas debout... c'est un tissu de mensonges !

— Naturellement.

— Du chantage... Voilà ce que c'est... du chantage !

— Eh bien, mon cher ami, si c'est là ce que vous pensez, le seul conseil que je puisse vous donner est de vous adresser immédiatement à la police. Je crois que le testament d'après lequel vous avez hérité était vieux de quelques années. S'il n'y a pas eu de testament postérieur, toute l'histoire tombe à l'eau.

Masterman regarda dans le lointain.

— S'il y a eu un autre testament, elle l'a détruit elle-même. Les vieilles femmes passent leur temps à faire des testaments.

— Y en a-t-il eu un autre ?

— C'est possible. Comment le saurais-je ?

Gregory Porlock émit un sifflement.

— Cela signifie qu'il y en a eu un autre. C'est fâcheux, vous savez.

— C'est un odieux chantage ! reprit Masterman avec violence.

— Mon cher ami, elle ne vous a pas demandé un centime. Pour l'instant elle est aux prises avec sa conscience. Si elle décide d'avertir la police...

Masterman l'interrompit.

— Comment en est-elle arrivée à s'adresser à vous ?

Gregory lui adressa un sourire lent et bienveillant.

— C'est une très longue histoire... beaucoup trop longue. Un enchaînement de circonstances vraiment très curieux. Mais très heureux pour vous.

— Vraiment ? demanda Masterman d'une voix rageuse.

— Indiscutablement... sinon elle aurait pu aller prévenir la police. Il arrive un moment où la conscience d'une femme éprouve le besoin de déborder. Pour l'instant, j'ai, si l'on peut dire, baissé le gaz sous la casserole, mais elle peut revenir au point d'ébullition.

Masterman perdit tout contrôle. Il jura avec emportement. Il maudit les femmes en général et Annie en particulier, et termina en retournant sa fureur contre son hôte.

— Et vous, salaud, vous m'aviez dit que tout pouvait s'arranger ! Et tout ce que vous faites, c'est me harceler ! Vous savez aussi bien que moi que je ne peux pas aller voir la police. Quoi qu'il advienne dans ce genre d'affaires, il reste toujours de la boue... on ne s'en débarrasse jamais complètement !

— Et vous ne feriez pas confiance à votre sœur au banc des témoins, n'est-ce pas ? reprit Gregory Porlock d'une voix pleine de compassion. Un peu trop nerveuse. Et elle refuse de toucher à l'argent... c'est bien ça ?

Dans un silence de mort, la voix de Masterman s'éleva, qui n'était guère plus qu'un murmure.

— Qui a dit ça ?

Gregory Porlock éclata de rire.

— Son manteau de fourrure. Si elle avait touché à

l'argent, elle en aurait acheté un neuf. — Il eut une sorte de grognement pour toute réponse. Puis il enchaîna vivement. — Les choses étant ce qu'elles sont, nous ferions mieux d'en venir au fait. Ça ne sert vraiment à rien de se battre les flancs. Aucun des deux témoins de ce testament ne réagira à moins que quelqu'un ne le leur suggère. Mrs. Wells est partie chez une de ses filles mariées et la cuisinière du 17 est repartie dans le Nord d'où elle est originaire. Annie a de la famille au Canada qui lui demande de les rejoindre depuis des années. Si on lui donnait la possibilité d'y aller, avec son voyage payé et un petit quelque chose dans son bas de laine, j'ai l'impression que sa conscience s'apaiserait peu à peu. Vous savez ce que c'est... le changement d'air... le changement de décor... de nouveaux centres d'intérêt... les retrouvailles avec une famille affectionnée... je pense que ce testament lui sortirait complètement de l'esprit. Naturellement, vous n'interviendrez pas le moins du monde. Personne ne pourrait établir le moindre rapprochement. Elle n'a rien demandé et elle ne saura pas d'où vient l'argent. Un bienfaiteur inconnu lui permet de réaliser un très vieux rêve et elle ne se pose pas de questions. Je me chargerai de prendre son billet pour la traversée et je veillerai à ce qu'elle l'utilise.

Jeffrey Masterman serra les dents et demanda :

— Combien ?

— Mille livres.

12

Mr. et Mrs. Tote arrivèrent à temps pour prendre le thé. Moira Lane aussi, grande et élégante, les yeux brillants, un sourire éclatant et un charme fou.

Par rapport à elle, Mrs. Tote présentait le contraste le plus frappant qui se puisse imaginer. Une fois dépouillée d'un manteau de fourrure fort coûteux, apparut un petit bout de femme qui tenait un peu de la souris, avec des cheveux gris et clairsemés relevés derrière la tête en un chignon hirsute. Depuis son adolescence, Mrs. Tote n'avait jamais voulu entendre parler d'une autre coiffure. Elle se brossait soigneusement les cheveux et elle y plantait des tas d'épingles. Ce n'était pas de sa faute si le turban de fourrure qui allait avec son manteau était tellement lourd qu'il tirait ses cheveux vers le bas. Elle n'avait pas voulu de ce turban de fourrure. Elle aurait préféré porter un de ces jolis petits feutres mous, comme ceux qu'elle portait quand ils avaient leur affaire à Clapham, avant qu'Albert ne commence à gagner tant d'argent. Le turban lui donnait des migraines, comme bien d'autres choses qui s'étaient produites depuis qu'ils étaient devenus riches. Elle aurait été ravie de l'enlever comme cette miss Lane l'avait fait du sien, s'en débarrassant d'un geste désinvolte pour laisser apparaître ses boucles brillantes. Elle aimait la vue d'une belle chevelure de femme, de cheveux blonds bien entretenus. Comme ce devait être agréable d'enlever ainsi son chapeau en se disant que dessous tout était parfait ! Mais, bien sûr, elle ne pouvait plus se permettre cela à son âge, sans parler des épingles à cheveux qui, comme d'habitude, avaient passé leur temps à se détacher pendant tout le trajet.

La voix claire et pure de Moira Lane interrompit ces considérations. Gregory Porlock venait de demander : « Où est passé votre chevalier servant ? » et Moira répondait : « Il va arriver d'une seconde à l'autre... il est en train de garer la voiture. Vous avez été un ange de lui permettre de m'amener, Greg, car si vous n'aviez pas voulu, il aurait fallu que je prenne le train, et s'il y a une chose qui me fasse sentir à quel point je suis désespérément dans la dèche, c'est bien d'être obligée de voyager en troisième classe sur cette ligne déprimante et de coltiner mes bagages au changement de train, alors que si je peux voler de porte en porte dans la voiture de quelqu'un, j'ai la sensation délicieuse non seulement d'être solvable, mais même d'appartenir un peu à la catégorie des riches oisifs. Alors, quand je suis tombée par hasard sur Justin hier soir et que j'ai appris qu'il mourait positivement d'envie de faire votre connaissance... eh bien, l'occasion semblait trop belle pour que je la gâche, non ?

Gregory Porlock lui prit amicalement l'épaule.

— Vous avez très bien fait, ma chère. Mais... pourquoi donc mourait-il d'envie de me connaître ?

Moira éclata de rire.

— Eh bien, pour être très précis, ce sont les Oakley qu'il meurt d'envie de connaître. Désolée de vous décevoir, mais cela revient au même, n'est-ce pas ?... Comme Martin et vous êtes les meilleurs amis du monde et tout ça.

— Pourquoi veut-il faire la connaissance de Martin Oakley ?

Elle fit une petite grimace d'impatience.

— Oh, une vague cousine au énième degré qui vient de trouver un emploi chez eux... secrétaire de sa femme ou quelque chose de ce genre. Justin dit qu'il est pratiquement son tuteur et qu'il aimerait donc faire leur connaissance. C'est amusant lorsqu'on connaît Justin. Il faut que ce soit une fille d'une beauté exceptionnelle pour qu'il se sente soudain investi d'une responsabilité.

Gregory Porlock éclata de rire à son tour.

— Eh bien, vous pourrez en juger par vous-même dans une heure ou deux puisque les Oakley dînent ici et que je leur ai demandé de l'amener avec eux.

Il s'éloigna d'elle pour aller remplir ses devoirs de maître de maison auprès de Mrs. Tote.

Miss Masterman versa le thé d'un air de profonde lassitude. Il y avait de succulentes galettes et des gâteaux maison, mais la seule à leur faire honneur fut Mrs. Tote. Une des choses qu'elle détestait dans le beau monde était la pauvreté affligeante des thés que les gens vous servaient à Londres... des petites tartines de pain beurré ratatinées et sans consistance et des sandwiches à faire tomber un papillon d'inanition. Elle ne se préoccupait jamais de savoir si elle allait dîner par la suite, mais elle appréciait un bon thé où l'on prenait le temps de s'asseoir. Et voilà que Mr. Porlock lui donnait une petite table pour elle toute seule et lui proposait du miel sur sa galette beurrée.

Lorsque Justin Leigh entra, il alla lui tenir compagnie. Comme il avait sauté son déjeuner, il avait suffisamment faim pour apprécier comme il convenait l'excellent thé offert par son hôte.

— Ta cousine vient dîner, lui dit Moira Lane. Non, merci... je n'ai pas faim. Ça ne sert à rien de m'agiter des pains au lait sous le nez comme si j'étais un animal dans un zoo. Comment s'appelle-t-elle ?

— Dorinda Brown.

Moira haussa ses sourcils soignés.
— Une petite oie blanche ?
Justin prit un air vague.
— Je ne pense pas qu'on puisse dire ça.
Elle se mit à rire.
— Pourquoi ne l'ai-je jamais rencontrée ? Tu n'as pas mis tous tes œufs dans le même panier, je vois. Mais je n'aime pas être prise au dépourvu, alors tu ferais mieux de tout me dire... comment est-elle en réalité ?
Justin ne put retenir un sourire.
— Chouette, répondit-il, et il tendit la main pour attraper un autre petit pain au lait.
Quand le thé fut terminé, les invités se dispersèrent. Les Masterman disparurent. Moira emmena Justin faire une partie de « snooker[1] ». Mrs. Tote monta dans sa chambre.
C'est environ une demi-heure plus tard que son mari l'y rejoignit et dès l'instant où elle posa les yeux sur lui, elle sut que quelque chose n'allait pas. Dans tous ses états... voilà comment il était, et maintenant, il allait falloir qu'elle le calme et il allait probablement en faire une maladie toute la soirée et ça l'empêcherait de dormir. Il commençait à prendre de l'embonpoint, Albert, et ça ne lui valait rien de s'emporter comme ça, avec son cou enfoncé dans les épaules et son visage qui devenait cramoisi. Il claqua franchement la porte derrière lui en entrant et il commença tout de suite, disant qu'il ne supporterait pas ça, pour rien au monde.
— Allons, Albert...
— Ah, maman, pas de « Allons, Albert », je ne suis pas d'humeur à le supporter ! J'en ai assez supporté pour aujourd'hui, n'oublie pas ça ! Et il y en a d'autres qui feraient mieux de ne pas l'oublier non plus !

1. Variété de billard anglais qui se joue avec des boules numérotées de valeur différente.

Mon Dieu, mon Dieu, pour être hors de lui, Albert était vraiment hors de lui ! Mrs. Tote ne se souvenait vraiment pas l'avoir vu aussi bouleversé par quoi que ce soit depuis qu'Allie s'était enfuie pour épouser Jimmy Wilson dont le père tenait la boutique voisine de la leur au bon vieux temps de Clapham. Bien sûr qu'Allie aurait pu viser beaucoup plus haut avec tout l'argent qu'Albert avait gagné pendant la guerre. Mais c'était comme ça... il faut que jeunesse se passe, et quand on est jeune, l'argent n'a pas autant d'importance que plus tard, lorsqu'il ne reste plus rien d'autre. Elle se souvint qu'Allie s'était levée et avait dit tout ceci à son père :

— Jimmy est un bon garçon et il est sérieux. Il a un bon métier et je vais l'épouser. Nous ne voulons pas de votre argent... nous en gagnerons suffisamment pour subvenir à nos besoins. Nous aimerions rester en bons termes avec vous, mais si vous ne voulez pas, tant pis, nous nous marions de toute façon.

Bien sûr, Albert avait très mal pris la chose. Et têtu... beaucoup plus comme une mule que comme un homme. Allie et Jimmy s'imaginaient qu'il céderait, mais quant à elle, elle ne s'était jamais fait beaucoup d'illusions. Même à la naissance du bébé... et pourtant, comment pouvait-il continuer à l'appeler maman comme il le faisait sans jamais penser que s'il n'y avait pas eu Allie, il n'aurait jamais eu de raison de commencer à le faire ?

Elle s'approcha d'Albert, positivement en train de crier qu'il ne le supporterait pas et se prépara à se montrer ferme.

— Bon, alors, de quoi s'agit-il ?

Elle n'ajouta pas « papa » ; elle ne l'appelait plus jamais ainsi maintenant... depuis qu'Allie était partie et qu'il avait dit qu'il ne voulait plus entendre mentionner son nom. On ne peut pas être papa si on n'a pas d'enfant.

— Tu ferais mieux de me dire ce qui ne va pas, au lieu de marcher de long en large comme ça... ça ne sert à rien.

Le visage empourpré et le souffle court, Albert commença à jurer. Il continuait à marcher de long en large, avec un geste d'agacement lorsqu'il lui fallait faire demi-tour quand il butait contre le lavabo d'un côté de la pièce et l'armoire de l'autre côté. Mrs. Tote supporta ce manège aussi longtemps qu'elle le put. Elle n'approuvait pas les gros mots, mais si on ne laissait pas un homme jurer tout son soûl quand il était en colère, il pourrait faire bien pire. Elle attendit donc jusqu'au moment où elle estima qu'il devait s'être soulagé du pire. Elle dit alors avec une fermeté surprenante :

— Allons, Albert, en voilà assez. Viens ici et raconte-moi tout. T'emporter comme ça... tu devrais avoir honte !

Il s'approcha en roulant des yeux furibonds et se laissa tomber à ses côtés sur le canapé. Sa fureur n'était pas encore retombée, mais il avait le pressentiment de la manière dont il allait se sentir quand elle serait retombée... froid... vide... effrayé. Il avait besoin de parler à quelqu'un. Emily était sa femme. Une bonne épouse, mais elle avait son caractère. Obstinée. Seulement elle ne parlait pas... jamais de ses affaires à lui. Tout le monde ne pouvait pas en dire autant de sa femme. Il fixa son regard sur elle et dit d'une voix étranglée :

— C'est du chantage. Voilà ce que c'est... du chantage...

Mrs. Tote alla droit au fait.

— Qui te fait chanter ?

— Ce salopard de Porlock.

— Et qu'as-tu donc fait qui t'expose à un chantage ?

Il détourna les yeux... et les posa sur les fleurs roses et mauves du chintz qui recouvrait le canapé.

— Les femmes ne comprennent rien aux affaires... c'est à propos d'affaires, justement.

Emily Tote continua à le regarder. Il s'était fourré dans un joli pétrin... pas de doute là-dessus. On ne peut pas s'enrichir si vite tout en restant honnête... elle le savait depuis le début. Il est terriblement facile de franchir les limites de la légalité en affaires quand on a l'esprit obnubilé par la fortune. Elle regarda calmement Albert et rendit grâce à Dieu qu'Allie soit en dehors de tout ça.

— Tu ferais mieux de me raconter, dit-elle.

— Il me fait chanter. Oh, tout ça est intelligemment présenté, mais je ne suis pas dupe. C'est venu à sa connaissance par ricochet... c'est ce qu'il prétend. Il prétend aussi qu'il va tout arranger pour moi... comme si j'ignorais ce que ça veut dire ! J'ai peut-être été un imbécile, mais je ne suis pas assez bête pour ne pas voir clair dans le jeu de Mr. Gregory Porlock. Agent d'affaires, mon œil ! Le chantage... c'est ça son métier, je te le dis... le chantage ! Mais il ne l'emportera pas en paradis !

Mr. Tote lâcha quelques nouveaux jurons.

— Je lui montrerai si on peut me faire chanter ! Si une nuit sombre il se retrouve avec un couteau dans le corps, il l'aura voulu !

Il avait littéralement crié ces derniers mots. Mrs. Tote se pencha en avant et lui tapota le genou.

— Calme-toi, dit-elle. Tu racontes des bêtises. Et veux-tu vraiment que tout le monde t'entende dans cette maison ? Contrôle-toi un peu, Albert, et dis-moi de quoi il s'agit. Qu'as-tu fait exactement ?

Il répondit d'un ton lugubre :

— Rien de plus que des centaines d'autres.

— Oui, mais quoi ?

Il la regarda à la dérobée. Elle était assise dans l'angle du canapé, ses mains osseuses croisées sur ses genoux et elle ne le quittait pas des yeux. Elle ne payait pas de mine, Emily, mais elle avait du caractère. On pouvait la mettre dans un manteau de fourrure à mille livres, jamais elle ne ressemblerait à une femme de riche. Seulement elle ne parlerait pas... Emily ne parlerait pas. Il fallait qu'il le dise à quelqu'un.

— Au début, ce n'était vraiment pas grand-chose, juste l'utilisation d'une cour, pour qu'ils puissent y rentrer un camion et l'avoir sous la main quand ils en avaient besoin.

— Besoin pour quoi ?

— En quoi est-ce que ça me regardait ? Puis ils ont voulu me louer mon camion aussi, et je leur ai dit qu'il n'était pas question que je le laisse conduire par le premier venu. Et ils m'ont dit qu'ils me le paieraient trois ou quatre fois sa valeur.

— Qui est ce « Ils » ? demanda Emily Tote.

— Sam Black, pour ne rien te cacher. Bon, à ce moment-là j'étais suffisamment mouillé pour risquer des ennuis, mais pas assez pour que ça en vaille la peine. Alors, j'ai dit à Sam : « Je reprends mes billes. Le jeu n'en vaut pas la chandelle. » Et il m'a répondu : « Il pourrait. » Et en fin de compte, il en valait la chandelle.

— Marché noir ? demanda Emily Tote.

Il se rencogna dans l'angle du canapé.

— Il y avait des amateurs pour gagner de l'argent... c'est tout.

Elle était assise très droite dans son peignoir de flanelle bleue qu'il avait en vain essayé de lui faire remplacer par un autre en soie. Il reconnaissait bien là son Emily. Elle dit avec un sérieux imperturbable :

— Cinq livres à un conducteur de camion pour qu'il descende prendre une tasse de chocolat ou un verre de bière, et une douzaine de barils de sucre, ou peut-être de beurre, ont disparu avant qu'il ne revienne. C'était bien ça, votre petit jeu ?

Il en resta bouche bée.
— Voyons, maman !
— Crois-tu que je ne lise pas les journaux ? C'était écrit noir sur blanc et il me semble que quelques-uns de ceux qui se sont fait prendre ont eu de lourdes condamnations, non ?
Le sang s'était retiré du visage de Mr. Tote.
— C'était pendant la guerre, dit-il.
— Et toi... ce n'était pas pendant la guerre, peut-être ?
— Ne parle pas comme ça ! Ça ne se saura pas, je t'assure. Qui va se préoccuper de ce qui s'est passé il y a trois ou quatre ans ? Et si je casque, ce sera uniquement pour éviter tous les désagréments.
Mrs. Tote continuait à le regarder.
— Tu n'as pas gagné tout cet argent avec simplement quelques barils ?
— Bien sûr que non ! Ce n'était qu'un début. Après, je m'y suis lancé sur une grande échelle. Tu sais, si je te racontais quelques-unes des prises qu'on a faites, tu ne voudrais pas le croire. Des talents d'organisateur... c'est ce qu'on disait que j'avais. Un des planificateurs... c'était moi. Tu sais, l'argent, c'est drôle... une fois qu'on commence à en gagner, le mouvement s'accélère et ça fait boule de neige. Quand on a commencé avec notre petite affaire de quatre sous à Clapham, je parie que tu n'aurais jamais imaginé devenir un jour une femme de riche.
En son for intérieur, Emily Tote lui adressa la réponse qu'il méritait, mais qu'elle ne laisserait jamais franchir ses lèvres : « Je n'aurais jamais imaginé avoir épousé un escroc. » Elle reprit à voix haute :
— Il vaut mieux ne pas trop insister là-dessus. Tu ne m'as pas tout dit. Que sait exactement Mr. Porlock et qu'a-t-il l'intention de faire ?
Le sang lui afflua de nouveau au visage, faisant saillir les veines et lui empourprant les joues.

— Il a des dates et des lieux, le salaud. Il y a eu un stock de carburant sur un aérodrome... il est au courant. Et une assez grosse quantité de beurre venant des entrepôts. Et encore deux ou trois autres coups. Il prétend qu'il y a des témoins prêts à jurer qu'ils m'ont reconnu. Mais je n'en crois pas un mot. Cela remonte à trois ans... qui pourrait tenir compte de témoignages portant sur ce qu'on a fait et dit, et l'endroit où on était il y a si longtemps ? Et si je paie, ce sera uniquement parce qu'en affaires on n'a rien à gagner à ce qu'il y ait des racontars sur votre compte. Et si je casque, je sais sacrément bien dans les poches de qui ira l'argent ! Dans celles de Mr. le Maître Chanteur Porlock !... Et rien que d'y penser, ça me donne envie de lui rentrer dedans !...

Il avait recommencé à crier.

— Cesse de dire des bêtises, Albert, fit Emily Tote.

13

Gregory Porlock pénétra dans la salle de billard, pilotant les Masterman.

— Eh bien, voilà, nous y sommes. Et maintenant, je vais vous enlever Moira. Vous venez de terminer la partie ? Qui a gagné ?

Moira Lane se mit à rire.

— Oh, je ne suis pas du tout à la hauteur... Justin est d'une tout autre classe.

— Alors, il peut jouer contre Masterman et miss Masterman fera l'arbitre. Nous revenons tout de suite.

Il l'entraîna jusqu'à son bureau, une pièce rustique et confortable, aux murs garnis de livres, avec des tapis aux tons chauds et des fauteuils profonds en cuir brun... une pièce qui avait été utilisée et où l'on avait vécu. En admettant que Gregory Porlock ait pris la maison meublée, il avait au moins eu le mérite de faire un bon choix. Et il ne détonnait pas dans cette pièce... avec sa peau saine et fraîche, ses yeux clairs, son bon complet de cheviotte qui avait été porté à la campagne. Sur la table, il y avait un plateau avec des cocktails. — Il en tendit un à Moira.

— Savez-vous que je vous ai amenée ici pour vous poser une question ? dit-il.

— Vraiment ? — Elle répondit d'une voix on ne peut plus amicale. Puis elle but une petite gorgée. — Vous m'intriguez fort. Quelle question ?

Il rencontra ses yeux riants et demanda d'un ton grave :

— Que pensez-vous de moi, Moira ? Quel genre d'homme croyez-vous que je sois ?

Elle ne détourna pas les yeux, mais il se produisit un léger changement. Ses yeux étaient restés souriants, mais il y avait quelque chose d'autre... une ombre de défiance, elle se tenait un peu sur ses gardes. Elle répondit de sa jolie voix claire :

— Un homme charmant... un bon ami... un hôte parfait. Pourquoi ?

Il hocha la tête.

— Merci, ma chère. Je pense que vous étiez sincère.

Elle était assise sur le bras d'un des gros fauteuils, appuyée contre le dossier, longue silhouette à l'allure gracieuse et pleine d'aisance. Elle prit une nouvelle gorgée.

— Bien sûr, répondit-elle.

Il se dirigea vers la cheminée et glissa une bûche dans l'âtre. Lorsqu'il se retourna, son sourire charmant fleurissait à nouveau sur ses lèvres.

— Eh bien, dans ces conditions, je peux continuer.

— Continuer ?

— Oh, oui... ce n'était que les préliminaires. Le fait est... laissez-moi vous débarrasser de votre verre... eh bien, le fait est que j'ai quelque chose pour vous, mais je voulais tâter le terrain avant de vous l'offrir.

— Quelque chose pour moi ? — Son rire fusa. — Greg, mon chou, c'est merveilleux ! C'est un cadeau ? Parce que je vous préviens que je considérerais avoir été attirée ici sous un faux prétexte si ce n'en est pas un. Pour moi, ce sera comme si vous aviez manqué à votre parole, car vous avez fait naître de folles espérances.

Il éclata de rire à son tour.

— C'est vrai ? Alors, il faudra y remédier. Nous verrons bien. En attendant, prenez ceci.

Il sortit de sa poche un petit paquet enroulé dans du papier de soie, le posa sur le genou de la jeune femme et retourna vers la cheminée. Il s'était éloigné d'elle d'environ deux mètres et il la regardait, assise bien droite, défaire le papier d'emballage. Elle avait l'air rieur, mais dès qu'elle toucha le papier et son contenu, elle marqua une légère hésitation. Ses mains s'immobilisèrent, estimant le poids de l'objet et essayant d'en déterminer la forme à travers la minceur du papier. Quelque chose remua sous ses doigts comme les maillons d'une chaîne et elle comprit.

Gregory Porlock vit le sang refluer de son visage, très vite, comme la flamme d'une bougie que l'on souffle. Il était là, vif et éclatant et l'instant d'après, il n'y avait plus rien. Seuls les yeux de Moira s'étaient fixés sur lui, en un long regard scrutateur, avant de se retourner vers le contenu du papier.

Elle déroula celui-ci et le laissa tomber dans le fond du fauteuil. Un bracelet en sortit... large d'environ quatre centimètres, avec un treillis en losange entre deux rangées de beaux brillants et, interrompant le treillis tous les deux centimètres environ, de petites plaques constellées de pierres de plus belle taille avec un rubis au centre de chacune. Les rubis étaient superbes et d'une vraie couleur de sang de pigeon. L'exécution en était remarquable. Moira Lane tenait le bracelet sur la paume de sa main. La perte de ses couleurs l'avait peut-être trahie, mais sa main ne tremblait pas.

— Qu'est-ce que c'est ?

Les yeux pétillants rencontrèrent les siens. Peut-être s'amusait-il. Oui, peut-être.

— Ne savez-vous pas ? — Comme il n'y eut pas de réponse, il en fournit une. — Je pense que si. Mais vous savez, vous auriez vraiment dû être plus prudente. Bien sûr, il y a tellement de gens ignorants que l'on prend l'habitude de supposer que c'est vrai pour tout le monde. Mais il ne faut pas trop compter là-dessus. N'importe qui dans le métier peut s'y connaître en joyaux historiques. Et même en dehors des professionnels, il existe des gens, et c'est mon cas, que le sujet intéresse.

— Je ne comprends pas ce que vous voulez dire. En fait, je ne comprends rien à ce que vous me racontez.

Elle avait vraiment l'air ahurie. Il reprit d'un ton incrédule :

— Ma chère enfant, vous ne voulez pas sérieusement dire que vous ne saviez pas ce que vous aviez pris ?

Son air ahuri s'orna d'un froncement de sourcils.

— C'est un bracelet. Les pierres sont très belles. Je présume qu'il vaut une belle somme. Y a-t-il autre chose à savoir à son propos ?

— Parfait, parfait, fit Gregory Porlock... Voici la véritable histoire du Bracelet de Rubis. Une occasion de vous instruire. Une occasion de me montrer pédant. Vous avez peut-être remarqué que j'adore me montrer pédant.

— En effet. Qu'avez-vous à me montrer ?

Il éclata d'un rire jovial.

— Juste quelques connaissances un peu spécialisées. Encore autre chose que vous avez pu remarquer à mon sujet... je raffole de menues informations de bric et de broc... de tuyaux plus ou moins crevés. Et vous savez, parfois... parfois cela s'avère utile.

— Vraiment ?

Sa voix ne tremblait pas plus que sa main, mais elle avait perdu son timbre.

— Eh bien, vous allez en juger par vous-même. Tout ce qui concerne les joyaux... cela m'a toujours fasciné. Il y a des années... oh, cela doit bien faire vingt ans... je suis tombé sur un petit livre minable chez un bouquiniste d'Édimbourg. Il était intitulé : « Les Joyaux Célèbres et leur Histoire avec des Notes Détaillées sur les Familles de la Noblesse Titrée et de la Gentry qui les ont en leur Possession. » Le livre n'était pas très bien écrit, certes, mais il renfermait quelques faits intéressants. Saviez-vous, par exemple, qu'une bonne partie des joyaux de la couronne de France ont été apportés en Angleterre pendant la Révolution et ont été confiés à la garde du marquis de Queensbury... celui que l'on appelait le vieux Q ? On raconte qu'il les a enterrés dans la cave de son hôtel particulier et il semble qu'on en ait perdu toute trace. Il a trop bien gardé le secret et il est mort sans le divulguer. Deux clubs de Londres occupent à présent ce site et peut-être que les joyaux des reines de France reposent encore quelque part sous leurs fondations...

Il s'interrompit, puis ajouta vivement :

— Ou peut-être pas. On ne sait jamais, n'est-ce pas ? Les joyaux sont comme les richesses... parfois il leur pousse des ailes. Mais c'était une digression. Revenons à nos moutons. Ce sont les bracelets de rubis de Joséphine qui nous intéressent. Vous saviez, je suppose, que celui-ci fait partie d'une paire ?

Elle baissa les yeux sur les losanges treillissés.

— Comment aurais-je pu le savoir ? demanda-t-elle.

Question ou non, il n'y eut pas de réponse.

— Alors je vais continuer à me montrer pédant. Mon petit livre mentionne ces bracelets. Napoléon les a offerts à Joséphine en une occasion assez particulière. Regardez simplement à l'intérieur du fermoir et vous verrez le N surmonté de la couronne impériale.

Ni son visage ni son geste ne trahirent le moindre intérêt lorsqu'elle retourna le fermoir. Le N couronné lui apparut, gravé dans l'or pâle.

Gregory Porlock s'était rapproché et se tenait debout à ses côtés.

— Maintenant retournez-le et vous verrez la date à l'autre extrémité du fermoir, peu apparente, mais lisible malgré tout... 10 Fri. 1804.

— Qu'est-ce que ça veut dire ? demanda-t-elle.

— Le 10 frimaire 1804. C'est-à-dire, le premier décembre, date à laquelle Joséphine réussit enfin à décider Napoléon à faire célébrer la cérémonie religieuse de leur mariage. Mais il tricha, et en se passant délibérément de la présence du prêtre de la paroisse, il se ménagea une échappatoire dont il profita par la suite lorsqu'il fit une demande en nullité. Les bracelets étaient un cadeau de mariage. Le N impérial y figure parce que le 1er décembre était la veille de leur sacre. Vraiment, vous ne connaissiez pas cette histoire ?

Ses yeux lançaient des éclairs lorsqu'elle releva la tête.

— Qu'est-ce que cela a à voir avec moi ?

Il repartit vers le feu.

— Je peux vous raconter cela aussi. Joséphine est morte en 1814. Les bracelets ne sont pas spécifiquement mentionnés dans son testament. En fait ils disparaissent pendant environ quarante ans jusqu'à ce que le comte de Pemberley, deuxième du nom, les achète à Paris comme cadeau de mariage pour sa future épouse. Ce qu'ils étaient devenus entre-temps n'a jamais transpiré, mais apparemment leur histoire a satisfait Lord Pemberley et ils ont été transmis dans la famille depuis lors. Le titre par contre ne se transmettra plus, mais la veuve du dernier comte est encore de ce monde. Je crois que vous lui êtes apparentée par votre mère.

— C'est donc la raison pour laquelle j'étais supposée connaître ces bracelets !

Il hocha la tête.

— Nous y arrivons. Il y a une dizaine d'années, j'ai eu le plaisir de rencontrer Lady Pemberley à un bal de bienfaisance... elle était une des dames patronnesses. Imaginez à quel point j'ai été intéressé en remarquant qu'elle portait les bracelets de Joséphine. Je me suis permis un commentaire à leur sujet et lorsqu'elle s'est aperçue que je connaissais leur histoire, elle a eu la gentillesse de les retirer et de me montrer l'initiale et la date... semblables sur les deux. Vous comprenez maintenant pourquoi, lorsque je suis tombé sur le bracelet que vous tenez à la main...

Elle l'interrompit d'une voix vibrante.

— Qu'est-ce que cela a à voir avec moi ?

— Je vous ennuie ? J'ai presque terminé. Un de mes amis, qui connaît mon violon d'Ingres, m'a dit un jour qu'il était tombé sur un bracelet d'une exécution absolument remarquable. Je suis allé voir cette petite merveille et, naturellement, l'ai immédiatement reconnu. Je n'ai pas besoin de vous donner le nom de la bijouterie, vous le connaissez aussi bien que moi. Mais vous ignoriez probablement que le propriétaire savait parfaitement à qui il achetait le bracelet. Voyez-vous, ma chère, vous êtes une habituée des chroniques mondaines et il vous a reconnue. En réalité, il n'aurait jamais acheté un bijou d'une telle valeur à un client inconnu. Mais, connaissant vos liens de parenté, il n'a pas hésité.

Il y eut un long silence pendant lequel il l'observa à loisir... elle avait détourné la tête, le front barré par les sourcils, les lèvres pincées en une ligne dure.

Lorsqu'il estima que le silence avait suffisamment duré, il reprit la parole.

— Je suis votre ami, vous savez ; ça ne sert à rien de prendre cet air-là.

Le sang lui afflua de nouveau au visage. Elle fit volte-face, ouvrant de grands yeux brillants.

— Greg...

Jamais Porlock n'avait déployé plus de charme dans son sourire.

— Je préfère ça !

— Greg... elle me l'avait donné. Je ne sais pas ce que vous vous êtes imaginé...

Il se mit à rire.

— En tout cas, je l'ai acheté. Je ne vous dirai pas combien je l'ai payé, parce qu'il y a toujours une différence révoltante entre le prix de vente et le prix d'achat et je ne veux pas remuer le couteau dans la plaie. En tout cas, maintenant qu'il est ma propriété, rien ne pourrait m'empêcher de faire un beau geste et de le renvoyer à Lady Pemberley.

— Vous ne pouvez pas faire ça ! Il est bien évident que je ne veux pas qu'elle sache que je l'ai vendu.

— Oh, bien évidemment ! Êtes-vous en possession de l'autre... ou l'avez-vous également vendu ?

— Elle ne m'en a donné qu'un.

Il secoua la tête.

— Ma chère enfant, ça ne prend pas. Vous savez et je sais. Et vous savez que je sais. A quoi sert de continuer cette comédie ? Si j'allais voir Lady Pemberley pour lui dire que j'ai reconnu son bracelet dans une salle des ventes, que se passerait-il à votre avis ? Ça ferait du bruit, non ? Elle ne vous ferait pas mettre sous les verrous... oh, non ! Il faut laver son linge sale en famille. Mais je crains que le nom de miss Lane ne disparaisse du testament de Lady Pemberley et je ne serais pas étonné outre mesure que la nouvelle fasse le tour de la famille que cette chère Moira a quelque peu terni sa réputation. Ou bien, pour être plus mélodramatique : « La ruine sociale est imminente. »

Moira Lane se leva. Elle déposa le bracelet sur le bord du bureau et demanda calmement :

— Qu'est-ce que cela vous apporterait ?

Il y avait de quoi l'admirer, et c'est ce qu'il fit. Il appréciait son courage et sa classe qui lui permettaient de le tenir à distance. Elle ne pleurerait pas, elle ne l'implorerait pas, elle ne s'effondrerait pas. Il la regarda d'un air approbateur.

— Je vais jouer cartes sur table : la réponse est la suivante, ça ne m'apporterait absolument rien. Il n'y a rien au monde que je désire moins que de vous faire du mal. Tout ce que je veux, c'est que nous cessions ce petit jeu et que nous passions aux choses sérieuses.

— Quelles choses sérieuses ?

Il s'approcha de la table et lui tendit un autre cocktail.

— Vous feriez mieux de prendre un verre. Vous avez l'air vidée. Maintenant, Moira, écoutez-moi ! Je pourrais ruiner votre réputation. Mais pourquoi le ferais-je ? Je ne le veux pas. Je vous admire beaucoup et j'aime à croire que nous sommes amis. J'irai encore plus loin et je vous dirai que j'aimerais vous avoir pour partenaire.

Elle était debout, son verre à la main, et le regardait avec une moue de dédain. Elle termina son cocktail, reposa le verre sur le plateau et attendit la suite, les sourcils légèrement haussés.

Il se tenait à environ un mètre d'elle, souriant et détendu.

— Je vous ai dit que j'étais un collectionneur de bribes d'informations. Quand les gens savent qu'on les aime bien, ils se confient à vous de manière parfois surprenante. Mais ce genre de chose doit être très soigneusement contrôlé. On ne peut pas se permettre de faire une gaffe. Une partie... une bonne partie, même... provient des milieux auxquels vous avez le privilège d'appartenir. Des milieux très fermés dont les membres sont intimement liés. Ce serait pour moi un gros avantage d'avoir ce qu'on pourrait appeler un conseiller qui soit complètement intégré à ces milieux très fermés.

Elle haussa un peu plus les sourcils.

— Vous venez d'utiliser le mot partenaire. Êtes-vous en train de me demander de devenir votre partenaire dans une entreprise de chantage ?

Il leva la main pour couper court à ces accusations.

— Allons, Moira... pourquoi parler ainsi ? Cela

vous aide peut-être à soulager votre conscience, mais je vous assure que cela n'a aucune prise sur moi. Je suis devenu totalement imperméable aux sarcasmes, et vous perdez votre temps. Mais si par contre, vous réussissiez par hasard à me mettre en colère, les conséquences pourraient être regrettables... — Il s'interrompit et ajouta : — Pour vous. Je pense que le choix du terme partenaire n'était pas très heureux. Cela implique une responsabilité et vous n'en auriez aucune. Conseiller convient beaucoup mieux à ce rôle. Tout ce que je vous demanderais serait de m'éviter de faire des impairs en ce qui concerne les faits et de m'apporter votre concours grâce à votre connaissance spécifique des intéressés. Prenons un exemple simple. Certaines choses du domaine des faits peuvent dans certains cas être extrêmement compromettantes, alors que dans d'autres cas personne n'y attacherait la moindre importance. Et c'est là où vos contacts personnels se montreraient utiles. Je n'ai pas besoin d'ajouter que tout cela serait entièrement confidentiel et fort lucratif. En ce qui concerne le bracelet de Joséphine, vous pouvez en disposer comme vous l'entendez. Si je puis me permettre une suggestion, je pense que vous devriez essayer de trouver une occasion de le restituer à Lady Pemberley. Il vaudrait mieux ne pas courir d'autres risques. C'est l'avenir qui importe maintenant.

A ces mots, son sang ne fit qu'un tour. L'avenir... et quel avenir ! Si elle avait pu le tuer à ce moment-là, elle l'aurait peut-être fait. Peut-être s'en rendit-il compte. Le flamboiement soudain du regard, l'afflux de sang à ses joues si pâles l'instant d'avant trahirent un bouillonnement intérieur. Il ne pouvait entretenir le moindre doute sur sa nature, mais il apprécia la manière dont elle conservait son sang-froid. Elle attendit que sa flambée de colère soit retombée pour reprendre la parole. Lorsqu'elle le fit, ce fut du ton d'une invitée s'adressant à son hôte.

— Mon cher Greg, vous me flattez. Mais je crains de ne rien entendre aux affaires... Je pense que c'est un don inné. Vous êtes trop gentil de me permettre de récupérer mon bracelet. Vous me ferez savoir combien vous l'avez payé. Je ne tiens pas à ce que ma cousine sache que j'avais vendu son cadeau. En réalité, j'avais d'affreuses difficultés financières à ce moment-là et il fallait absolument que je me procure de l'argent.

Pendant qu'elle parlait, le bracelet avait pris sa place à son poignet. Elle l'avait ramassé sur le bureau et enfilé sur sa main gauche si rapidement et si délicatement que Gregory Porlock aurait à peine eu le temps de s'interposer. En fait, il ne fit pas un geste dans ce but, se contentant de rire. « Et surtout, ne le revendez pas ! fit-il. C'est un peu trop dangereux. La prochaine fois, ce serait quelqu'un d'autre qui pourrait le reconnaître... on ne sait jamais. » Puis, au moment où elle se tournait pour partir, il fit un pas dans sa direction et la saisit par le poignet, sa grosse main se refermant sur le bracelet et le lui enfonçant dans la chair. « J'ai conservé la facture, vous savez. Avec une description du bracelet. Je vous laisse jusqu'à lundi matin pour prendre une décision. D'ici là, faisons une trêve. » Il la lâcha, et elle se retourna et quitta la pièce sans un mot.

Elle avait monté la moitié de l'escalier lorsqu'elle entendit la porte d'entrée s'ouvrir et se fermer. Elle sentit l'air froid du dehors et entendit la voix de Leonard Carroll. Le dernier invité venait d'arriver.

Sans tourner la tête, elle passa devant la porte de la chambre de miss Masterman et se dirigea vers la sienne. De la porte du bureau à celle de sa petite chambre ravissante, avec ses rideaux bleu pâle, ses sièges recouverts de chintz dont les motifs fleuris s'harmonisaient avec la teinte des rideaux et ajoutaient des touches mauves et roses, et le feu qui flambait gaiement, il n'y avait qu'une faible distance qu'elle ne mit guère de temps à parcourir. Mais cela avait suffi à Moira Lane pour décider de ce qu'elle allait faire.

14

La Grange était une vieille demeure. Le salon était tout en longueur et bas de plafond. Les quatre fenêtres assez étroites, aux rideaux de brocart ornés de fleurs pâles qui s'harmonisaient avec les boiseries ivoire des murs, les sièges et les canapés dans les mêmes tons pastel perpétuaient le raffinement d'un autre âge. Gregory Porlock, en attendant l'arrivée de ses invités, était en train de se dire, et ce n'était pas la première fois, qu'un style vestimentaire d'une autre époque eût été beaucoup mieux adapté à ce cadre. Des amoncellements de boucles et des robes à crinolines pour les femmes et des hauts-de-chausses et des habits de couleur pour les hommes. Il s'imaginait très bien vêtu de velours prune et les cheveux légèrement poudrés.

Il se sentait dynamique et plein d'entrain, comme quelqu'un qui conduit un attelage fougueux sur un parcours dangereux. Sans difficultés ni dangers, où serait le plaisir ? Le virage pris à la dernière seconde, l'instant où tout menace de se renverser, la tension des nerfs et de la volonté pour retenir, guider et maîtriser un attelage emballé, tout cela donnait son piquant à l'aventure et faisait que les risques valaient la peine d'être courus. Et ce soir, il prenait de gros risques. Linnet présenterait toujours un risque. Au mieux, les femmes étaient instables — celles qui se contrôlaient le mieux, comme une boussole affolée par un orage magnétique. Pour autant qu'il le sache, Linnet était peut-être en cet instant précis en proie à une crise de nerfs et en train d'avouer à Martin Oakley qu'elle était bigame. Il se permit un sourire amusé en imaginant la scène. Mais il pensait qu'elle réussirait à tenir un peu plus longtemps. On pouvait aussi envisager l'éventualité qu'elle arrive ce soir pour dîner et qu'elle tourne de l'œil dans son assiette de potage. Il faudrait veiller à lui offrir un cocktail à son arrivée. Et surtout être très, très gentil avec elle. Linnet avait toujours été sensible à la gentillesse. Si l'époque de leur mariage n'avait pas coïncidé avec les années les plus noires de sa vie, peut-être l'adorerait-elle encore. Mais le caractère le plus doux peut s'aigrir quand on vit dans un taudis, et toute leur histoire était devenue affreusement sordide. Il ne pouvait l'évoquer sans une grimace de dégoût.

Dorinda Brown représentait un autre risque. Il n'avait bien évidemment jamais eu l'intention de la laisser accompagner les Oakley ce soir. Cela l'avait amusé de l'inviter chaleureusement tout en prenant ses dispositions pour faire en sorte qu'elle soit dans l'incapacité de venir. A quel moment son plan avait-il raté, et comment, il l'ignorait, mais il entendait bien tout tirer au clair. Dorinda aurait dû être retenue ailleurs... dans des circonstances moins plaisantes, mais qui n'auraient souffert aucune excuse. Il n'aimait pas que ses plans échouent. Ils étaient toujours soigneusement élaborés dans les moindres détails et s'ils n'aboutissaient pas, il prenait à cœur de faire en sorte que le responsable ne l'emporte pas en paradis. Cette contrariété mise à part, le fait que Dorinda doive arriver incessamment dans le sillage des Oakley contribuait à rehausser l'intérêt de cette soirée. Il se permit quelques supputations amusées pour savoir à quoi elle ressemblerait. C'est long sept ans, mais les sept années comprises entre quatorze et vingt et un ans sont plus longues que ne l'indique le simple total des mois. Il gardait l'image d'une enfant au teint vermeil, avec une tresse épaisse de cheveux brillants et des yeux bruns tout ronds. Non, ce devait être encore plus vieux, ça. A quatorze ans, elle n'avait plus de tresse, mais toujours le teint vermeil et des yeux d'enfant. Il les revit soudain rencontrant les siens en un long regard plein de gravité. Mary l'avait poussé à bout au point qu'il l'avait injuriée et Dorinda était entrée à ce moment-là. Elle avait ouvert la porte et s'était immobilisée, lui adressant un long regard grave et scandalisé. Tout compte fait, c'était la dernière fois qu'il l'avait vue, et il s'agissait seulement de savoir si elle se souviendrait de lui ou non. A son avis, il n'était pas quelqu'un que l'on oubliait aisément. Il s'imaginait qu'aucune femme ne pourrait jamais tout à fait oublier ce qu'ils avaient partagé. Mais une enfant pourrait fort bien oublier... ou peut-être pas. On ne pouvait pas savoir. Admettons qu'elle se souvienne de lui... Il se dit qu'en fait, cela n'avait guère d'importance. Une jeune fille élevée par Mary ne pourrait certainement pas manquer de savoir-vivre au point de faire un scandale. Et, en définitive, elle ne pouvait pas être sûre. Bien qu'il répugnât à admettre qu'il puisse avoir un double, la chose n'était pas rare, et les germes du doute ainsi semés pouvaient être entretenus et amener un résultat satisfaisant. Il se sentit tout à fait capable de venir à bout de Dorinda Brown.

Dans le miroir devant lequel elle était assise, les yeux de Linnet Oakley reflétaient la peur. Elle était habillée, mais elle ne parvenait pas à savoir si elle avait l'intention d'y aller ou pas. De toute la journée et de toute la nuit, elle n'avait pas réussi à rester plus d'une demi-heure d'affilée dans les mêmes dispositions d'esprit. Ni de toute la journée ni de toute la nuit précédente d'ailleurs.

Parfois elle se voyait y aller... monter dans la voiture, le bref trajet, sortir de la voiture et entrer dans la Grange, une maison inconnue qu'elle n'arrivait pas à se représenter... et elle se sentait incapable de le faire. Elle ne pourrait jamais pénétrer dans cette maison et retrouver Glen. Elle ne pourrait jamais toucher sa main. Peut-être lui offrirait-il le bras pour passer à la salle à manger... jamais, jamais elle ne pourrait... pas devant Martin... pas sous les yeux de Martin.

D'autres fois elle se voyait rester à la maison, prétextant un malaise, prétextant une migraine. Mais Glen ne serait pas dupe. Martin irait sans elle et comment saurait-elle alors ce que Glen dirait ou ferait ? Peut-être se mettrait-il en colère... ce tremblement intérieur qui ne la quittait pratiquement plus reprit de plus belle à la pensée de Glen en colère. Et Martin voudrait savoir pourquoi elle avait une migraine, pourquoi elle se sentait mal. Il ne se mettrait pas en colère... Martin ne se mettait jamais en colère après elle. Il se montrerait gentil. Et s'il se montrait gentil, elle ne pourrait s'empêcher de pleurer, et alors, elle aurait beau essayer de toutes ses forces, elle ne pourrait pas s'empêcher de tout lui raconter.

Quelque chose en elle cria : « Non... non... *non* ! » Elle vit Martin la mettre à la porte. Elle se vit à la rue, au banc des accusés, en prison... rejetée de partout, complètement ruinée, totalement perdue.

Elle regardait fixement le miroir et voyait son propre reflet en rose et argent. Hooper était une excellente femme de chambre. Les cheveux blonds étaient parfaitement coiffés et le maquillage délicat avait été appliqué avec une discrétion raffinée. Il lui paraissait incroyable que cette image charmante et colorée puisse être le reflet de la créature tremblante et traquée qu'elle se sentait être au fond d'elle-même. Par une réaction très féminine, cela lui apporta un peu de courage. Toutes les choses qui la terrifiaient ne semblaient avoir aucun rapport avec l'image dans le miroir. C'était la première fois qu'elle portait cette robe. Elle lui allait merveilleusement bien. Son nouveau rouge à lèvres et son vernis à ongles s'harmonisaient parfaitement avec. Elle repoussa le tabouret de sa coiffeuse et se leva pour avoir une vue d'ensemble. La ligne était parfaite.

Hooper versa une goutte de son parfum sur un minuscule mouchoir qu'elle lui tendit. C'était une toute nouvelle création, légère, fraîche et délicieuse. Puis elle se souvint que le nom du parfum était « *Te souviens-tu ?* » Elle ne pouvait pas y aller... elle ne pouvait pas rester...

Martin Oakley pénétra dans la pièce, les sourcils légèrement froncés.

— Qu'est-ce que ça peut être barbant d'avoir à sortir ! Une petite soirée bien tranquille à la maison... c'est ça qui me ferait plaisir.

Elle réussit à lui adresser un sourire. Hooper, toujours discrète, avait disparu.

— Tu aimes ma robe ?

— C'est celle que j'aime toujours, non ?

— Idiot ! Tu ne l'as jamais vue. Elle est neuve.

— Très bien, voyons ça de plus près. Tourne-toi !

Elle pivota avec grâce et acheva son geste en une révérence.

— Tu l'aimes vraiment ?

Elle n'avait pas besoin de lui poser la question... pas quand il la regardait avec ces yeux-là. Il passa les deux bras autour d'elle et la serra très fort. L'affreux tremblement s'apaisa. Elle pouvait aller avec Martin. Martin prendrait soin d'elle. Ce n'était plus la peine d'avoir peur. Martin ne laisserait personne lui faire de mal.

15

Dorinda suivit les Oakley dans le vaste hall aux longues poutres anciennes et à la cheminée profonde et spacieuse dont le manteau faisait saillie. Quelques bûches brûlaient entre des chenets. Les vieilles dalles de pierre étaient recouvertes de tapis et sur les murs lambrissés, les appliques de candélabres soutenaient des bougies électriques. C'était la seule chose qui différenciait ce qu'elle voyait de ce que n'importe quel invité avait pu voir au cours des trois siècles passés. C'est l'idée qui lui vint à l'esprit en se débarrassant du manteau de fourrure que Mrs. Oakley lui avait prêté. Elle aurait aimé monter l'escalier et suivre la galerie qui courait autour de trois côtés du hall, mais Mrs. Oakley était en train de répondre : « Oh, non... nous avons fait si peu de chemin. »

L'escalier s'élevait sur le côté gauche, avec des marches polies et aussi noires que les vieilles poutres. Elle déposa son manteau sur un gros fauteuil sculpté et se retourna à contrecœur pour suivre la silhouette rose et argent de Mrs. Oakley dans le salon. C'était une jolie robe et elle avait probablement coûté les yeux de la tête. Elle se demanda s'il arrivait à Mrs. Oakley de porter d'autres couleurs que le rose. On aurait pu penser qu'elle s'en lasserait... porter du rose, toujours du rose. Pourquoi pas du bleu pour changer, ou du vert...

Elle en était là de ses pensées, lorsqu'elle vit Gregory Porlock s'avancer à leur rencontre pour les saluer. Il y avait plusieurs personnes autour du feu, mais en fait elle ne vit que lui. Il venait à leur rencontre la main tendue et un sourire charmant aux lèvres. Il aurait paru évident à n'importe qui qu'il était leur hôte et qu'il s'agissait de Gregory Porlock. Mais pour Dorinda il était parfaitement évident qu'il s'agissait de Glen Porteous, le mari de Tante Mary... le Méchant Oncle. Elle n'en eût peut-être pas été si sûre s'il n'y avait eu la photographie de Mr. Rowbecker. Sept ans, c'est long, comme Gregory lui-même l'avait pensé. S'il n'y avait eu la photo, peut-être n'aurait-elle pas été aussi convaincue. Mais là, elle ne nourrissait plus le moindre doute. Elle fut reconnaissante à sa Tante Mary de l'éducation qu'elle lui avait donnée. Elle entendit Mrs. Oakley murmurer son nom, croisa le regard souriant de Gregory, et lui serra la main.

Même si elle avait tout oublié, elle se serait souvenue de cette poignée de main pleine de chaleur et de vigueur. Elle ne l'avait jamais oubliée. C'était une des premières choses qu'elle avait aimées, et que par la suite elle avait haïes. Elle rougit légèrement mais le regarda en face et il comprit aussi bien que si elle l'avait appelé par son nom qu'elle l'avait reconnu. Eh bien soit, ce n'en serait que plus amusant.

— Mais nous nous sommes déjà rencontrés... au téléphone, dit-il. Et savez-vous, je crois que j'aurais pu vous décrire. Vous ressemblez exactement à votre voix. Maintenant, dites-moi... est-ce que je ressemble à la mienne ?

— Je crois.

Elle avait gardé quelque chose de la gravité de

l'enfant qu'il avait connue, mais aussi quelque chose de sa simplicité et de sa spontanéité. Même si elle ne faisait pas de scandale, elle ne s'abaisserait pas à jouer un rôle avec lui. La soirée promettait beaucoup, décidément.

Et puis, elle regarda derrière lui et aperçut Justin Leigh. Pour Gregory Porlock, nul doute que sa surprise ait été aussi complète que délicieuse. Ce fut si merveilleux qu'elle en oublia tout le reste. Il n'aurait pu échapper à un observateur attentif à quel point elle était rayonnante et épanouie en allant à sa rencontre. Porlock la quitta des yeux pour présenter les Oakley aux Tote et aux Masterman. Il n'avait pas la moindre idée de la manière dont tous ces gens pourraient s'entendre entre eux. Et tandis qu'en bon maître de maison, il tâchait de faire pour le mieux avec six personnes dont deux au moins lui vouaient une haine farouche et dont deux autres étaient terrorisées, le sens de l'humour dont il se départait très rarement lui faisait contempler la situation avec un détachement amusé.

Lorsque Leonard Carroll vint s'ajouter avec son sourire tordu au groupe hétéroclite, il contribua à apporter une touche bizarre. En le regardant traverser la pièce, Gregory se demanda, une fois de plus, si l'impression qu'il donnait d'avoir une légère difformité physique était une réalité ou une vue de l'esprit. Avait-il réellement une épaule légèrement plus haute que l'autre ou bien était-ce seulement une impression due au fait que son sourcil gauche était légèrement incliné alors que l'autre restait droit ? Son pied gauche révélait-il une infime claudication, ou était-ce une simple affectation de sa part, semblable à une élocution traînante ? Il pouvait parler d'une voix traînante quand il le voulait, mais il pouvait aussi trouver une réplique cinglante qui faisait mouche à brûle-pourpoint. Pour le reste, il avait de beaux cheveux bruns déjà fort clairsemés, un visage bizarrement sillonné de rides qui trahissaient son âge et un corps à la fois frêle et respirant l'énergie. Son regard brillant et sardonique passa en revue les cinq personnes d'un certain âge auxquelles on le présentait d'une manière qui les ravalait sans ambiguïté au rang de meubles, s'attarda un instant sur Linnet Oakley puis s'en désintéressa. Gregory, dont le sens de l'hospitalité était toujours prompt, s'empressa d'apporter des cocktails pour détendre l'atmosphère.

Justin Leigh avait été surpris de ce qu'il avait éprouvé en voyant Dorinda pénétrer dans la pièce. Pour une part, ses sentiments ne lui étaient plus inconnus, mais ce sentiment intense de propriété le dérouta quelque peu. Il était, bien sûr, encore accentué par le fait qu'elle portait la robe qu'ils avaient choisie ensemble. C'était une belle robe qui la mettait en valeur. La lumière se réfléchissait sur le petit cercle brillant de la broche de sa mère. Mais il n'y avait pas que cela. Il lui fallait reconnaître que, même avec des vêtements qui à son sens étaient d'un goût déplorable, il y avait toujours eu quelque chose chez Dorinda. On ne pouvait s'empêcher de le remarquer lorsqu'elle était dans un groupe. C'était dû en partie à son port de tête et en partie à la manière curieuse et rare dont la nature avait pris soin d'harmoniser ses cheveux et ses yeux. Cette couleur insolite, son allure, son air d'enfant sage... tout cela l'avait attiré. Mais il y avait autre chose... ce petit quelque chose qui lui aurait fait dire qu'ils étaient faits l'un pour l'autre s'il l'avait rencontrée par hasard dans un autobus, à l'occasion d'un naufrage, dans un bazar à Bombay ou dans le désert de Gobi. C'était une de ces choses qui ne s'expliquent pas, dont on ne peut se débarrasser et, plus révélateur encore, dont on n'a pas envie de se débarrasser.

Elle n'essaya pas de dissimuler sa joie en lui demandant :

— Comment es-tu arrivé ici, Justin ?

Pour une fois, il n'avait de son côté aucune envie de dissimuler la sienne. Il lui répondit en riant :

— Moira Lane descendait pour le week-end. Elle a appelé pour demander si elle pouvait m'amener avec elle.

Dorinda avait une trop bonne éducation pour laisser son sourire s'évanouir. Elle espéra seulement qu'il ne paraissait pas trop contraint.

Puis soudain, elle entendit Justin prononcer ces mots incroyables :

— Ne sois pas idiote. Je suis venu pour te voir... enfin, pas toi, les Oakley, plus exactement... en ma qualité de chaperon.

— Oh ! répondit-elle.

C'était un son difficile à transcrire autrement, mais où pétillait un petit rire.

Sur ces entrefaites, Gregory Porlock intervint.

— Allons, il sera à côté de vous pour le dîner. Vous avez le temps de venir faire connaissance avec tout le monde. Et puis, il faut prendre un cocktail.

Les présentations qui suivirent produisirent sur Dorinda des impressions très diverses. Mr. Tote, gros et rougeaud, aux yeux porcins et hargneux. Mr. Masterman, qui lui évoquait un croque-mort sans qu'elle ait pu dire pourquoi. Mrs. Tote, un petit bout de femme enfouie sous une masse de satin gris parsemé de diamants, les cheveux remontés sur la tête comme si elle allait prendre un bain et l'aspect général d'une petite souris charmante et nerveuse. Dorinda se demanda quel était l'intérêt de porter tant de diamants qui ne faisaient que briller et scintiller sur un cou décharné et qui donnaient environ cent cinquante ans au visage qui le surmontait.

Miss Masterman n'avait pas de diamants. Elle portait une robe démodée de dentelle noire, à manches longues, presque ras du cou et fermée par une petite broche avec une perle. Lorsqu'elle rencontra ses yeux noirs, Dorinda ne put éviter de penser au mot deuil. « Elle est en deuil. » Mais cela n'avait rien à voir avec la robe de dentelle noire. C'était le regard... comme si elle avait perdu quelque chose à jamais.

Elle avait à peine eu le temps de décider qu'elle n'aimait pas Mr. Carroll, quand la porte s'ouvrit sur la dernière invitée. Moira Lane entra avec l'air de vouloir conquérir le monde entier. Elle portait une robe de rêve, en velours incarnat, de la couleur de ses joues. Ses bras superbes étaient nus jusqu'aux épaules, et à son poignet gauche elle portait le bracelet de diamants et de rubis de Joséphine. Elle s'arrêta un instant sur le seuil de la porte, puis s'avança avec grâce et vivacité vers le groupe installé autour du feu et tendit son poignet gauche cambré en direction de Gregory Porlock.

— Regardez, Greg chéri ! N'est-il pas superbe ?

Elle se détourna de lui pour embrasser d'un regard brillant l'ensemble des invités.

— Ce sont de joyeuses retrouvailles pour moi, dit-elle de sa voix la plus claire et la plus chaude. Imaginez-vous que j'avais égaré mon beau bracelet et que Greg vient de le récupérer pour moi. C'est vraiment adorable de sa part ! Il ne faut plus jamais, jamais que je refasse une telle bêtise, n'est-ce pas ?

En prononçant ces derniers mots, ses yeux revinrent se fixer sur le visage de Gregory. Si elle put y lire de l'admiration, il estimait qu'elle l'avait bien méritée. Elle osait le défier publiquement de revendiquer le bracelet. Ce qu'il ne ferait pas à l'instant même, il ne pourrait plus se permettre de le faire par la suite. Cela revenait à le mettre au pied du mur et à lui dire catégoriquement : « Parlez sur-le-champ ou gardez le silence à jamais ! »

Au moment où la porte s'ouvrit et où le maître d'hôtel apparut pour annoncer que le dîner était servi, Gregory lui rendit son sourire et lui dit :

— Soyez plus prudente la prochaine fois… c'est la devise.

16

Gregory passa devant.

— Voulez-vous que nous ouvriions la marche, Mrs. Tote ? Pas de cérémonies, bien sûr. Je crains que le compte d'hommes et de femmes ne soit pas exactement le même, mais autour d'une table ovale cela a moins d'importance, n'est-ce pas ?

Pendant qu'ils traversaient le hall, Justin sentit qu'on lui pinçait violemment le bras. En se retournant, il vit Dorinda retirer sa main et le regarder d'un air implorant. Il ralentit l'allure et laissa les autres le dépasser.

— Que se passe-t-il ?

Elle répondit sans presque remuer les lèvres :

— C'est le Méchant Oncle.

— Qui ça ?

— Mr. Porlock.

— Arrête tes bêtises !

Elle hocha énergiquement la tête.

— Je t'assure que c'est vrai.

Sur ces entrefaites, ils arrivèrent à la porte de la salle à manger.

Lorsqu'ils eurent pris place, Dorinda faisait face à Gregory et à Mrs. Tote qui étaient à l'autre extrémité de la table. Entre elle et eux, elle avait à sa droite Mr. Masterman, Mrs. Oakley, Mr. Tote, miss Masterman et Gregory. A sa gauche étaient assis dans l'ordre Justin, ce Leonard Carroll à l'air bizarre, Moira Lane, Martin Oakley et Mrs. Tote.

Ses yeux revinrent à Moira, en train de rire avec Leonard Carroll. Même si ce n'était pas de gaieté de cœur, elle devait reconnaître en toute honnêteté que Moira était d'une tout autre classe qu'elle-même... une créature superbe, une sorte de magicienne qui dispensait sourires et traits d'esprit avec une aisance pleine de charme et beaucoup de prestance. Dorinda mangea sagement son potage et ses pensées étaient tellement loin de Gregory que lorsque Justin lui demanda : « C'est vrai ce que tu m'as dit ? » elle avait complètement perdu le fil et ne put que lui adresser un regard ahuri.

— Ce que tu viens de me dire, fit-il. Cela paraît incroyable.

— Excuse-moi... je pensais à autre chose. Bien sûr que c'est vrai.

— Tu ne peux pas en être sûre.

— Oh, mais si. J'en suis tout à fait... *tout à fait* sûre.

— Alors nous ferions mieux de parler d'autre chose.

Dorinda regarda de nouveau Moira Lane. Leonard Carroll était penché vers elle avec son sourire tordu. Un assaut verbal les opposait et attaques et ripostes fusaient. Elle dit tout bas à Justin :

— Qu'elle est belle !

Elle se demanda pourquoi il prit un air amusé.

— Très décorative. Elle brille de mille feux ce soir. Je me demande pourquoi.

Une voix intérieure lui disait : « Oh, Justin, ils sont faits pour toi. » L'ignorait-il ? Elle se dit qu'il devait le savoir. Mais peut-être ne savait-on pas lorsqu'il s'agissait de soi-même... Elle se posa la question. Quand on tenait beaucoup, vraiment beaucoup à quelqu'un, cela permettait-il de voir clair ou bien cela créait-il une sorte de brouillard dans lequel on avançait en tâtonnant ? Elle pensa que les deux choses étaient peut-être vraies... pas en même temps, bien sûr, mais d'abord l'une, puis l'autre. Comme pour Justin et elle... quand parfois elle sentait qu'elle pouvait lire dans ses pensées et qu'elle savait tout ce qui se passait dans sa tête, comme pour cette robe bleue qu'il détestait. Mais d'autres fois elle ne savait rien du tout, comme maintenant pour Moira Lane.

Elle interrompit le fil de ses pensées pour se servir de hors-d'œuvre. Justin et Moira discutaient par-dessus la tête de Leonard Carroll. Non, il se mêlait à la conversation. Ils riaient tous ensemble. A sa droite, Mr. Masterman restait le nez dans son assiette. Derrière lui, Mrs. Oakley s'était tournée vers Mr. Tote à qui on pouvait l'entendre raconter quelque anecdote illustrant la précocité et l'intelligence exceptionnelles de Marty. Les mots « Et il n'avait que trois ans à l'époque » lui frappèrent l'oreille. Ils devaient avoir également frappé l'oreille de Mr. Tote, mais il n'en laissa rien paraître. Il s'était servi une part copieuse et, l'air impénétrable, avait entrepris d'en venir à bout.

Par devoir de politesse, Dorinda s'adressa au profil de Mr. Masterman.

— J'espère qu'il ne va pas neiger... n'est-ce pas ?

Son visage vu de face était encore moins rassurant que son profil. Il regarda Dorinda comme si elle n'existait pas.

— Pourquoi ? demanda-t-il.

— Ça salit tout... c'est abominable quand ça fond. Et il n'y en a jamais suffisamment pour en faire quelque chose.

Elle dut de nouveau se contenter du profil. Il avait saisi sa fourchette et avait commencé son entrée, mais toujours avec l'air de ne pas savoir ce qu'il mangeait. Ce qui était un regrettable gâchis, car c'était absolument exquis et excitait fort sa curiosité. Alors même qu'elle restait en contemplation devant la beauté de Moira et qu'elle ne cessait de se répéter qu'elle ferait une femme idéale pour Justin, Dorinda ne pouvait s'empêcher de se demander ce qui entrait dans la composition de ce mets. Les trois sur sa gauche éclatèrent à nouveau de rire. Justin s'était détourné, ne faisant visiblement aucun effort pour l'inclure dans leur groupe. Elle ne se doutait pas avec quelle ferveur il souhaitait qu'elle n'ait pas entendu la dernière plaisanterie.

C'est à cet instant que Gregory Porlock, par-dessus la tête de miss Masterman et de Mr. Tote, s'adressa à Linnet Oakley qui venait de terminer son anecdote. On ne peut que risquer des suppositions sur ce qui l'avait poussé à intervenir ainsi. A sa droite, Mrs. Tote était en conversation avec son autre voisin, Mr. Oakley. Ils semblaient plongés dans des comparaisons sur l'intelligence des enfants d'après les exemples fournis par Marty et le petit garçon d'Allie. Le flot de paroles que Gregory avait dirigé avec ténacité en direction de miss Masterman et auquel elle avait opposé une totale indifférence s'était peut-être tari. Peut-être avait-il agi par méchanceté, peut-être avait-il seulement senti la nécessité de faire diversion d'une manière ou d'une autre. En tout cas, il s'adressa nommément à Linnet.

— Mrs. Oakley, j'espère que vous avez réussi à trouver la peinture phosphorescente que vous cherchiez.

On remarqua à ce moment et on se souvint par la suite de son air désemparé et craintif. Mr. Tote le remarqua... cette femme avait l'air d'un lapin terrorisé, avec à peu près la même présence d'esprit. De l'autre côté d'elle, Mr. Masterman n'aurait peut-être rien remarqué si, en sursautant de cette manière stupide, elle n'avait failli renverser sa coupe de champagne avec sa main gauche. De l'autre côté de la table,

Mrs. Tote se dit que Mrs. Oakley était bien nerveuse et Martin Oakley, la voyant changer de couleur, se demanda si elle n'était pas en train de se sentir mal.

Linnet prit une inspiration fébrile, répondit : « Oh, oui », reprit à nouveau son souffle et continua :

— C'est miss Brown qui est allée la chercher.

— Sans difficulté, j'espère, reprit Gregory Porlock en s'adressant à Dorinda cette fois.

Au moment où il prononça ces mots, Dorinda acquit la certitude qu'il était parfaitement au courant de ce qui s'était passé aux magasins De Luxe. Ils échangèrent un regard dans lequel chacun faisait passer un message. Gregory disait : « Tu vois... prends garde », et Dorinda répondait : « Je sais. »

Et elle savait. Elle ne serait jamais en mesure de le prouver, mais elle était absolument persuadée que c'était lui qui avait tiré les ficelles, qui avait fait en sorte qu'elle aille aux magasins De Luxe et qu'il s'y trouve quelqu'un d'autre pour glisser dans sa poche des marchandises volées. Mais pourquoi ? Pour l'éloigner de chez les Oakley où elle aurait fatalement fini par le rencontrer et où il aurait pu être embarrassant pour lui qu'elle reconnût son Méchant Oncle. Elle revint à la conversation qui était devenue pratiquement générale. Martin Oakley disait :

— Cette peinture était excessivement difficile à trouver et nous en avions absolument besoin pour la pendule de Marty. Merci pour le tuyau, Greg. J'ai demandé à ma femme de l'utiliser, comme miss Brown allait en ville de toute façon.

Cela n'échappa pas à Dorinda. Ainsi Gregory Porlock avait signalé à Martin Oakley qu'il y avait de la peinture phosphorescente aux magasins De Luxe et Martin l'avait dit à sa femme. Tout cela concordait. Elle en était là de ses réflexions lorsque Mrs. Tote prit la parole :

— Mais, vous-même, Mr. Porlock, pourquoi aviez-vous besoin de peinture phosphorescente ?

Leonard Carroll s'interposa dans un grand rire.

— Vous ne savez pas ? Moi, j'ai deviné tout de suite. Il se coule avec elle dans la nuit, à la recherche de bonnes actions à faire à la dérobée. L'hôte idéal... rien ne lui échappe. Du confort pour les invités... et le service vingt-quatre heures sur vingt-quatre... c'est comme ça que ça se passe.

Gregory éclata aussi de rire. Mrs. Tote se dit que « ce Mr. Carroll » avait bien assez bu de champagne. C'était bien un comédien et il tenait des propos assez libres. Il en avait raconté à miss Lane... vraiment, quand même ! Et tout ce qu'elle avait fait avait été de rire, alors qu'il aurait fallu le remettre à sa place. Donnez à des gens comme ça grand comme le doigt et ils en prendront long comme le bras avant qu'on ait seulement eu le temps de tourner la tête.

Gregory riait encore.

— Je crains de ne pas être attentionné à ce point. J'avais besoin de cette peinture pour la poutre transversale à l'entrée du vestiaire, juste en bas de la marche. Je me demande pourquoi ces vieilles maisons sont construites ainsi. Ils ne devaient pas se donner la peine de mettre les sols de niveau. Quoi qu'il en soit, ce n'est guère pratique pour quelqu'un qui ne connaît pas les lieux. On peut atteindre l'interrupteur sans descendre la marche, mais c'est tout juste, et on peut éviter la poutre si on ne mesure pas plus d'un mètre quatre-vingt-cinq, mais un invité de grande taille pourrait s'assommer et n'importe qui pourrait se rompre le cou en ratant la marche. Alors j'ai eu l'idée lumineuse de peindre la poutre et l'interrupteur avec cette peinture phosphorescente. A ce propos, je vous prie de m'excuser pour l'odeur. J'ai passé la première couche qui est sèche, j'espère, mais il faut en passer une seconde, alors j'ai laissé la peinture dans le placard.

— Marty adore sa pendule, fit Mrs. Oakley d'une voix aiguë. Martin a passé une autre couche juste avant de partir. Martin dit qu'il adore se réveiller la nuit et voir la pendule qui le regarde. Il dit que ça fait comme un gros œil. Il a tellement d'imagination !

Mr. Tote tourna vers elle son visage rouge et grincheux.

— Comment est-ce que ça peut ressembler à un œil ? Il n'y a que les aiguilles qui sont peintes ! Ça m'a l'air d'un drôle d'œil !

Linnet fut parcourue d'un rire nerveux.

— Oh, eh bien... vous savez... c'est que Marty a peint tout le cadran. Il ne savait pas, le pauvre petit. Et sa nourrice dit que ça n'a pas d'importance, parce qu'on peut peindre les aiguilles en noir et qu'elle aura une idée assez précise de l'heure qu'il est d'après leur position sans s'occuper des chiffres. Et bien sûr, ça ne dérange pas Marty à partir du moment où ça brille dans l'obscurité.

— Comment resplendit une bonne action en ce monde de ténèbres, proclama Mr. Carroll. Beaucoup de bruit pour rien. Les chandelles de la nuit se sont consumées jusqu'au bout. Mangeons, buvons et amusons-nous. Je pourrais continuer ainsi pendant des heures si vous le voulez[1].

— Ils ne veulent pas, fit Moira.

— Alors je vais vous raconter le tout, tout dernier scandale... les scandales de la nuit ne s'étant nullement consumés jusqu'au bout.

Il baissa la voix et Justin se retourna vers Dorinda en se disant que c'était bien l'assemblée la plus disparate où il s'était jamais trouvé et qu'il ne serait pas fâché quand la soirée serait terminée.

C'est à ce moment-là qu'il lui vint à l'esprit de se demander pourquoi un homme tel que Gregory Porlock, pour qui la vie en société n'avait plus de secrets, avait eu l'idée de rassembler à sa table des gens au caractère aussi diamétralement opposé que les Tote et

1. Citations de Shakespeare.

Leonard Carroll ou les Masterman et Moira Lane, pour prendre les extrêmes. Il ne put fournir de réponse à cette question, mais elle devait se poser avec une acuité nouvelle avant que la nuit se soit écoulée. Il la laissa provisoirement de côté et se lança dans une discussion pleine d'aisance et de naturel avec Dorinda.

17

On ne saurait faire boire un âne qui n'a pas soif. Rassemblés dans le salon après dîner, les invités de Gregory Porlock illustraient ce proverbe. Les Tote et les Masterman évoquaient irrésistiblement un attelage de mules en arrêt devant un cours d'eau dans lequel ils n'avaient nulle intention d'étancher leur soif.

Ni Mrs. Tote ni miss Masterman ne savaient jouer aux cartes, mais Gregory, avec une louable détermination, proposa d'autres jeux. On leur demanda d'établir une liste d'objets commençant tous par la lettre M, qu'ils emmèneraient sur une île déserte, et classés sous différentes rubriques telles que Nourriture, Boissons, Vêtements, Animaux et Divers. Miss Masterman remit une feuille parfaitement vierge, tandis que Mrs. Tote proposait Mouton et Moutarde. La liste de Mr. Carroll était brève, drôle et vulgaire ; celle de Dorinda laborieuse ; et celle de Gregory de loin la plus longue. Mr. Tote refusa de prendre part au jeu et Mr. Masterman s'était absenté quelques instants. Il revint très vite et participa au second tour avec une morne application qui lui permit de prendre la deuxième place.

Aussi ardue qu'ait été la tâche, l'atmosphère s'était quelque peu dégelée. Lorsque Moira suggéra de jouer aux charades en action, seul Mr. Tote refusa catégoriquement. C'est sans discussion Moira qui lança l'idée. Tout le monde devait être formel sur ce point et sur le fait que Leonard Carroll éleva une violente objection, déclarant que mettre une fois en scène des amateurs totalement incompétents risquait de mettre sa santé intellectuelle en péril, mais que faire trois tentatives la ruinerait certainement, et qu'il acceptait à la rigueur de jouer un proverbe, mais pas plus. Là-dessus Moira intervint en disant : « Parfait, tu choisis une équipe et Greg choisit l'autre. » Leonard Carroll lui passa alors un bras autour des épaules et se mit à chanter d'une voix aiguë de ténor : « Tu es mon premier et mon unique choix ! » A quoi elle répondit avec un rire bref : « Tu vas devoir prendre ta part, chéri, tu ne peux pas laisser tous les autres à Greg. »

Gregory choisit Martin Oakley pour commencer, ce qui revenait pratiquement à rejeter Linnet dans le camp adverse.

Finalement, le groupe qui sortit sous la houlette de Leonard Carroll était composé de Mrs. Oakley, Moira, Mr. Masterman et Mrs. Tote, tandis que Gregory restait dans le salon avec miss Masterman, Dorinda, Martin Oakley et Justin Leigh. Mr. Tote resta assis dans un grand fauteuil et continua à fumer avec l'air de n'être absolument pas concerné par ce remue-ménage. Sa femme lui jeta un regard bizarre en quittant la pièce. On pouvait y lire de l'appréhension, mais aussi une sorte de réprobation. C'est bien joli d'être en colère, mais il ne faut pas pour autant oublier les bonnes manières, et Albert était assez grand pour savoir quand il avait suffisamment bu. Deux cocktails, tout ce champagne à table et Dieu sait combien de porto... pas étonnant qu'il n'ait pas envie de participer à un jeu. En fait, pour être franche, elle n'en avait guère envie non plus. Ces jeux étaient faits pour les jeunes et c'était bien agréable de les regarder s'amuser. Pour Noël, ils organisaient toujours une petite soirée en l'honneur d'Allie. Elle était jolie comme un cœur avec ses cheveux blonds flottants. Au moment où le groupe atteignait le hall, ils croisèrent le maître d'hôtel qui venait enlever le plateau du café. Quelques instants après, il revint en le portant. C'était un homme très mince, aux épaules étroites, dont le visage évoquait à Mrs. Tote une gueule de singe. Quelque chose dans la position des yeux et dans la manière dont ses joues se creusaient. Elle ne lui avait pas prêté attention jusqu'à présent. Ce visage provoqua un afflux d'agréables souvenirs de visites au zoo avec Allie et du goûter des chimpanzés.

Un des inconvénients des jeux tels que charades ou proverbes est que la moitié des gens doivent s'astreindre à une attente longue et languissante tandis que l'autre moitié a tout le plaisir de se déguiser et de se chamailler pour savoir ce qu'ils vont mimer. Leonard Carroll ne laissa pas planer le moindre doute sur son intention d'interpréter le rôle principal et sur le fait que les autres n'étaient là que pour obéir à ses directives. Il serait le diable. Moira serait une religieuse... « Va chercher un drap et deux serviettes. » Mr. Masterman porterait un long manteau noir... « Il y en a un accroché dans le vestibule. » Et Mrs. Tote un caoutchouc et le plus grand chapeau d'homme qu'elle puisse trouver. Mrs. Oakley pouvait rester comme elle était. Si elle voulait prendre quelques fleurs sur la table du dîner et en faire une guirlande, elle pouvait. « Et n'oubliez pas que tout va dépendre de la synchronisation, alors si quelqu'un ne fait pas ce qu'on lui a dit, il tombera entre mes griffes et je l'emmènerai en enfer ! Oh, il faut que nous jouions ici dans le hall. » Il ouvrit brutalement la porte du salon et s'adressa au groupe resté à l'intérieur.

— Nous jouons dans le hall. Les spectateurs autour du feu, bien au chaud. Masterman vous fera savoir quand nous serons prêts.

Dans le salon, miss Masterman et Mr. Tote étaient assis en silence pendant que les autres parlaient. Dorinda était en admiration devant la bonhomie que déployait l'Oncle. Il était vraiment facile de s'amuser et d'entrer dans le jeu. Peut-être le fait que Justin était venu près d'elle et s'était assis sur le bras de son fauteuil contribuait-il à rendre les choses plus faciles que s'il était resté dehors dans le hall avec Moira Lane. Mais il était évident que Mr. Carroll ne souhaitait pas sa présence là-bas. Il admirait trop Moira lui-même.

Mr. Carroll fut rapide. Dix minutes ne s'étaient pas écoulées que la porte s'ouvrit et que Mr. Masterman, le bras recouvert d'une étoffe noire, lui fit signe d'approcher. En sortant de la pièce bien éclairée, le hall leur parut sombre. La lueur du feu s'était éteinte, ainsi que toutes les lumières à l'exception d'une petite lampe de bureau. Elle était posée sur la tablette de cheminée, son abat-jour incliné étant recouvert et prolongé par du gros papier brun de manière à projeter un faisceau brillant à travers le hall. Il tombait obliquement et formait une tache lumineuse entre le pied de l'escalier et une table en chêne massif appuyée contre ses boiseries latérales. Mais autour, tout était sombre... l'escalier lui-même, l'espace autour, l'arrière du hall... l'obscurité se transformant graduellement en ténèbres absolues. Masterman les guida jusqu'au foyer autour duquel on avait rassemblé des chaises placées légèrement de biais pour faire face à l'escalier et au fond du hall. Il apparut par la suite que personne n'avait remarqué si Mr. Tote avait bien pris place dans le groupe. Personne ne put affirmer avec certitude que c'était le cas, et personne n'osa dire que ce ne l'était pas.

Quelque part au-dessus de leurs têtes une voix étouffée annonça : « Le rideau se lève » et, descendant l'escalier, commencèrent à se dessiner des silhouettes qui devenaient plus distinctes au fur et à mesure qu'elles s'approchaient de la tache de lumière, la traversaient et s'enfonçaient à nouveau dans l'obscurité totale. Mr. Masterman en premier, réellement impressionnant dans son manteau noir, toujours le vêtement le plus macabre, et affublé d'un bandage blanc et spectral qui lui recouvrait un œil et masquait la moitié de son visage. Derrière lui, Mrs. Tote, courbée en deux sur un bâton fourchu, sa robe de satin gris et ses diamants dissimulés par un vieux caoutchouc taché, la tête perdue sous un chapeau à larges bords tout cabossé. Elle sortit de la tache de lumière et Linnet Oakley lui succéda... éblouissante de rose et argent, des fleurs dans les cheveux, des fleurs à la main. On lui avait dit de sourire, mais lorsqu'elle pénétra dans la zone lumineuse, elle prit soudain peur. Elle entrouvrit les lèvres et écarquilla les yeux. Elle s'arrêta un instant, comme si elle attendait que quelque chose se produise, puis un frisson la parcourut et elle s'enfonça à son tour dans l'obscurité. La grande religieuse blanche qui suivait était Moira Lane. Elle marchait les yeux baissés, tenant un chapelet entre ses mains. Puis, en arrivant au milieu du faisceau lumineux, elle releva les paupières, tourna la tête et jeta un regard en arrière par-dessus son épaule.

Elle avança. Au moment où elle arrivait au niveau de la table en chêne, quelque chose bougea dans l'escalier au dessus d'elle et l'unique lumière s'éteignit, plongeant le hall dans l'obscurité complète. Et dans cette obscurité apparurent la forme lumineuse d'un visage, deux cornes proéminentes et deux mains levées phosphorescentes. Elles étaient en l'air... elles s'abaissèrent... elles s'abattirent. Le cri de Moira s'éleva jusqu'aux chevrons et fut suivi d'un ricanement sinistre.

Elle ne poussa pas un autre cri quand Len Carroll la saisit par les épaules et plaqua durement sa bouche tordue contre la sienne mais elle réussit presque à joindre son pouce et son index à travers la chair de son aisselle.

Lorsque Mr. Masterman ralluma toutes les lumières, le diable était remonté sur la table d'où il avait fondu sur sa proie, un pull-over sombre dissimulant sa chemise et un masque de papier barbouillé de peinture se balançant à sa main. Les cornes étaient également en papier. Elles surmontaient un visage qui, à ce moment-là, avait vraiment l'air démoniaque. Le public applaudit et Gregory cria : « Bravo, mon cher ami ! De tout premier ordre ! Mais nous avons deviné votre proverbe : « Le diable emporte le dernier[1]. »

Leonard Carroll adressa un salut de sa main blanche de peinture et descendit de la table d'un bond agile.

— C'est à votre tour, dit-il. Il faut que j'aille me débarrasser de cette peinture, sinon je vais en mettre partout.

Il avança en parlant.

Tout le monde allait par la suite être interrogé sur la distance à laquelle il se trouvait de Gregory Porlock. Sur ce point, les témoignages ne concordent guère. Tout le monde s'accorde à reconnaître qu'il s'était mêlé au groupe près de la cheminée, qu'il avait échangé quelques mots avec une ou deux personnes, qu'on l'avait félicité pour le succès de son proverbe, puis qu'il avait fait demi-tour et remonté l'escalier en courant, prenant les marches deux par deux. Mais les témoignages divergent sur le point de savoir s'il y a eu contact physique avec Gregory Porlock. Lorsqu'on lui demanda pourquoi il n'était pas allé se laver dans la salle de bains du rez-de-chaussée, il eut une réponse toute prête... il lui fallait se débarrasser de son pull-over et reprendre son veston de smoking qu'il avait laissé dans sa chambre.

1. Proverbe anglais : *Everyone for himself and the devil take the hindmost.* Correspond au proverbe français : Chacun pour soi et Dieu pour tous.

En bas, la conversation était devenue générale. Dorinda regardait du coin de l'œil en direction de Moira qui se tenait toujours à l'endroit où elle s'était trouvée au moment où les lumières s'étaient rallumées, entre la table et le foyer. Elle était en train d'enlever les deux serviettes de toilette blanches qui avaient fait office de coiffe de religieuse. Elle roulait des yeux furibonds et ses doigts s'activaient nerveusement. Elle lança les serviettes sur la table, fit un pas de côté pour se dégager du drap qui avait servi à faire sa robe et le lança en paquet à la suite des serviettes, au petit bonheur. Il glissa sur la surface polie et retomba en tas sur le sol, entraînant une des serviettes dans sa chute. Moira porta les mains à ses cheveux. Il n'y avait pas de miroir dans le hall. Elle secoua sa robe pourpre et s'approcha de Justin.

— Comment sont mes cheveux ? J'ai la flemme de monter. Ça ira ?

Il hocha la tête.

— Pas une boucle n'est dérangée.

— Oh, j'ai fait très attention. Comment était-ce ?

— Comme l'a dit Porlock... de tout premier ordre. On ne vous arrivera pas à la cheville. Ton cri était fantastique. Dommage que nous ne puissions te prendre avec nous.

Elle se mit à rire.

— Tu aimerais vraiment ? — Puis avec une crispation dans la voix : — Oh, c'était Len le clou du spectacle.

Gregory s'était éloigné en direction de l'escalier. Il s'arrêta un peu à l'écart du groupe autour du feu et dit en élevant la voix :

— Bon, à nous de jouer, maintenant. Je crains que nous ne soyons pas de taille. Vous avez vraiment tous été excellents. Mrs. Tote, Mrs. Oakley, Moira, Masterman... voulez-vous retourner dans le salon et nous laisser essayer de faire de notre mieux ; Carroll va avoir besoin d'un peu de temps pour se débarrasser de sa peinture... il vous rejoindra par la suite. Je pense qu'il vaut mieux ne pas l'attendre. Les autres restent ici.

Il commença à marcher dans leur direction, mais avant d'avoir fait deux pas, toutes les lumières s'éteignirent de nouveau. Linnet Oakley poussa un petit cri d'effroi. Mr. Masterman cria : « Qui a fait ça ? » Il y eut un remue-ménage général. Quelqu'un renversa une chaise. Et immédiatement après, il y eut un son entre la toux et le gémissement et le bruit d'une lourde chute.

Justin Leigh tendit la main vers Dorinda et la repoussa contre le mur. S'il le suivait à tâtons, il arriverait à la porte d'entrée. Il n'avait pas la moindre idée de l'emplacement des autres interrupteurs, mais dans toute demeure civilisée, il y en a au moins un que l'on peut actionner en venant de l'extérieur. Sans prêter attention aux bruits de voix confus qui s'élevaient derrière lui, il passa devant une porte qu'il ne savait pas encore être celle du bureau et atteignit son objectif. Depuis le gémissement il s'était peut-être écoulé quarante-cinq secondes avant qu'il ait trouvé l'interrupteur et que la lumière revienne dans les bougies électriques disposées tout autour du hall.

A la lumière revenue, on pouvait détailler la scène... tous s'étaient figés dans la clarté soudaine et saisissante... tous étaient fixés de manière précise et définitive dans l'esprit de Justin. Le croquis qu'il devait faire une heure ou deux plus tard indique la position de chacun. Sur la gauche, devant la porte ouverte du salon, Mr. Tote, le regard fixé sur ce qui avait été l'obscurité, mais s'était soudain transformé en un éclairage révélateur. Descendant l'escalier, mais seulement à trois marches du sommet, Leonard Carroll, une main sur la rampe, une jambe en l'air pour descendre la marche suivante. Autour de l'âtre, Dorinda, à l'endroit où il l'avait poussée contre le mur, Masterman, Mrs. Tote, miss Masterman et à l'autre extrémité, Martin Oakley. Entre ce groupe et le pied de l'escalier, deux femmes et un homme... Moira Lane, Gregory Porlock et Linnet Oakley.

Il reposait entre elles, face contre terre, un bras étendu, l'autre replié sous lui. Entre ses omoplates, quelque chose miroitait sous la lumière... un manche bruni semblable à une poignée d'épée, le manche d'un poignard.

Tout le monde dans le hall avait les yeux fixés dessus. Justin en détacha son regard et le porta sur la boiserie surmontant le foyer. Entre les appliques était accrochée une panoplie d'armes... des fusils à pierre croisés ; un sabre à la poignée d'ivoire ; une épée dans un fourreau de velours passé ; deux belles rapières effilées ; une demi-douzaine de poignards. Il chercha un espace vide dans le trophée et le découvrit. Il y avait un trou dans la rangée inférieure... Il manquait un poignard. Après un rapide coup d'œil, son regard revint au manche qui dépassait entre les épaules de Gregory Porlock.

Personne n'avait dit un seul mot. Personne n'avait esquissé un geste. Tout le monde semblait retenir sa respiration jusqu'au moment où Linnet Oakley poussa un hurlement. Elle hurla, fit deux pas en avant et s'abattit sur les genoux en criant : « Oh, Glen ! Il est mort ! Glen est mort... Il est mort ! Oh, Glen... Glen... *Glen !* »

Cela fit l'effet d'une pierre lancée dans l'image réfléchie par une pièce d'eau. L'image se brisa. Tout le monde commença à bouger, à reprendre sa respiration, à s'exclamer. Mr. Tote sortit du salon. Mr. Carroll descendit l'escalier. Moira fit un pas en arrière, puis un autre, et encore un autre, tout cela très lentement et avec raideur, comme si la chair et le sang de son corps s'étaient transformés sous la robe incarnat en quelque chose de dur, de pesant et de froid.

Elle continua à reculer jusqu'à ce qu'elle bute contre une chaise. Elle s'immobilisa alors, parfaitement calme, parfaitement immobile, tout son visage d'une pâleur mortelle, les yeux encore fixés sur l'endroit où gisait le corps de Gregory Porlock.

Martin Oakley se dirigea vers sa femme. Elle était en proie à une crise de larmes et se jeta dans ses bras en sanglotant : « C'est Glen... et quelqu'un l'a tué ! Il est mort... il est mort... il est *mort!* »

18

Dans toute situation critique, il y a en général un individu qui prend les choses en main. Dans le cas présent, ce fut Justin Leigh. Il traversa rapidement le hall, s'agenouilla près du corps, prit le poignet entre ses doigts pendant une bonne minute, puis se releva et se dirigea vers la sonnette située à gauche de la cheminée, à hauteur de poitrine, sous une rangée d'interrupteurs. En attendant debout une réponse à son appel, il jeta un regard circulaire. Des interrupteurs près de la porte d'entrée… la lumière n'avait pas été éteinte de là-bas. Des interrupteurs ici, à gauche en regardant la cheminée, à environ cinq mètres en ligne droite de l'endroit où Gregory avait été poignardé. N'importe lequel de ceux qui étaient autour du feu aurait pu les atteindre. Des interrupteurs près de la porte de service qui s'ouvrait à l'arrière du hall à l'endroit où les lambris de l'escalier faisaient place à un renfoncement… il était évident que n'importe qui aurait pu ouvrir cette porte et atteindre les boutons électriques en courant peu de risques d'être vu. La porte menant à la salle de billard était également située dans le renfoncement, à angle droit de la porte de service… mais il aurait été impossible d'atteindre l'interrupteur en venant de là-bas sans avoir à s'avancer dans le hall, ce qui entraînait une forte probabilité d'être vu par un de ceux qui étaient autour du feu.

Pendant que son esprit enregistrait tout cela, la porte de service s'ouvrit et le maître d'hôtel entra. Justin fit un ou deux pas dans sa direction, vit son visage se décomposer et dit :

— Mr. Porlock a été poignardé. Il est mort. Voulez-vous appeler la police et leur demander de venir aussi vite que possible. Dites-leur que nous ne toucherons à rien. Revenez dès que la communication sera terminée.

L'homme hésita, sembla sur le point de dire quelque chose, puis se ravisa. Il fit demi-tour et ressortit par où il était entré. Justin retourna près du corps et Leonard Carroll s'approcha de lui et lui dit à voix basse en tordant la bouche :

— On aime bien les responsabilités, hein ? Et si vous retiriez ce couteau pour donner une chance à ce pauvre diable ?

Justin secoua la tête.

— Inutile... il est mort.

— Vous en semblez bien sûr.

— J'ai fait la guerre.

En réprimant un rire, Carroll reprit :

— Eh bien, nous voilà bons pour un jeu de l'Assassin ! Je me demande qui a fait ça. Quel qu'il soit, il peut se rassurer en se disant que la laborieuse maréchaussée locale a toutes les chances d'effacer les indices qu'il a pu laisser. — Cette fois, il s'esclaffa avant d'ajouter : — Enfin, je me demande bien qui pouvait le haïr si fort pour prendre de tels risques.

Justin ne répondit pas. Dans ce groupe qu'il avait devant les yeux, un seul individu pouvait fournir la réponse à la question de Leonard Carroll. Mrs. Tote était assise dans un petit fauteuil de style Sheraton. Le caoutchouc qu'elle avait utilisé pour la charade était étendu à ses pieds comme un autre cadavre, mais elle n'avait pas enlevé le chapeau, un feutre démodé à larges bords, qu'elle portait incliné sur le côté. Ses traits fins étaient graves. Peut-être le satin gris de sa robe et l'éclat de ses diamants contribuaient-ils à la faire paraître encore plus livide. Elle restait assise sans bouger, raide dans son siège, les mains étroitement serrées, les gros diamants de ses bagues parfaitement immobiles. Miss Masterman était restée debout, mais elle ne se tenait pas droite. Elle avait saisi le dossier d'une chaise et était penchée en avant, tout son poids portant sur ses mains. Elle n'avait pas de bagues et toutes les jointures de ses doigts étaient blanches. Justin vit son frère s'approcher d'elle. Il lui dit quelque chose, mais comme elle ne répondait rien, il retourna près de l'âtre et se pencha pour glisser une bûche dans le feu. Linnet Oakley sanglotait, allongée dans un grand fauteuil, Dorinda d'un côté, Martin Oakley de l'autre. Les œillets roses et blancs qu'elle avait pris sur la table du dîner pour se faire une guirlande étaient pour la plupart tombés. Il y en avait un sur le bras du fauteuil et un autre sur ses genoux. Un bouton et une feuille tombaient sur son cou comme un pendant d'oreille. Elle avait enfoui son visage dans l'épaule de son mari. Martin Oakley tourna son regard vers Justin et dit d'une voix rauque et profonde :

— Il faut que j'emmène ma femme d'ici... elle est malade.

Justin franchit l'espace qui les séparait. Il baissa la voix.

— Je suis désolé, mais je crains qu'il ne vous faille attendre l'arrivée de la police.

Leurs regards s'affrontèrent. Celui de Martin noir de colère.

— Et qui m'y obligera ?

— Votre propre bon sens, je pense, répondit Justin.

— Qu'entendez-vous par là ?

— Que croyez-vous donc ? Quiconque sortira d'ici risque d'attirer l'attention sur lui beaucoup plus qu'il n'est nécessaire.

Il y eut un moment de tension extrême. Il y avait de la colère, mais aussi autre chose. Justin se souvint que le Méchant Oncle s'appelait Glen… Glen Porteous. Mrs. Oakley avait hurlé que Glen était mort. Neuf personnes l'avaient entendue, y compris Martin Oakley. Même s'il gardait le silence, les autres ne pourraient ni ne voudraient le faire. Mrs. Oakley, qui ce soir avait fait la connaissance de Gregory Porlock comme d'un inconnu, aurait certainement à expliquer à la police pourquoi elle s'était écroulée en pleurant près du corps et l'avait appelé Glen. En allant reprendre sa place, son regard tomba sur un des œillets roses. La lourde fleur s'était détachée de sa tige. Elle reposait entre l'épaule gauche de Gregory Porlock et ses épais cheveux bouclés.

Mr. Tote s'était approché de sa femme et se tenait debout à ses côtés. Elle gardait un visage impassible. Ses petits yeux gris regardaient fixement ses mains.

— Je crois que le mieux serait de boire quelque chose, fit Leonard Carroll d'un ton cassant.

Il n'avait pas bougé et se tenait à un ou deux mètres du corps qu'il ne quittait pas des yeux. Il y avait une curieuse marque blanche dans le dos… une tache ronde et pâle, avec le poignard enfoncé en plein centre.

Et Justin réalisa avec horreur qu'il s'agissait d'une tache de peinture phosphorescente.

19

Cette nuit du samedi apporta bien peu de sommeil à la Grange. Avec une affreuse soudaineté, elle avait cessé d'être un domicile privé. Justin Leigh, dont la mère avait été une fervente apicultrice, ne pouvait s'empêcher de se souvenir des fois où elle enlevait une partie du revêtement extérieur pour observer à travers une vitre l'intimité de la ruche. Qu'on franchisse la ligne qui sépare le respect de la loi de la transgression de la loi, et on peut dire adieu à son précieux droit à l'intimité. Le médecin légiste, le photographe, l'homme chargé de relever les empreintes digitales, un sergent, un inspecteur, un commissaire... chacun d'entre eux vient jeter un coup d'œil à travers une vitre tout à fait semblable pour voir qui a un mouvement de recul devant leur regard scrutateur. Un meurtre, jadis affaire on ne peut plus privée, est maintenant accompagné d'un excès de cérémonial et de publicité. Et pendant que des policiers efficaces accomplissaient leurs gestes rituels, l'inspecteur Hughes, assis dans le bureau, recueillait les dépositions.

Il était très tard quand Martin Oakley reçut l'autorisation de raccompagner sa femme et la secrétaire de cette dernière à la Ferme du Moulin, et encore plus tard avant que ceux qui restaient puissent se séparer et retrouver leurs lits à défaut de trouver le sommeil.

Le dimanche matin à dix heures, le sergent Frank Abbott téléphona à miss Silver à son appartement de Montague Mansions.

— Miss Silver à l'appareil.

— C'est Frank. Je crains de ne pas être en mesure de venir prendre le thé. Un type s'est fait poignarder dans le Surrey et comme tous ceux qui peuvent avoir fait le coup viennent de Londres et qu'il en est de même pour le cadavre, ils nous ont refilé l'affaire et le chef et moi sommes sur le départ. Y a-t-il des chances que nous vous prenions en route ?

Miss Silver émit son toussotement caractéristique.

— C'est, mon cher Frank, fort improbable.

Elle l'entendit pousser un soupir un peu exagéré.

— Quel dommage ! On ne s'ennuie jamais avec vous... élévation morale garantie... Les bonnes mœurs rigoureusement respectées.

— Mon cher Frank !

— C'est le cas de le dire : « Un seul être vous manque et tout est dépeuplé. » Allez, je file.

Un peu plus tard dans la matinée, Justin appela Dorinda.

— Tu vas bien ?

— Oh, oui.

— As-tu dormi ?

— Eh bien...

— Je pense que nous avons tous été logés à la même enseigne. Comment va Mrs. Oakley ?

— Complètement bouleversée.

— J'irais volontiers te voir, mais je viens d'apprendre que Scotland Yard va se charger de l'affaire. Nous les attendons d'un instant à l'autre, alors je pense qu'il vaut mieux que je reste ici. Ils vont vouloir interroger tout le monde.

Il y eut un silence, puis Dorinda reprit :

— C'est affreux pour toi, mais... risques-tu d'être soupçonné ?

— Aucun de nous deux ne le sera, répondit-il d'un ton ferme avant de raccrocher.

En fait, l'inspecteur principal Lamb et le sergent Abbott n'arrivèrent pas à la Grange avant deux heures passées, ayant entre-temps conféré avec l'inspecteur Hughes, parcouru les dépositions qu'il avait recueillies et déjeuné médiocrement à l'auberge du village.

Lamb fut introduit par le maître d'hôtel qu'il dévisagea longuement avant de le laisser le débarrasser de son manteau et de son chapeau. Après la luminosité de cet après-midi gris, le hall semblait passablement sombre. L'homme ouvrit la première porte sur la droite et s'écarta pour les laisser pénétrer dans le bureau. L'inspecteur principal marcha jusqu'au bureau et, se retournant, l'appela.

— Entrez et fermez la porte ! Vous êtes le maître d'hôtel ?

— Oui, monsieur.

La lumière des trois fenêtres ouvertes montra un homme d'un certain âge, au dos légèrement voûté, avec des cheveux qui s'éclaircissaient, des yeux bruns et des joues assez creuses.

— Pearson ! fit Lamb d'un ton brusque, c'est bien ce qu'il me semblait !

Le maître d'hôtel garda le silence, levant simplement les yeux comme pour s'excuser, et attendit immobile.

Très posément, l'inspecteur principal attira une chaise vers le bureau pour s'asseoir. Il avait l'habitude de juger le mobilier d'une maison d'après la manière dont la première chaise venue résistait à son poids. Comme celle-ci le reçut sans un craquement de protestation, son opinion fut favorable. Peut-être jugeait-il les hommes d'après la manière dont ils soutenaient son regard redoutable. Si c'était le cas, Pearson ne s'en tirait pas mal. Il restait debout, humble, marqué par l'âge, silencieux, mais pas troublé outre mesure. Le regard se prolongea.

— Pearson ! Ça alors ! Je ne m'attendais pas à vous trouver ici et je suppose que vous ne vous attendiez pas à me voir non plus.

— Non, monsieur.

— Vous êtes le maître d'hôtel ici ?

— Oui, monsieur.

— Alors, qu'est-ce que vous manigancez ?

Lamb tourna les yeux vers le sergent Abbott qui avait assisté à la scène en spectateur intéressé.

— Je vous présente Mr. Ernest Pearson, de l'agence de détectives privés Blake, fit-il à l'adresse de son subordonné. Un ancien du Yard... mis à la retraite pour invalidité.

Il se retourna vers le maître d'hôtel.

— Allez, mon vieux... videz votre sac ! Que faites-vous ici ?

— Eh bien...

Lamb tapa violemment du poing sur le bureau.

— Ça ne sert à rien de tourner autour du pot ! Il s'agit d'un meurtre. Il est inutile de vous rappeler que votre mission ici, quelle qu'elle soit, va être reléguée au second plan. Pourquoi êtes-vous ici ?

Les yeux bruns, toujours pleins de douceur et d'humilité, ne manifestaient aucun trouble.

— J'en suis conscient, monsieur. J'étais seulement en train de me demander comment je pourrais vous expliquer. En fait, c'est assez délicat. Mr. Blake m'a envoyé ici pour surveiller Mr. Porlock.

— Divorce ?

— Oh, non, monsieur...

Il hésita puis lâcha le morceau...

— Chantage.

Frank Abbott haussa les sourcils. L'inspecteur principal se permit un petit sifflement.

Pearson répéta le mot avec une satisfaction un peu amère.

— Chantage... c'était la spécialité de Mr. Porlock. Une de nos clientes était complètement affolée... il savait quelque chose sur elle, mais elle n'a pas voulu nous dire ce dont il s'agissait. Alors Mr. Blake, il m'a envoyé ici pour voir si je ne pouvais pas découvrir quelque chose qui fasse peur à Mr. Porlock pour qu'il la laisse tranquille.

— Chantage sur le maître chanteur... hein ?

— Oh, non, monsieur.

Lamb eut un petit rire.

— De quoi s'agit-il alors ? Mais ce ne sont pas mes oignons. Vous prétendez que Porlock était un maître chanteur. Avez-vous la preuve de ce que vous avancez ?

Une fierté empreinte de modestie se peignit sur les traits de Pearson.

— Seulement ce que j'ai entendu de mes propres oreilles.

Frank Abbott avait approché une chaise de l'autre extrémité du bureau. Il enleva son manteau et apparut élégamment vêtu... un complet gris, des chaussettes grises, une cravate bleu et gris et une pochette bleu et gris dépassant légèrement de sa poche de poitrine. Comme toujours, ses cheveux très blonds étaient ramenés en arrière, lisses comme un miroir, ses yeux clairs étaient calmes et pénétrants et il avait l'air flegmatique et détendu. Lamb aboya : « Prenez note, Frank » par-dessus son épaule et la longue main pâle commença à s'activer sur un bloc-notes.

Lamb se pencha en avant, une main sur chaque genou, le corps robuste bien qu'un peu enveloppé, le visage rubicond et impassible sous sa tignasse très brune qui commençait à s'éclaircir sur la calotte du crâne. Il regarda fixement Pearson en reprenant ses propres termes.

— Ce que vous avez entendu de vos propres oreilles ? Voulez-vous dire qu'il exerçait un chantage sur l'un des invités présents ?

L'air triomphant de Pearson s'accentua.

— Sur la plupart d'entre eux, dirais-je.

— Si c'est le cas, vous feriez mieux d'approcher une chaise et nous allons voir ça de plus près.

Très calme et plein de déférence, Mr. Ernest Pearson alla se chercher une chaise. Lorsqu'il fut assis, mains et pieds joints, il toussota et fit remarquer qu'il était assez difficile de savoir par où commencer.

Frank Abbott se pencha sur le bureau pour déposer une liste de noms devant son chef. Pour tous renseignements, il reçut un grognement et un hochement de tête. Lamb commença par lire les noms de Mr. and Mrs. Tote.

— Vous avez quelque chose sur eux ?

— Oh, oui. Mr. Porlock et lui ont eu des mots ensemble dans cette pièce hier après le thé. En laissant la porte entrebâillée après m'être occupé du feu, j'ai été à même de surprendre une partie de leur conversation. Un maître d'hôtel est on ne peut mieux placé pour surprendre une conversation, il faut le reconnaître. Entre les boissons à apporter, les plateaux à aller chercher, les feux à entretenir, il peut presque en permanence trouver une excuse pour être près d'une porte, et avec le chauffage central dans la maison, on ne sent pas le moindre courant d'air si la porte est légèrement entrebâillée.

Frank Abbott porta la main à ses lèvres pendant un instant. La candeur soumise de Mr. Pearson avait failli lui arracher un sourire. Lamb garda son masque impénétrable.

— Vous avez surpris une conversation entre Porlock et Mr. Tote ? demanda-t-il.

Les doux yeux bruns affrontèrent son regard sans ciller.

— Une partie seulement, monsieur. Mr. Porlock disait à Mr. Tote des choses qui le mettaient très en colère... Mr. Tote, si vous me suivez.

— Quel genre de choses ?

— Eh bien, on ne peut pas appeler ça autrement que du chantage... on ne peut vraiment pas. Mr. Tote a employé le mot lui-même... il l'a hurlé, plus exactement. Et puis il y a eu une des bonnes qui a traversé le hall et il a fallu que je m'éloigne. Je suis allé dans le fumoir de l'autre côté du hall et quand je suis revenu, Mr. Porlock, il était en train de dire : « Eh bien, il y en a deux qui sont sûrs de la date et du lieu et prêts à l'attester sous serment, et vous savez aussi bien que moi que si la police commence à mettre le nez là-dedans, il y en aura bien d'autres. »

— De quoi parlaient-ils ?

— Marché noir, monsieur. Et quand il a essayé de s'expliquer, Mr. Porlock, il lui a dit carrément : « Allez raconter ça à Scotland Yard. Je pense que vous vous imaginez qu'ils vont vous croire. » Et puis il a dit : « Et s'ils ne vous croient pas, allez donc le raconter au pape ! » et il a éclaté de rire. Il adorait la plaisanterie, Mr. Porlock.

— Et Mr. Tote, il a ri aussi ?

— Oh, non, monsieur... il jurait et sacrait que c'en était choquant. Et Mr. Porlock, il a dit : « Allons, allons, Tote... vous avez ramassé de l'argent à la pelle, et si vous n'êtes pas capable de lâcher mille livres pour acheter le silence de ces gens, vous ne méritez pas de le garder ! » Alors Mr. Tote, il a répondu : « Acheter leur silence, mon œil ! C'est vous qu'il faut réduire au silence, et si vous n'y prenez pas garde, c'est ce qui va se passer et ce sera un silence absolu ! Je ne suis pas quelqu'un que l'on fait chanter ! » Alors Mr. Porlock a éclaté d'un grand rire et il a dit : « Marché noir ou chantage... passez la monnaie et faites votre choix. »

Lamb fronça les sourcils.

— Vous dites que Mr. Tote le menaçait ?

— Il a employé les mots que je viens de répéter, et son attitude était elle aussi menaçante.

— Vous avez entendu autre chose ?

— Non, monsieur. Mr. Tote s'est levé... il jurait comme un charretier, monsieur. Alors, je me suis retiré et je me suis occupé du feu dans le hall jusqu'à ce qu'il sorte, ce qu'il a fait presque immédiatement. Et il a grimpé l'escalier, rouge comme un coq.

Sans changer de position, Lamb demanda :

— Voilà pour Tote. Qui d'autre ?

Pearson marqua une légère hésitation.

— Eh bien, monsieur, Mr. Porlock est sorti du bureau et est entré dans le salon. Mais il n'y est pas resté longtemps. Il est ressorti avec miss Masterman et son frère et il les a emmenés dans la salle de billard, alors je suis allé mettre la table pour le dîner. C'est la salle à manger, monsieur, de l'autre côté du mur derrière vous, et à l'endroit où vous voyez ces rayons de livres, il y a une porte de communication. On la voit dans l'autre pièce, mais évidemment on ne l'utilise pas à cause des rayonnages. Mais enfin, vous savez ce que c'est... une porte, ce n'est pas comme un mur, les voix portent beaucoup mieux à travers. Et peu de temps après, j'ai entendu que Mr. Porlock était retourné dans son bureau et qu'il était en compagnie d'une des dames. Alors je me suis approché... astiquant mon argenterie au cas où quelqu'un serait entré.

— Et alors ?

Ernest Pearson prit un air lugubre et secoua la tête.

— Rien de très satisfaisant, sinon que c'est miss Lane qui était avec lui et qu'il était question d'un bracelet. Et je l'ai entendue dire : « Je ne tiens pas à ce que ma cousine le sache » et aussi parler d'affreuses difficultés financières et de la nécessité de se procurer de l'argent. Mais il m'est plus difficile de comprendre une voix féminine... c'est moins sonore, si vous voyez ce que je veux dire. Quant à Mr. Porlock, sa voix avait ce que j'appellerais du timbre... et je l'entendais très clairement. Je ne sais pas si vous y comprendrez quelque chose, mais voici ce qu'il a dit :

« Et surtout, ne le revendez pas ! C'est un peu trop dangereux. La prochaine fois, ce serait quelqu'un d'autre qui pourrait le reconnaître. » Et après, il a dit : « J'ai conservé la facture, vous savez. Avec une description du bracelet. Je vous laisse jusqu'à lundi matin pour prendre une décision. D'ici là, faisons une trêve. » Et je n'ai pu m'empêcher de remarquer, lorsqu'elle est descendue pour dîner, que miss Lane portait un bracelet de diamants et de rubis d'une grande valeur.

Lamb poussa un grognement.

— Vous m'avez dit que vous ne saviez pas si j'y comprendrais quelque chose, mais qu'en pensez-vous vous-même ?

— Eh bien, monsieur, en additionnant toutes ces petites choses, j'en suis arrivé à me demander si miss Lane n'avait pas vendu le bracelet... et si elle avait le droit de le faire. J'ai eu l'impression très nette que Mr. Porlock avait quelque chose qu'il croyait pouvoir utiliser contre elle. Mais il ne m'a pas semblé que c'était de l'argent qui l'intéressait, parce que s'il a acheté ce bracelet, il a dû le payer une belle somme. J'ai eu l'impression qu'il voulait que miss Lane fasse quelque chose, mais qu'elle ne voulait pas, et qu'il lui accordait un délai de réflexion. C'est une dame qui sort beaucoup... elle a de nombreuses relations, si l'on peut dire. Un maître chanteur de haut vol comme Mr. Porlock... eh bien, une dame comme miss Lane pourrait lui être fort utile de bien des manières.

Le grognement que poussa Lamb était peut-être un grognement d'assentiment. Mais ce pouvait tout aussi bien être un simple grognement.

Le stylo de Frank Abbott courait à toute allure et ses pensées faisaient de même. Quelle affaire ! Quel dommage d'avoir à pendre même un Tote pour avoir débarrassé la société d'un maître chanteur ! Peut-être n'était-ce pas Tote. Il se prit à espérer avec impartialité que ce n'était pas non plus cette dame qui avait peut-être volé un bracelet de diamants et de rubis. Il y en avait peut-être d'autres... Son attention revint se fixer sur Pearson qui venait de sortir le nom de Leonard Carroll comme un prestidigitateur sort un lapin de son chapeau.

— *Le* Leonard Carroll, s'exclama-t-il.

Lamb tourna son air renfrogné de son côté.

— Vous le connaissez ?

— Un fantaisiste... brillant... sophistiqué... il fait fureur en ce moment. Je ne le connais pas personnellement. Si c'était le cas, il est probable qu'il me serait fort antipathique.

— Un de ces chanteurs de charme ? demanda l'inspecteur principal d'un air sombre.

— Oh, non, monsieur. Il y a toujours un bon côté, n'est-ce pas ? Il est réconfortant de se dire que quoi qu'il ait fait par ailleurs, il n'a jamais été cela.

— Mais enfin, qu'a-t-il fait ? grommela Lamb.

— Peut-être Pearson va-t-il nous le dire, monsieur.

Ernest Pearson avait en effet beaucoup à dire. Mr. Carroll était arrivé le dernier de tous les invités. Il était entré directement dans le bureau et, les circonstances ayant été favorables, Pearson avait pu écouter aux portes de manière très satisfaisante.

— Tout le monde était monté s'habiller pour dîner. Mr. Carroll comptait bien évidemment là-dessus, car il ne se donnait pas la peine de baisser la voix. Pas exactement forte, si vous voyez ce que je veux dire, mais une voix qui portait.

— Qu'a-t-il dit ? demanda Lamb.

— Il vaudrait mieux dire que n'a-t-il pas dit, monsieur... ou que n'ont-ils dit ni l'un ni l'autre. Mr. Carroll, il a commencé bille en tête. « Qu'est-ce que c'est que cette histoire à propos de Tauscher ? Je ne connais ce type ni d'Ève ni d'Adam. Qui est-il... que fait-il ? Vous n'êtes qu'un sale maître chanteur et je suis venu ici pour vous le dire ! » Et Mr. Porlock a répondu : « Vous êtes venu ici pour sauver votre peau. »

L'inspecteur principal émit un sifflement.

— Sa peau... eh bien ! Qu'avait-il fait... un meurtre ?

Pearson secoua la tête.

— Pire encore, si je puis me permettre. Parce qu'il y a des meurtres dont on peut comprendre comment un homme a pu arriver à les commettre. Je ne voudrais pas que vous pensiez que je les excuse, mais on peut comprendre comment ils en sont arrivés là. Mais rencontrer en secret des agents ennemis alors qu'on est supposé faire une tournée avec un orchestre pour distraire les troupes et donner des renseignements qui peuvent coûter des centaines de vies humaines... eh bien, c'est le genre de choses que personne ne peut comprendre à moins d'être un de ceux qui se sont abaissés jusque-là.

Le sang afflua à ses pommettes pendant qu'il continuait.

— J'avais un de mes fils au front en 45, et ce sont des choses qu'on n'oublie pas.

— Bien sûr, fit Lamb. Qu'avez-vous entendu ?

— Eh bien, il semble que Mr. Porlock tienne ses renseignements d'un nommé Tauscher, et d'après Mr. Porlock, voici ce dont il s'agit. Tauscher dit qu'il avait un frère qui était un agent nazi. Quand son frère est mort... il s'est fait supprimer vers la fin de la guerre... ce Tauscher a ouvert une boîte pleine de papiers que son frère avait laissée chez lui. C'est l'histoire de Mr. Porlock, vous me suivez bien, et je ne prétends pas que ce soit la vérité. Tout ce que je dis, c'est qu'il a informé Mr. Carroll que Tauscher avait mentionné leurs rencontres par écrit et que Mr. Carroll se trouvait formellement incriminé et il lui a demandé quelle conduite il comptait adopter. Alors Mr. Carroll se met à jurer comme un charretier et dit que ce ne sont que des mensonges et Mr. Porlock lui rit au nez et dit que s'il prend les choses comme ça, il n'y a aucun inconvénient à ce que Tauscher suive son idée et remette les papiers de son frère aux autorités anglaises — car son idée en agissant ainsi est de montrer qu'il est un bon Allemand. J'ai cru que Mr. Carroll allait avoir une attaque... je l'ai vraiment cru, monsieur. Et les grossièretés qu'il débitait... pourtant, vous savez ce qu'on entend dans notre métier, mais je vous donne ma parole qu'il y avait de quoi vous faire dresser les cheveux sur la tête. Mr. Porlock, il s'est contenté de rire de bon cœur et il a dit : « N'en parlons plus, mon cher ami. » Et Mr. Carroll a répondu : « Combien voulez-vous, espèce d'ordure ? »

Le sergent Abbott, ayant soigneusement noté tout cela, coula un regard en direction de son chef et constata :

— Un ramassis de jolis cocos...

Il ne reçut pas de réponse. Le regard de Lamb était devenu franchement féroce. Ses yeux, que son irrespectueux subordonné avait coutume de comparer à des hublots, sortaient littéralement de leurs orbites. Il grommela d'une voix sourde :

— C'est tout ?

Pearson affronta cette voix et ce regard de l'air de quelqu'un qui a la conscience en paix. On percevait toutefois une pointe de regret.

— En ce qui concerne Mr. Masterman, je n'ai malheureusement pas pu en entendre autant que je l'aurais souhaité.

— Masterman ?

Lamb faillit hausser le ton. Il était devenu d'une belle couleur prune.

— Oh, oui, monsieur. Mr. Porlock l'a entraîné dans son bureau avant le thé, et avec toutes mes tâches à remplir et les autres invités qui arrivaient, le hall n'était vraiment pas disponible comme, si je puis me permettre cette image, poste d'observation. J'ai été obligé de me rabattre sur la salle à manger où les conditions... de travail sont loin d'être satisfaisantes. Une des bonnes est passée une ou deux fois chercher de l'argenterie et, somme toute, je peux simplement affirmer qu'ils se sont disputés, que Mr. Masterman a employé le mot chantage et qu'il était question d'un testament disparu. Mais je me trouvais dans le hall quand Mr. Masterman est sorti du bureau et il avait une tête... eh bien, ça m'a rappelé la traversée de la Manche par gros temps. Avant la guerre, ma femme et moi, nous adorions faire l'aller et retour jusqu'à Boulogne. Nous deux, nous avions le pied marin, mais vous savez ce que c'est quand la mer est démontée... la tête qu'ont la plupart des gens. Eh bien, il n'y a rien d'autre à quoi je puisse comparer la tête de Mr. Masterman.

— Dites-moi, Pearson, vous n'êtes pas en train de me raconter des histoires ?

— *Moi*, monsieur ?

— Parce que vous feriez mieux de prendre garde. Votre situation n'est pas très claire non plus, vous savez. Voyons... vous prétendez dans la déposition que vous avez faite à l'inspecteur Hugues que vous étiez en train de souper à l'office au moment du crime.

Il ramassa une feuille sur le bureau et lut à haute voix :

— « J'étais allé chercher le plateau du café dans le salon environ un quart d'heure ou vingt minutes auparavant. Je ne suis pas retourné vers l'avant de la maison avant l'appel de la sonnette. Je suis resté pendant ce temps en compagnie de la cuisinière, de la bonne chargée du service et de la femme de chambre. » Quelque chose à ajouter ?

— Non, monsieur.

— Vous êtes sûr que vous n'avez pas traversé le hall entre le moment où vous êtes allé rechercher le plateau du café et celui où vous avez répondu à la sonnette après que le meurtre a été commis ?

— Absolument sûr, monsieur. — Il y avait une protestation tranquille dans le ton de Pearson. — L'agence Blake est une maison sérieuse, monsieur. Les intérêts de nos clients sont notre seule préoccupation, mais nous n'irions pas jusqu'au meurtre... réellement, monsieur !

— Je suppose que non, répondit Lamb d'un ton sinistre.

20

Quelques instants plus tard, Pearson ayant été chargé d'aller demander à Mr. Justin Leigh de venir s'entretenir avec l'inspecteur principal, le sergent Abbott dit à son chef :

— Nombreux suspects, monsieur.

S'il avait estimé que le moment était propice à une réprimande, il aurait ajouté : *Abondance de biens*[1]. Mais comme son taureau de chef voyait rouge chaque fois qu'il entendait une citation dans une langue étrangère, il jugea préférable de s'abstenir. Lamb, en effet, aurait à peine eu le temps de se faire valoir en abordant les thèmes exaltants de ces petits morveux de l'École de Police et de ces cerveaux qu'une instruction trop poussée avait gonflés de vent. Frank Abbott connaissait l'histoire pratiquement par cœur et eût été désolé qu'elle perde de sa saveur. Il dut en l'occurrence se contenter d'un grognement et d'un bref : « Jamais vu ça ! »

Prenant cela pour un encouragement, Frank continua :

— S'il faut en croire Pearson... car tout repose sur ce qu'il dit, non ?

Lamb poussa un grognement.

— Nous n'avons rien contre Pearson. Il était bien

1. En français dans le texte.

noté chez nous. Il a eu un grave accident et a été mis à la retraite pour invalidité. Il s'est bien remis après un ou deux ans et il est entré chez Blake. C'est une agence honorable.

Frank jouait pensivement avec son crayon.

— Si Porlock était un maître chanteur, pratiquement tout le monde peut lui avoir réglé son compte. Ça paraît dommage de pendre quelqu'un pour ça.

— Écoutez, fit Lamb, je ne veux pas de ça ! La loi est la loi et le devoir est le devoir. On ne rend pas la justice en commettant un crime. Et que je ne vous entende plus parler ainsi ! Il n'y a aucune raison pour que Pearson ne dise pas la vérité et je crois qu'il le fait. Il n'a pas d'intérêt dans l'affaire, que je sache. Alors, si nous le croyons, Porlock faisait chanter Tote et Carroll de manière certaine, et tous deux pour des délits graves. Masterman et miss Lane ne sont que probables. Il peut y en avoir d'autres. Nous allons voir si Mr. Leigh peut nous renseigner. D'après ce que dit Pearson, il avait pris la situation en main après le meurtre.

« Quelqu'un qui garde la tête froide est susceptible de remarquer quelque chose. Il est inutile de dire que j'aurais aimé que nous arrivions avant qu'ils aient tout dérangé. Les gars d'ici ont fait du bon boulot pour les photos et tout le reste, mais c'est quand même un handicap. Les photos et les empreintes, tout ça c'est très bien, mais ça ne remplace pas les sensations qu'on peut avoir. Nous débarquons dans cette affaire quelque dix-huit heures après le crime et tout le monde a eu le temps de se raffermir et de réfléchir à ce qu'il allait dire. Quand on peut arriver avant qu'ils aient eu le temps de retrouver leur équilibre, ce que l'on recueille est beaucoup plus proche de la vérité... c'est particulièrement vrai pour les femmes. Et je ne parle pas seulement des coupables. C'est inimaginable le nombre de gens qui ont quelque chose qu'ils aimeraient maquiller un peu ou dissimuler aux yeux de la police. Tenez, je me souviens, il y a trente ans de ça, d'une femme sur qui pesaient tous les soupçons et qui mentait comme elle respirait, eh bien, le fin mot de l'histoire... c'est qu'elle portait une perruque et qu'elle ne voulait pas que son mari le sache. Ah, voilà Mr. Leigh. »

Il se présenta et présenta Frank avec beaucoup de dignité.

— Inspecteur principal Lamb de Scotland Yard, et le sergent Abbott. Prenez un siège, Mr. Leigh. J'espère que vous serez en mesure de nous aider. J'ai votre déposition ici, et j'aimerais vous poser quelques questions. Tout d'abord, connaissiez-vous bien Mr. Porlock ?

Justin était en train de se dire que ces deux-là étaient d'excellents spécimens du policier de la vieille école et de la nouvelle. Lamb, produit de l'école primaire de village, de l'enseignement secondaire et de l'expérience, vaste et inégalable université. Donnant l'impression d'être solide au poste et bâti à chaux et à sable. Il roulait les *r* comme un paysan, et du paysan il avait le regard matois et calculateur.

Comme le fermier au marché qui calcule le prix d'un porc ou d'une génisse. Les affaires que traitait Lamb étaient d'une autre importance, mais la finesse et la compétence ne différaient en rien. Abbott aurait pu être n'importe quel jeune homme de son propre club... « public school »... École de Police... des vêtements qui semblaient venir tout droit de Savile Row... des mains visiblement très soignées. Il se demanda s'il succéderait jamais au vieux policier. Il n'en donnait pas l'impression, mais allez donc savoir. Ces réflexions ne durèrent qu'un instant.

— Je ne connaissais absolument pas Mr. Porlock, répondit-il. Je ne l'avais jamais vu avant hier, en arrivant ici avec miss Lane pour le thé.

Lamb hocha la tête.

— Miss Lane vous a amené... alors vous la connaissez ?

— Je la connais fort bien en effet. Mais peut-être ferais-je mieux de vous expliquer. La secrétaire de Mrs. Oakley, Dorinda Brown, est ma cousine. Elle vient juste de décrocher cette place et comme elle est encore jeune et que je suis sa seule famille, je souhaitais rencontrer les Oakley. J'ai essayé de me renseigner un peu sur eux et de rencontrer des gens qui les connaissaient. On m'a dit que Mr. Porlock était un de leurs proches voisins à la campagne et qu'il était très lié avec Martin Oakley.

— Qui vous a dit cela ?

— C'est miss Lane. Aussi, quand elle m'a dit qu'elle descendait passer le week-end ici et qu'il lui était facile de téléphoner et de suggérer de m'amener avec elle, j'ai sauté sur l'occasion.

— Miss Lane connaissait bien Mr. Porlock ?

— Je ne peux pas vous dire exactement. Ils semblaient être en excellents termes. Elle m'a dit qu'il adorait recevoir et qu'il tenait pratiquement table ouverte. C'était sans conteste un hôte parfait.

— Quelle impression vous a-t-il donnée, Mr. Leigh ?

— Eh bien, comme je viens de vous dire, c'était un hôte parfait. Énormément de charme en société... ce genre de choses, vous voyez. Et il s'amusait. C'est peut-être ce qui m'a le plus frappé. L'assemblée était hétéroclite et ça n'a pas dû être facile pour lui, mais je serais prêt à parier qu'il s'amusait.

Lamb braqua son regard sur lui.

— Qu'entendez-vous exactement par hétéroclite, Mr. Leigh ?

Justin déploya son sourire charmeur.

— Quand vous les aurez vus, vous comprendrez.

Lamb poussa un grognement et changea de sujet.

— Est-ce que quelqu'un vous a paru de mauvaise humeur... nerveux... irrité ?

— Eh bien, écoutez, j'ignore comment est Mr. Tote en règle générale, mais je pense qu'on peut dire qu'il était d'humeur chagrine. — Il se mit à rire. — Et je m'exprime avec modération. Il n'a pas dit un mot et n'a participé à aucun des jeux. Il avait l'air d'une humeur massacrante et il est resté assis toute la soirée.

— A-t-il mangé ?

Justin ne put s'empêcher de rire.

— Tout ce qui lui est passé à portée de main. La cuisinière de Porlock est remarquable.

— Quelqu'un d'autre de mauvaise humeur ?

— Eh bien, comme je vous l'ai déjà dit, je ne connaissais pas ces gens. Masterman se promène peut-être toujours avec une tête d'enterrement. Il avait vraiment l'air sinistre hier soir. Quant à sa sœur, on dirait qu'elle a perdu l'habitude de sourire depuis des années.

— Mr. Leigh, j'aimerais vous demander quelque chose, mais vous n'êtes bien sûr pas obligé de répondre si vous n'en avez pas envie. Ce n'est pas une question personnelle. J'aimerais seulement savoir ce qui vous a frappé chez Gregory Porlock. Vous m'avez dit qu'il avait énormément de ce que vous avez qualifié de charme. J'aimerais seulement savoir ceci : auriez-vous dit de lui qu'il était un homme droit ?

Cela donnait matière à réflexion. Il se demanda quelle aurait été son opinion s'il n'avait pas su ce qu'il savait. Excessivement difficile de laisser délibérément de côté ce que l'on savait et de décider de ce que le processus mental eût été sans cela. Comme Dorinda lui avait dit : « C'est le Méchant Oncle », il ne pouvait pas revenir en arrière et considérer cet homme comme Gregory Porlock. Et allait-il parler du Méchant Oncle à l'inspecteur principal ? Il décida que non. Il était plus que probable que Dorinda le ferait... pratiquer la dissimulation ne serait jamais son fait. Cette pensée avait quelque chose de reposant. Il résolut de la laisser aborder le sujet du Méchant Oncle avec la candeur qui lui était propre. Mais cela ne l'empêchait pas pour autant de donner son opinion. Après avoir laissé s'écouler ce qui n'était qu'un temps de réflexion normal, il répondit :

— Non, je ne pense pas.

Après quelques secondes pendant lesquelles il sembla digérer cette réponse, Lamb revint à la charge.

— J'aimerais vous demander quelque chose à titre confidentiel. Ces gens qui étaient ici hier soir... ils étaient tous des étrangers pour vous, à part miss Lane ?

Justin acquiesça de la tête.

— Et ma cousine, Dorinda Brown.

Il se demanda ce qui allait suivre.

— On dit que les spectateurs ont la meilleure vision du jeu. Vous comprendrez qu'il vaut mieux garder le silence là-dessus, mais j'aimerais vous poser une autre question... seriez-vous étonné d'apprendre qu'une partie de ces gens étaient victimes d'un chantage ?

— De la part de Porlock ?

— C'est cela même.

— Eh bien, dans ce cas... non.

Lamb se pencha en avant.

— Lequel choisiriez-vous, Mr. Leigh, s'il fallait jouer au petit jeu des devinettes ?

Justin grimaça :

— Je n'ai guère envie de jouer à ça dans une affaire de meurtre.

Lamb hocha la tête, lentement et gravement.

— Exprimons cela autrement. Nous avons la preuve que deux des invités étaient soumis à un chantage. Vous avez déjà mentionné deux personnes qui paraissaient être de fort méchante humeur. Et les autres ? Avez-vous remarqué des relations tendues...

avec Mr. Porlock, je veux dire. Mr. Carroll par exemple ?

— Carroll est un acteur, répondit Justin.

A peine avait-il prononcé ces mots qu'il le regretta. Il reprit vivement :

— Je n'aurais pas dû dire ça. Je n'aime pas ce type, mais rien ne m'autorise à dire ce que j'ai dit.

Lamb hocha de nouveau lentement la tête.

— Il n'y a pas de mal, Mr. Leigh.

Le feu roulant de questions continua. Tout ce qui avait été dit ou fait fut examiné au microscope.

— Avez-vous remarqué que miss Lane portait un bracelet... pourriez-vous le décrire ?

— Certes.

Et c'est ce qu'il fit.

— Il a de la valeur ?

— Énormément, je pense.

— Vous l'aviez déjà vu ?

— Non. En fait, miss Lane est entrée dans le salon juste avant le dîner et nous l'a montré. Elle a dit qu'elle l'avait perdu et que Porlock l'avait retrouvé. Elle semblait très reconnaissante.

— Pouvez-vous me répéter ses paroles aussi exactement que possible ?

Puis les questions reprirent de plus belle. Tout l'emploi du temps de la soirée fut passé au peigne fin jusqu'au moment du meurtre.

— J'aimerais que vous m'accompagniez dans le hall pour me montrer exactement l'endroit où vous étiez et ce que vous avez fait.

Justin avait la sensation d'être capable de le refaire dans son sommeil. Abbott le minutant, il refit exactement ce qu'il avait fait la veille au soir dans l'obscurité, terminant à la porte d'entrée, la main posée sur l'interrupteur.

— Et ensuite ?

C'était Lamb, attentif et massif, appuyé contre la cheminée.

— Je me suis avancé vers l'endroit où Porlock était allongé. Vous avez tout cela dans ma déposition.

Lamb poussa un grognement affirmatif.

— Ensuite vous avez appuyé sur la sonnette et demandé à Pearson d'aller téléphoner à la police. Bon, retournons dans le bureau.

Quand ils furent installés, il posa une autre question.

— Vous vous êtes agenouillé près du corps ?

— Oui. J'ai pris son pouls pour voir s'il était mort.

— Il était allongé sur le ventre avec le manche du poignard qui dépassait entre les omoplates.

— Oui.

— Avez-vous remarqué autre chose... quelque chose de particulier ?

— Il y avait une tache blanche tout autour du poignard.

— Vous savez ce que c'était ?

— J'ai pensé que c'était de la peinture phosphorescente... ils en avaient utilisé pour la charade.

— Avez-vous cru qu'elle aurait pu arriver là par hasard ?

— Certainement pas.

— Comment avez-vous pensé qu'elle était arrivée là ?

— Eh bien, j'ai pensé que l'assassin avait fait cette marque de peinture pour être sûr d'atteindre sa cible dans l'obscurité.

— Maintenant, Mr. Leigh... encore deux questions. Qui savait qu'il y avait de la peinture phosphorescente dans cette maison et quand l'ont-ils su ?

— Je ne peux pas vous répondre. Tout ce que je sais, c'est qu'on en a parlé pendant le dîner.

— Pouvez-vous me répéter exactement ce qui a été dit.

Justin fit ce qu'on lui demandait et Lamb continua :

— Ainsi il y en avait en deux endroits. Les Oakley en avaient pour peindre leur pendule et Porlock en avait pour peindre sa poutre dans le vestiaire... et ce pot se trouvait dans le placard où n'importe qui aurait pu le prendre.

— Il y en avait partout. Carroll s'en était recouvert les mains pour la charade et il en avait mis sur ses cornes et son masque. Miss Lane était déguisée en religieuse avec deux serviettes de toilette et un drap. Carroll a sauté sur elle de la table qui est contre l'escalier. Elle a dû être bien barbouillée de peinture. Et dès que les lumières se sont rallumées, elle a ôté tout ce qu'elle portait et l'a jeté sur la table. Carroll y avait également laissé son masque. N'importe qui aurait pu prendre suffisamment de peinture pour faire cette marque dans le dos de Porlock. Nous étions tous groupés autour de la cheminée après la charade. N'importe qui aurait pu le faire.

— Et personne ne l'a remarqué, Mr. Leigh. Du moins, personne ne reconnaît avoir remarqué quelque chose. N'importe qui aurait pu le faire et n'importe qui aurait pu prendre le poignard, mais personne ne semble avoir remarqué sa disparition. Je ne prétends pas qu'il y ait là quoi que ce soit d'extraordinaire dans une maison inconnue. C'est cela qui me frappe, voyez-vous... le fait que c'était une maison inconnue. Tout le monde le signale dans sa déposition, à l'exception de miss Lane. C'est la seule qui soit déjà venue ici auparavant, et elle ne pouvait pas être au courant de l'existence de cette peinture phosphorescente avant le milieu du dîner. Et pourtant ce crime a été très soigneusement préparé. Celui qui l'a conçu a été à la fois audacieux, ingénieux et a montré beaucoup de vivacité d'esprit. Il a utilisé ce qu'il avait à sa disposition... le poignard, la peinture, la charade. C'est bien miss Lane qui a proposé de jouer aux charades, non ?

C'était une imputation injustifiée. Justin s'était quelque peu raidi, mais il répondit tranquillement :

— De tous les invités, c'est miss Lane qui était dans les meilleurs termes avec Porlock.

Le visage de Lamb resta de marbre.

— Je ne suggère rien de particulier, Mr. Leigh, je me contente d'énoncer des faits. Je suis ici pour cela... rassembler des faits. Et il y a justement un fait à

PLAN DU HALL D'APRÈS JUSTIN LEIGH

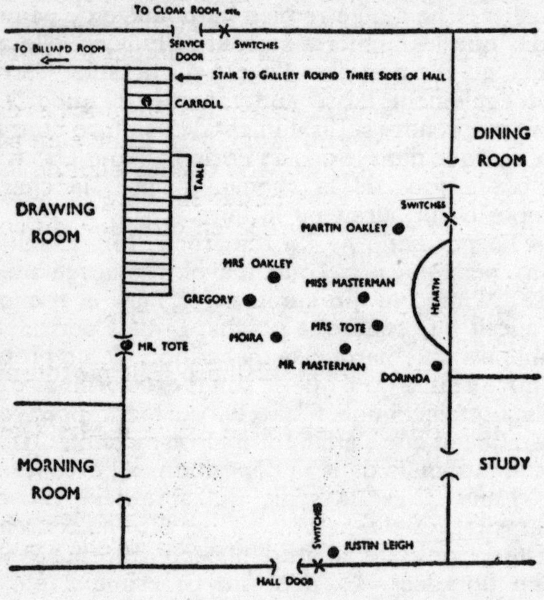

Drawing room : Salon. *Morning room :* Fumoir. *Dining room :* Salle à manger. *Study :* Bureau. *Hearth :* Cheminée. *Switches :* Interrupteurs. *Billiard room :* Salle de billard. *Service door :* Porte de service. *Hall door :* Porte d'entrée. *To cloak-room :* Vers le vestiaire. *Stair to gallery round three sides of hall :* Escalier menant à la galerie intérieure autour de trois côtés du hall.

propos duquel vous pouvez nous aider. Je veux savoir exactement quelle était la position de chacun au moment où vous avez rallumé. De l'endroit où vous étiez, vous aviez tout le hall dans votre champ visuel. Vous sentez-vous capable de me faire un croquis approximatif ?

— Bien sûr. En fait, j'en ai déjà fait un.

Il sortit une feuille de papier qu'il déposa sur le bureau. Frank Abbott se leva et vint regarder par-dessus l'épaule de Lamb. Ils étudièrent tous deux le plan pendant quelque temps.

— Les deux femmes étaient les plus proches de lui, une de chaque côté, fit Lamb. Miss Lane était placée entre le corps et vous et Mrs. Oakley était de l'autre côté. Mrs. Oakley vous faisait-elle face ?

— Oui. Elle était tournée en direction du corps.

— A quelle distance ?

Justin hésita.

— Un mètre cinquante, deux mètres.

— Et miss Lane ?

— A peu près la même distance. Elle me tournait le dos.

— Mais vous pouviez voir le visage de Mrs. Oakley. Quel air avait-elle ?

— Atterrée... horrifiée.

— Puis elle s'est laissée tomber sur les genoux auprès du corps, elle l'a appelé Glen, et elle a crié que quelqu'un l'avait assassiné ?

— Oui.

21

L'inspecteur principal continua l'interrogatoire des invités de Mr. Porlock. Peut-être se lassait-il de rabâcher les mêmes questions, mais il n'en laissait rien paraître. Quelques-uns des interrogatoires étaient très brefs, d'autres devaient sembler intolérablement longs à ceux qui les subissaient.

Mr. Masterman sortit du sien avec sensiblement le même teint que celui précédemment décrit par Ernest Pearson. Alors qu'il se dirigeait vers sa propre chambre, une porte s'ouvrit et sa sœur l'appela.

— Jeffrey... je veux te parler.

— Eh bien, tu ne peux pas, répondit-il en continuant son chemin.

Mais avant d'avoir pu atteindre sa chambre et claquer la porte derrière lui, elle l'avait rejoint et lui avait posé une main sur le bras. Il en sentait toute la force nerveuse à travers l'étoffe de sa manche. Elle lui dit dans un murmure presque inaudible :

— Si je ne peux pas te parler, je vais descendre leur parler à eux. Tu préférerais ça ?

Il se retourna pour la regarder. Si on les pousse trop loin, les femmes sont capables de commettre n'importe quelle folie. Il estima qu'elle était bien capable de le faire. Il répondit avec un sang-froid glacé :

— Je ne veux pas discuter de quoi que ce soit dans cette maison. Si tu veux prendre ton manteau et ton chapeau, nous pouvons sortir.

Elle le quitta sans un mot et revint sans un mot, ayant mis son vieux manteau de fourrure sur ses épaules et son pauvre feutre noir sur sa tête. Ils descendirent ensemble, sortirent par la porte de la façade et traversèrent le jardin jusqu'à la vaste pelouse de gazon utilisée pour le croquet. L'aire de jeu n'était certes plus ce qu'elle avait été avant la guerre, à l'époque où les demoiselles Pomeroy invitaient leurs vieilles amies pour jouer au croquet, mais elle conservait l'indiscutable mérite, si l'on restait au milieu de la pelouse, de permettre d'avoir des conversations qui ne risquaient pas d'être surprises, car nul ne pouvait approcher à portée de voix sans être vu.

Ce n'est qu'en atteignant cette position stratégique que Masterman rompit le silence.

— Alors, que voulais-tu me dire ? Je pense que nous ferions mieux de faire les cent pas. Cela paraîtra plus naturel.

Elle avait agrippé son manteau de la même poigne nerveuse que celle avec laquelle elle lui avait pris le bras dans le couloir. Sans le regarder, elle lui demanda :

— Que t'ont-ils dit ? Que leur as-tu raconté ? Que voulaient-ils savoir ?

Il haussa légèrement les épaules.

— Les questions classiques... depuis combien de temps je connaissais Porlock... si c'était notre première visite ici... quel genre de relations avions-nous avec lui. Et puis, tout ce qui s'est passé hier soir... la conversation au dîner...

— Quelle partie de la conversation ?

Il lui jeta un regard en coin.

— Tu pourrais me parler sur un autre ton. Si tu veux tout savoir, ce qui l'intéressait c'était la peinture phosphorescente. On avait fait une marque sur Porlock. Tu as dû voir cette tache blanche autour du poignard. La police veut naturellement savoir qui l'a faite et pour cela ils doivent d'abord découvrir qui aurait pu la faire. Malheureusement, ce peut être n'importe qui... à l'exception peut-être de Tote... pour lui, je ne sais pas. C'est drôle que personne ne puisse dire avec certitude si Tote était sorti dans le hall pour regarder la charade. Il faisait tellement sombre qu'il aurait très bien pu être là sans que personne ne le remarque.

— Il n'y était pas quand tu as allumé, dit-elle en retenant son souffle.

— Après la charade ? Non. Rien d'étonnant à cela s'il se préparait à poignarder Porlock. Il aurait très bien pu faire cette marque sur lui dans l'obscurité, sortir en se glissant par la porte de service et attendre là-bas. Personne n'aurait remarqué si cette porte était restée entrebâillée. Puis, quand la charade a été terminée et que les lumières se sont rallumées, il n'avait plus qu'à attendre que Porlock se tienne un peu à l'écart du reste d'entre nous, comme cela s'est produit, et à éteindre les lumières... il y a des interrupteurs près de la porte de service. En quelques secondes il aurait pu atteindre Porlock, le poignarder et retourner devant la porte du salon où il se trouvait lorsque la lumière est revenue.

Le mouvement mécanique de ses jambes s'arrêta net.

— C'est ce qui s'est passé ?

— Ma chère petite, comment pourrais-je le savoir ? C'est une possibilité.

Elle prit une respiration haletante.

— Jeffrey...

— Oui ?

— Ce n'est pas toi ?...

Il éclata de rire.

— Enfin, Agnès !

— Ce n'est pas toi...

Il rit de plus belle.

— Non, ma chère, ce n'est pas moi. Je veux bien reconnaître qu'il y a eu des moments où je l'aurais tué avec plaisir. Mais je ne l'ai pas fait. Quelqu'un m'a évité cette peine. L'ennui, c'est que quelqu'un a écouté aux portes... ce maître d'hôtel au visage simiesque, je présume. Et cet inspecteur de Scotland Yard semble s'être mis dans la tête que Porlock me faisait chanter.

Agnès Masterman entrouvrit ses lèvres sèches.

— C'est vrai.

— Tu ferais mieux de ne pas en parler à l'inspecteur. — Sa voix se durcit. — Tu entends... tu n'en parles pas ! Ils n'ont pas vraiment de preuves... j'en suis pratiquement sûr. Il m'a dit qu'une partie de ma conversation avec Porlock avait été surprise. Il a dit qu'on avait surpris le mot chantage, et quelque chose à propos d'un testament qui avait disparu. Il faut que tu gardes le silence. Tu entends, Agnès ? Quelles que soient les questions qu'il te pose, tout ce que tu as à dire, c'est que Porlock était une de mes relations d'affaires et que tu ignores tout de mes affaires. Tu ne l'avais jamais rencontré. Il était très sympathique. Si tu t'en tiens à cela, tout se passera bien.

Un silence succéda à ses phrases brèves et sèches.

Agnès Masterman prit une longue respiration désespérée. Elle avait toujours eu peur de Jeffrey, elle n'avait jamais eu le courage de l'affronter. Mais elle devait le trouver. Maintenant ou jamais. Et la perspective de continuer à dériver dans l'univers cauchemardesque qu'il lui avait bâti provoqua quelque chose en elle. Tous ces mots qu'elle avait ressassés tant de fois tout au long de ces nuits interminables où le sommeil la fuyait, et qu'elle avait enfouis au fond de sa souffrance tout au long de non moins interminables journées, tous ces mots franchirent la barrière de ses lèvres en un déluge de paroles tremblantes.

— Jeffrey, je ne peux pas continuer comme ça, vraiment je ne peux pas. Il faut que tu me dises ce que tu as fait du testament de la cousine Mabel. Tu l'as découvert et tu l'as emporté. Elle m'a dit que tu l'avais emporté. Après que j'ai réussi à la calmer, elle m'a raconté qu'elle l'avait sorti et qu'elle était en train de le regarder quand tu étais entré et que tu l'avais emporté. Elle était absolument terrorisée... je n'aurais jamais dû la laisser seule. Jeffrey, il faut que tu me dises... y es-tu retourné et lui as-tu encore fait peur ou... ou autre chose ?

— Ma chère Agnès, comme tu as des idées morbides ! répondit Jeffrey Masterman. Pourquoi diable y serais-je retourné ? J'avais le testament. Si la cousine Mabel n'était pas morte dans son sommeil pendant la nuit, je l'aurais sans aucun doute revue et lui aurais probablement rendu le testament... avec quelques bons conseils. En l'occurrence, ce ne fut pas la peine. La mort avait déjà fait son œuvre. Maintenant, si tu me demandes si j'ai donné un coup de pouce à la nature, je te répondrai qu'on peut très bien avoir son opinion sur l'iniquité des vieilles dames qui privent leur propre famille de leur argent sans être un assassin pour autant.

Elle s'était arrêtée de marcher. Tout son être semblait concentré dans le regard avec lequel elle le fixait.

— Jeffrey, peux-tu me jurer que tu n'es pas retourné la voir... que tu ne lui as pas fait peur... que tu ne l'as pas touchée ?

— Je peux si tu le veux, répondit-il, mais cela servirait à quoi ? Tenons-nous-en aux faits. Je n'y suis pas retourné.

Il sentit qu'elle le croyait... beaucoup plus peut-être que s'il avait protesté de son innocence. Il eut conscience qu'elle se détendait, que sa tension se relâchait.

Un long soupir lui gonfla la poitrine, puis un autre. Il posa une main sur son bras.

— Nous ferions mieux de marcher, lui dit-il. Cela risque de paraître bizarre si nous restons immobiles à parler.

Après avoir fait quelques pas, elle lui dit d'une voix changée, plus vivante, plus naturelle :

— Qu'y avait-il dans ce testament ? Tu ferais mieux de me le dire.

Il se mit à rire.

— Oh, tu t'en tirais très bien ! Tu avais tes cinquante mille livres tout pareil... « A ma chère cousine Agnès Masterman qui a toujours été très bonne pour moi ! » — Il eut un nouveau rire méchant. — Par contre, je devais me contenter de cinq mille malheureuses livres, et pas de « cher » devant mon nom, tandis que la bagatelle de quarante-cinq mille livres s'envolait au profit d'œuvres de bienfaisance ! Croyais-tu que j'allais me laisser faire ?

Elle s'empourpra d'un coup. L'espace d'un instant, on put voir à quoi elle aurait ressemblé si elle avait été heureuse.

Les yeux brillants et la voix vibrante, elle dit :

— Mais, Jeffrey... pourquoi ne me l'avais-tu pas dit ? Nous pouvons arranger cela. Tu peux garder l'argent... je n'en veux pas. Tu peux prendre les cinquante mille livres et me donner ce qu'elle te laissait. Il te suffit d'aller voir les notaires et de leur dire que tu as découvert ce testament postérieur. Tu peux dire qu'il était caché à l'intérieur de sa boîte de biscuits... et ce sera la vérité, parce que c'est là qu'elle le cachait, la pauvre vieille. Tu ne cours absolument aucun risque en disant cela, et cela mettrait fin à ce cauchemar qui est en train de me tuer. Et c'est vrai, Jeffrey... c'est vrai qu'il me tue !

Bien qu'elle essayât de ne pas l'élever, sa voix vibrait de passion. Son allure même avait changé. C'est elle qui avait accéléré le pas.

Il la contempla avec surprise.

— Ma chère Agnès... que de véhémence ! Si tu désires vraiment sacrifier quarante-cinq mille livres au profit d'œuvres de bienfaisance, je n'ai aucune objection à faire. Je n'aurais jamais cru que cela te reviendrait si cher pour apaiser ta conscience. Je te conseille de refréner son appétit. De toute façon, comme je n'ai pas le testament sur moi et que Trower et Wakefield n'habitent pas la porte à côté, je pense que nous pouvons attendre d'être rentrés à la maison pour régler toute cette affaire. Entre-temps, je te prierai de ne pas perdre de vue que si cette affaire Porlock doit me valoir des ennuis, si par exemple tu favorises l'idée que j'étais victime d'un chantage, je ne serai pas en position de ressortir ce testament. Donc, si tu veux que je le remette à nos notaires, tu as intérêt à bien jouer ton rôle devant Scotland Yard.

22

Mr. Carroll pénétra dans le studio d'un air parfaitement désinvolte. Les yeux bleus et froids du sergent Abbott le détaillèrent des pieds à la tête. Celui-ci décida que Carroll jouait la comédie. Ça ne voulait peut-être rien dire... jouer la comédie étant plus ou moins une seconde nature chez un comédien. Mais ça voulait peut-être dire qu'il avait quelque chose à cacher... pas mal de choses, si l'on en croyait Pearson. Il soutint avec sérénité un regard empreint d'une légère insolence et reprit son stylo.

Le personnage qu'il jouait, après s'être permis un regard condescendant à l'adresse du sergent, se tourna avec une serviabilité affable vers l'inspecteur principal.

— Vous comprendrez bien que je ne connais personne ici à l'exception de miss Lane... je l'avais déjà rencontrée, naturellement. Mais si je puis faire quoi que ce soit pour vous aider...

— Vous connaissiez Mr. Porlock, je pense.

— Eh bien, en réalité, je le connaissais à peine. Je l'avais rencontré une ou deux fois, chez des particuliers où je me produisais. Aussi, lorsqu'il m'a proposé, à son tour, ce week-end...

— Vous étiez ici à titre professionnel ?

Le sourcil circonflexe de Carroll tressaillit et tout un

côté de son visage se contracta nerveusement en un sourire tordu.

— Mon cher monsieur, avez-vous regardé le reste des invités ? Pour rien au monde je n'aurais frayé avec ces gens-là, si je n'avais pas été payé pour le faire. Et je ne vous cacherai pas que mon intention était de demander une rallonge à Porlock.

Il s'enfonça dans son fauteuil en renvoyant d'un geste de la main les Tote et les Masterman aux limbes qui étaient leur domaine.

— Eh bien, allez-y... posez-moi toutes les questions que vous voulez. Je suis à votre entière disposition, mais je crains de ne guère pouvoir vous être utile. Vous savez, j'étais monté me laver après la charade... j'étais couvert de peinture... et je n'étais donc pas sur les lieux quand Porlock s'est fait zigouiller.

— C'est bien ce que j'avais compris. Voici le plan du hall que Mr. Leigh nous a fait et qui montre la position de chacun au moment où les lumières sont revenues après le meurtre. — Il lui fit passer un papier. — Voulez-vous y jeter un coup d'œil et me dire si cela correspond à vos propres souvenirs.

Leonard Carroll regarda, hocha la tête et repassa la feuille en deux temps, trois mouvements.

— Je ne vois rien à y redire. J'étais à peu près à la troisième marche à partir du haut. Tote sortait du salon. Tout au moins... — Sa lèvre supérieure se souleva légèrement d'un côté —... c'est l'impression qu'il voulait donner. Et Moira Lane et Mrs. Oakley de chaque côté de Porlock. Tout cela fort saisissant et dramatique... en particulier quand Mrs. Oakley s'est laissée tomber à genoux et a commencé à crier « Glen... Glen ! Quelqu'un a tué Glen ! » Je présume que vous ne pouvez pas me dire pourquoi elle l'appelait Glen, n'est-ce pas ? Comme son nom était Gregory et que tous ses amis l'appelaient Greg, on ne peut éviter de se poser des questions, n'est-ce pas ?

D'autant plus, si j'ai bien compris, qu'il n'avait rencontré cette dame qu'une seule fois, et deux jours auparavant. Auquel cas son émotion peut paraître quelque peu excessive et l'on peut se demander pourquoi elle a utilisé cet autre prénom.

— Tout à fait exact, fit Lamb. Maintenant, Mr. Carroll... voyons vos propres faits et gestes. J'ai votre déposition ici. — Il prit une feuille sur le sous-main. — Je vois que vous déclarez que lorsque les lumières sont revenues juste après la charade, vous étiez debout sur la table de chêne dans le hall, avec miss Lane en dessous de vous. Vous portiez un masque de papier couvert de peinture lumineuse. Vous l'avez arraché et laissé tomber sur la table. Puis vous vous êtes avancé, avez reçu les félicitations de votre public et vous avez remonté l'escalier pour aller enlever la peinture de vos mains. Pourquoi êtes-vous monté ? Le vestiaire était plus proche, non ?

— J'avais laissé mon veston de smoking dans ma chambre. J'étais en pull-over.

— Combien de temps êtes-vous parti ?

— Je ne sais pas... quelques minutes.

— Vous avez fait vite pour vous débarrasser de cette peinture.

Carroll le gratifia de son sourire tordu.

— Je suis un professionnel. Il faut que nous soyons rapides entre les numéros.

— Je vois.

— J'aimerais pouvoir vous être plus utile. Seulement voilà... j'étais bien loin. Je venais d'arriver en haut de l'escalier quand les lumières se sont éteintes.

— Pouviez-vous voir la cheminée ? Il y a des interrupteurs sur la gauche... avez-vous pu voir qui en était le plus proche ?

— Je crains que non. Je venais d'arriver à l'angle du mur. A peine y étais-je que les lumières se sont éteintes.

Lamb se pencha vers lui.

— Mr. Carroll, il y a quatre jeux d'interrupteurs. Tous les quatre commandent l'éclairage du hall.

— Je crains de ne pas savoir grand-chose à ce sujet.

— Et pourtant vous avez fait en sorte que les lumières soient éteintes pour votre charade, puis rallumées.

— Pardon... je me suis trompé. Il est évident que je connaissais l'existence de l'interrupteur près de la cheminée. Masterman était responsable de l'éclairage pour la charade... mais les autres interrupteurs n'étaient pas utilisés.

Lamb poursuivit.

— Il y a quatre jeux d'interrupteurs... un à la porte d'entrée, un sur le côté gauche de la cheminée, un près de la porte de service au fond du hall et le dernier en haut de l'escalier. Mr. Leigh a utilisé celui de la porte d'entrée après que Mr. Porlock a été poignardé. Nous avons trouvé ses empreintes sur le bouton. Je pense que nous pouvons considérer comme acquis que les lumières n'ont pas été éteintes de cet endroit. Ce qui nous laisse les trois autres interrupteurs. Vous dites que Mr. Masterman a utilisé celui de la cheminée pour rallumer après la charade.

— Oui.

— Bon, cela explique qu'il y ait la marque de ses empreintes. Si quelqu'un d'autre l'avait touché après lui, ses empreintes auraient été brouillées.

— Peut-être est-ce lui qui l'a à nouveau touché.

— Certes. Mais il reste deux autres interrupteurs qui ont pu être utilisés. Celui de la porte de service et celui du haut de l'escalier.

Leonard Carroll éclata de rire.

— C'est commode ! Désolé de vous décevoir, mais j'ignorais tout de l'existence de cet interrupteur. Si j'avais été au courant et si j'avais voulu planter un couteau dans le corps de Porlock... me privant de ce fait d'un cachet fort coquet... comment croyez-vous donc que je m'y serais pris ? Il aurait fallu que je dégringole l'escalier et que je remonte pour pouvoir arriver jusqu'à lui et être de retour à l'endroit où Leigh m'a vu lorsqu'il a rallumé. Je crains que ça n'ait été impossible à réaliser.

Le visage de Lamb resta impassible.

— Oh, je pense que si. En théorie, Mr. Carroll... seulement en théorie, bien sûr. Se laisser glisser sur la rampe d'escalier ne prendrait que quelques instants. Et une fois en bas, Mr. Porlock serait très bien placé... oui, vraiment à portée de la main, vous tournant le dos et avec cette marque de peinture lumineuse indiquant le meilleur endroit pour frapper. En ce qui concerne le retour... si vous étiez remonté en prenant les marches deux par deux comme vous l'aviez fait précédemment, je pense que c'était tout à fait possible le temps que Mr. Leigh avance à tâtons jusqu'à la porte d'entrée.

Leonard Carroll était devenu d'une couleur qui manquait singulièrement de fraîcheur. L'inspecteur principal l'aurait qualifiée de terreuse. Des gouttelettes de sueur luisaient sur ses tempes et ses yeux n'arrivaient pas à se fixer sur un point précis. Il laissa s'écouler un certain temps avant de demander :

— C'est une plaisanterie ?

— Je ne plaisante jamais pendant le service, Mr. Carroll, répondit Lamb. Vous m'avez dit que c'était impossible et je vous ai simplement montré que ça ne l'était pas. Je n'ai pas dit que c'était ce qui s'était passé, mais ça pourrait s'être passé ainsi... cela reste du domaine de la théorie.

Frank Abbott observa un curieux phénomène. La main qui reposait sur le genou de Carroll ne se referma pas. Elle se raidit... il eut l'impression qu'elle se serait crispée si un très violent effort ne l'avait maintenue ouverte. En regardant plus haut, il vit d'autres marques de la violence de cet effort de contrôle... sur les muscles de la gorge et du visage. Si sa colère ne demandait qu'à éclater, il la maintenait sous pression. Si des paroles rageuses lui montaient aux lèvres, il les y arrêtait.

Lamb regardait Carroll avec une placidité bovine. Frank Abbott lui jeta un bref coup d'œil avant de revenir à ses notes. L'inspecteur principal enchaîna presque immédiatement :

— Vous savez, Mr. Carroll, il me faut envisager toutes les hypothèses dans cette affaire. L'idée qu'il vous a été physiquement impossible de poignarder Mr. Porlock est de celles qu'il vous faut renoncer à me demander d'accepter. Que vous ayez eu un mobile pour vouloir vous débarrasser de lui, c'est une autre question. Vous m'avez dit que vous ne le connaissiez que vaguement.

La main qu'il n'avait pas laissée se crisper s'était relâchée.

— Eh bien, en fait, on peut à peine dire que je le connaissais... nous avons dû nous rencontrer deux fois chez des gens et puis donc ce contrat...

Il haussa les épaules.

— Cela implique-t-il que vous ne le connaissiez pas suffisamment bien pour vous être querellés ?

Nul n'aurait pu reprocher à Carroll de manquer de présence d'esprit. Il éclata aussitôt de rire.

— Eh bien, je n'irais pas jusque-là. Il est toujours possible de se quereller avec quelqu'un lorsqu'on se sent d'humeur querelleuse, que ce soit la première fois qu'on le rencontre ou non. Mais de là à en arriver à commettre un meurtre, il y a une certaine marge, non ?

En son for intérieur Lamb se dit que ce Carroll vous glissait entre les doigts comme une anguille. Et l'esprit vif, avec ça... et c'est ce qu'il cherchait. Celui qui avait assassiné Gregory Porlock était exceptionnellement vif et intelligent. Il continua d'une voix calme :

— C'est selon. Vous avez eu une dispute avec Mr. Porlock dans cette même pièce peu de temps avant le dîner, vrai ou faux ?

— Nous avons discuté en prenant l'apéritif.

— Vous lui avez demandé : « Qu'est-ce que c'est que cette histoire à propos de Tauscher ? » Vous avez traité Mr. Porlock de sale maître chanteur et vous avez dit que vous étiez venu ici pour le lui dire. Et il a répondu : « Vous êtes venu ici pour sauver votre peau. »

Si la première alerte avait fait perler la sueur sur le visage de Carroll et l'avait contraint au silence, le plus dur était passé et il avait retrouvé toute sa présence d'esprit.

— Qu'est-ce que c'est que ces salades ? demanda-t-il.

Lamb fixa sur lui un regard grave.

— Votre conversation a été surprise.

Il encaissa le coup sans broncher.

— Qui que ce soit qui l'ait surprise devrait aller se faire déboucher les oreilles. Porlock m'a demandé si je connaissais un homme du nom de Tauscher, et je lui ai répondu que je ne le connaissais ni d'Ève ni d'Adam.

— Ce n'est pas si simple que cela, Mr. Carroll. Si j'ai bien compris, cet homme était un agent ennemi et Mr. Porlock prétendait que vous l'aviez rencontré alors que vous étiez en tournée avec un orchestre pour distraire les troupes à l'époque où la guerre n'était pas encore terminée et que vous lui aviez fourni des renseignements susceptibles d'être utiles aux nazis... non, non, non... attendez une seconde... attendez une seconde, je vous prie ! Ce n'est pas moi qui émets ces suggestions. Tout ce que je dis, c'est que l'on a entendu Mr. Porlock les émettre... et je pense que vous m'accorderez qu'il y a là de quoi provoquer une querelle.

Carroll répondit par un rire qui lui tordit de nouveau la bouche.

— Je crains que votre ami aux oreilles indiscrètes n'ait été quelque peu desservi par le fait d'être de l'autre côté de la porte ! Quel dommage qu'il ne soit pas entré pour se joindre à nous ! Ça lui aurait évité de comprendre de travers ! Porlock m'a dit que ce type nommé Tauscher était un agent ennemi. Il m'a dit qu'il se baladait en Belgique à peu près à l'époque où j'y étais moi-même et il m'a demandé si par hasard je l'avais rencontré. On ne peut pas dire que ça m'ait fait très plaisir... j'ai trouvé ces propos un peu offensants. Et je n'ai pas caché à Porlock que je ne les appréciais guère... enfin, je veux dire... qui apprécierait cela ? Je n'avais jamais vu ce type de ma vie, et non content de me faire savoir qu'il était un agent ennemi, il me demande si je le connais. Je ne vous cache pas que ça m'a fait perdre mon sang-froid. Mais on n'assassine pas un homme sous prétexte qu'il s'est montré un peu indélicat. Je veux dire... c'est vrai, non ?

23

Lamb s'enfonça dans son siège et dit : « Eh bien... » Frank Abbott fit glisser son regard de la porte qui venait de se refermer sur Leonard Carroll jusqu'au visage de son chef. C'était un regard froid et sarcastique. Il exprimait une opinion de Mr. Carroll qui ne lui aurait certes pas plu.

— Eh bien, monsieur ?

— Je vous pose la question.

Il n'y avait là rien de bien encourageant pour l'amour-propre d'un officier subalterne. Les écoliers n'ont pas la grosse tête quand le maître d'école leur pose une question. Tout cela, et bien d'autres choses, était non seulement un fait bien établi, mais se lisait clairement sur la mine et dans l'attitude de l'inspecteur principal. Frank répondit d'un ton respectueux :

— Ils ont tous d'excellents arguments pour se rejeter la responsabilité les uns sur les autres. Masterman s'est montré très ingénieux en évoquant la possibilité que Tote se soit glissé à travers le hall dans l'obscurité pour attendre derrière la porte de service. Carroll aussi a eu quelques paroles gentilles à son égard. Et Masterman et lui-même, sans oublier Tote, se démènent pour souligner le fait que Mrs. Oakley s'est laissée tomber à genoux près du corps et l'appelait Glen.

Lamb poussa un grognement.

— Oui... il va falloir voir cela de plus près. Dites-moi... nous n'avons pas encore vu ni miss Lane ni miss Masterman. Nous pouvons considérer Mrs. Tote comme quantité négligeable. Si elle a vu son mari dans le hall, elle n'a pas voulu le reconnaître et elle refuse de dire quoi que ce soit à propos des autres. Je pense que nous pouvons la laisser de côté. J'aurais dit qu'il s'agissait d'un de ces trois hommes si Mrs. Oakley n'avait compliqué les choses. Cette attitude peut dissimuler quelque chose qui fournisse un mobile à Oakley, alors je réserve mon opinion. Mais prenons les trois qui sont ici... Carroll est suffisamment vif et suffisamment intelligent, et si l'on en croit Pearson, il avait un excellent mobile. Masterman avait ses empreintes sur l'interrupteur près de la cheminée et de très bonnes raisons pour ça. Nous ne savons pas très bien s'il avait un mobile, mais il semble que cela puisse être le cas. Le Yard pourra vérifier dans le fichier s'il y a quelque chose sur lui. Et puis, il reste Tote... dites-moi, quelle est votre opinion sur lui ?

Frank haussa les sourcils.

— S'il a fallu autant d'intelligence que de vivacité à l'assassin, on peut difficilement prétendre que Tote remplisse ces conditions. Mais par ailleurs, si Tote était aussi obtus qu'il le paraît, comment aurait-il réussi à gagner tant d'argent ?

Lamb acquiesça de la tête.

— On peut trouver deux réponses à cela, vous savez. La première est qu'il n'a pas gagné l'argent, mais qu'il l'a volé. La seconde est qu'il n'est pas aussi stupide qu'il le paraît.

Frank se dit que le chef était en bonne forme.

— La première raison ne me paraît pas très bonne, répliqua-t-il. Il y avait des cerveaux derrière le racket du marché noir. S'ils tombaient sur un esprit borné, ils se servaient peut-être de lui comme d'un outil, mais ils ne l'auraient jamais laissé ramasser un gros paquet... pourquoi l'auraient-ils fait ? Pour autant que je sache, Tote nage dans l'opulence et si c'est vraiment le cas, je doute fort que ce soit un imbécile. Un type sans envergure n'aurait pas réussi d'opérations d'envergure. Et si Tote a ramassé un gros paquet, c'est la seconde solution qui est la bonne... il n'est pas aussi bête qu'il en a l'air.

Lamb était assis, son visage sans expression. Il tambourinait avec ses doigts sur le sous-main.

— Il lui aurait fallu faire une marque sur Porlock avec cette peinture et il lui aurait fallu atteindre un des interrupteurs. On a retrouvé un mélange confus d'empreintes sur celui de la porte de service et la même chose sur la porte elle-même. Il fallait plus ou moins s'y attendre. Mais celui du haut de l'escalier avait été essuyé très proprement.

— Ce pourrait bien être Carroll.

— Ou bien Tote. Il aurait pu arriver là-haut en passant par la porte de service et en montant l'escalier du fond... mais je ne vois pas pourquoi il aurait fait ça.

Frank secoua dubitativement la tête.

— Ça me paraît peu vraisemblable. Taillé comme il est, je le vois mal se laissant glisser sur la rampe ou descendant les escaliers en courant. Vous savez, monsieur, je ne vois pas très bien comment quelqu'un pourrait avoir descendu ou remonté ces escaliers en courant sans que personne l'ait entendu. On ne peut pas marcher sur du chêne sans faire craquer le bois.

— A moins d'être en chaussettes. Si Carroll s'est laissé glisser le long de la rampe et a remonté les escaliers en courant, il aurait pu enlever ses chaussures et les placer commodément pour pouvoir les remettre en vitesse. Tote aurait pu descendre en portant les siennes... ces gens corpulents sont souvent extrêmement agiles. Enfin, je n'y crois pas beaucoup. Je ne vois pas pourquoi il aurait pris la peine de monter pour éteindre les lumières alors qu'il était tellement plus simple de le faire d'en bas près de la porte de service.

— Eh bien, c'est la théorie de Masterman... il a pu suivre les autres lorsqu'ils sont sortis du salon pour aller regarder la charade et traverser le hall obscur pour aller attendre derrière la porte de service. Quant à la marque de peinture, il a pu la faire en suivant Porlock dans le hall. Ce qui lui donne l'accès à l'interrupteur de la porte de service et la peinture sur le dos de Porlock pour le guider quand le hall est de nouveau plongé dans l'obscurité. Tout cela est parfaitement possible en théorie, mais nous n'avons pas l'ombre d'une preuve.

Quelqu'un ouvrit la porte avec circonspection. Pearson apparut, un plateau à la main. Quelque chose dans son allure laissait supposer que le détective privé était redevenu le maître d'hôtel pour quelques instants au moins. Le plateau contenait une théière, un pot à lait et un sucrier de style reine Anne, deux tasses avec leurs soucoupes, un plat avec son couvre-plat, un cake un peu noirci et une assiette de sandwiches. Il s'en dégageait une délicieuse odeur de muffins ou de tartines grillées et beurrées.

Pearson referma avec dextérité la porte derrière lui et déposa son plateau.

— Je me suis permis de penser que vous seriez prêt pour prendre votre thé, monsieur. Il y a des toasts aux anchois sous le couvre-plat et les sandwiches sont aux œufs avec du condiment. — Puis, redevenant le détective privé : — Si je puis me permettre, monsieur, il y a encore quelque chose dont j'aimerais vous parler.

— De quoi s'agit-il ? — Lamb éloigna son regard du couvre-plat. — Eh bien, allez-y, mon vieux !

Pearson prit un air respectueux.

— En ce qui concerne la femme de chambre de Mrs. Oakley...

— Oui, alors ? — Il se retourna d'un bond vers

Frank Abbott qui s'était emparé de la théière. — Versez-vous votre lavasse si vous voulez. Mais quand je prends une tasse de thé, j'aime qu'il ait du corps. Bien laisser infuser et bien sucrer... c'est ce que disait toujours ma vieille grand-mère, et elle faisait le meilleur thé que j'aie jamais bu. — Il fit un nouveau demi-tour. — Alors, qu'y a-t-il à propos de la femme de chambre de Mrs. Oakley ?

— Hooper, monsieur... miss Hooper. Il n'y a rien, sinon qu'elle était à la solde de Mr. Porlock.

Lamb était assis, massif, les mains sur les genoux.

— Ah bon, vraiment ? Et qu'est-ce qui vous fait croire ça ?

Pearson avait l'air plus humble que jamais. De manière totalement irrationnelle, il évoqua à Frank Abbott un perce-oreille sortant de dessous une pierre... est-ce que les perce-oreilles sortaient de dessous les pierres, d'ailleurs ? Il l'ignorait, mais en tout cas, c'est ce que lui évoquait Pearson.

— Oh, je ne crois rien, monsieur... je sais, reprit ce dernier. Dans ce genre de maison, le téléphone est excessivement pratique pour se livrer à des écoutes et un maître d'hôtel est on ne peut mieux placé avec un prolongement à l'office, juste à portée de main et privé, si l'on peut dire. Lorsque je m'apercevais que Mr. Porlock téléphonait, il me suffisait d'aller à l'office et de fermer la porte. Ou bien, dans le cas présent, si c'est miss Hooper qui l'appelait... ce qu'elle faisait, mais naturellement pas sous ce nom... je n'avais qu'à passer la communication à Mr. Porlock et faire semblant de raccrocher moi-même. En s'y prenant bien, on peut provoquer le déclic ou le supprimer, selon le cas.

Frank Abbott versa trois gouttes de lait dans son thé couleur de paille. Lamb poussa un grognement.

— Et comment avez-vous découvert qu'il s'agissait de cette miss Hooper si elle donnait un faux nom ?

Pearson répondit avec une fierté empreinte de modestie :

— La jeune femme du central téléphonique a bien voulu me communiquer le numéro de l'abonné. Le nom que miss Hooper donnait était Robinson. Je me suis vite aperçu qu'il n'y avait personne de ce nom à la Ferme du Moulin. D'après la teneur des conversations, il était bien évident qu'il s'agissait de quelqu'un de proche de Mrs. Oakley.

— Et qu'avait-elle à dire ?

— Eh bien, la première fois, c'était mardi dernier. Elle m'a dit s'appeler miss Robinson et je l'ai mise en communication avec Mr. Porlock. C'était mardi soir. Il lui a demandé : « Rien à signaler ? » et elle a répondu : « Pas grand-chose. Elles sont arrivées, mais miss Cole, la gouvernante, elle est repartie en ville, et la vieille nourrice est revenue. » Mr. Porlock a dit qu'il ne s'intéressait pas aux vieilles nourrices... mais comment était la nouvelle secrétaire ? Alors la femme de chambre renifle et dit que Mrs. Oakley en fait trop pour elle et qu'elle l'envoie à Londres pour aller s'acheter une robe du soir. Mr. Porlock demande : « Quand ? » et elle répond : « Demain. » Alors Mr. Porlock l'interrompt sèchement et lui dit : « Bon, maintenant, écoutez bien. Ce que j'ai à vous dire est très spécial » et il lui explique que Mr. Oakley a besoin de peinture phosphorescente pour barbouiller la pendule du petit garçon et qu'il faut se débrouiller pour que Mrs. Oakley envoie miss Brown — c'est la secrétaire — aux magasins De Luxe entre midi et une heure. « Alors, n'oubliez pas et tâchez de ne pas tout gâcher, dit-il, il faut qu'elle aille aux magasins De Luxe entre midi et une heure. » Et il lui demande comment miss Brown sera habillée, et elle lui répond qu'elle n'a qu'un seul manteau, un tweed marron clair, et déjà bien râpé. Et puis il lui demande de lui décrire en détail son chapeau, ses chaussures et son sac à main. Et il demande avec un petit rire : « Est-ce que ses cheveux et ses yeux sont toujours de la même couleur ? » Alors elle renifle et elle répond qu'elle ne l'a pas examinée d'aussi près que ça. Et puis, il lui demande : « Y a-t-il autre chose ? » et elle lui répond : « Il s'est passé quelque chose d'étrange. » Il lui demande « Quoi ? » et elle lui raconte. Mrs. Oakley est passée de sa chambre dans le boudoir avant le dîner... il y a une porte de communication. Hooper a entendu Mrs. Oakley pousser un cri comme si elle s'était fait mal. Elle est allée voir ce qui se passait et elle l'a trouvée les yeux rivés sur une photo toute froissée qu'elle tenait à la main. Puis Mrs. Oakley s'est laissée tomber dans un siège comme si elle allait se trouver mal et Hooper lui a pris la photo. « Et alors ? » demande Mr. Porlock et elle lui répond : « Voulez-vous que je vous dise qui c'était ? » Très méchamment, elle lui dit ça. Et Mr. Porlock lui demande : « Vous pouvez me dire le nom du photographe ? » Alors elle lui répond : « Charles Rowbecker and Son, Norwood. » Et il siffle dans le téléphone et raccroche. Une ou deux minutes plus tard, il demande un numéro à Londres — le voici, monsieur — et parle à quelqu'un du nom de Maisie. Il lui dit ceci : « C'est pour demain entre midi et une heure. Tu chercheras un manteau long en tweed, de couleur claire et un peu râpé », et il lui fournit tout le reste de la description que Hooper lui avait faite et il termine en disant : « Elle avait les cheveux et les yeux très exactement de la même couleur. Je suppose qu'il en est toujours ainsi... très beaux, châtain doré. Allez, à toi de jouer ! » Ce fut tout pour cette fois, monsieur.

— Il y a eu d'autres fois ?

— Oui, monsieur. Miss Hooper a rappelé le lendemain vers dix-neuf heures... elle a dit qu'elle n'avait pas pu appeler plus tôt, qu'il lui avait fallu attendre que Mrs. Oakley aille prendre son bain. Elle a dit que

Mr. Oakley et miss Brown étaient arrivés, et Mr. Porlock s'est mis à jurer. Puis il a éclaté de rire et il a dit : « Qu'est-ce que ça peut faire ? » et a raccroché.

— C'est tout ?

— Non, monsieur. Elle a encore appelé hier après-midi pour dire que Mrs. Oakley était complètement bouleversée depuis mercredi... « le jour où vous êtes venu lui rendre visite ». Mr. Porlock lui a demandé : « Vient-elle ce soir ? » La femme de chambre a répondu qu'elle ne savait quel parti prendre, mais qu'elle ne voulait pas que Mr. Oakley se doute de quelque chose et qu'elle pensait qu'elle viendrait.

— Hum ! fit Lamb, avant d'ajouter : Merci, Pearson.

Quand la porte se fut refermée, il se retourna vers le plateau, se versa une tasse de thé bien infusé, y ajouta généreusement lait et sucre et fit honneur aux toasts aux anchois, aux sandwiches et au cake. Du début jusqu'à la fin du repas, la seule mention qu'il fit de l'affaire fut un grognement accompagné de ces quelques mots : « Ainsi, il est allé la voir mercredi. Eh bien, nous irons y faire un tour dès que nous aurons fini notre thé. »

Ils se dirigeaient vers la porte d'entrée en traversant le hall quand Justin Leigh s'approcha d'eux.

— Si vous pouvez m'accorder juste une seconde... je suis en train de m'arranger pour faire une partie de mon travail ici en attendant la fin de l'enquête, mais il faudra que je fasse un saut à Londres pour aller chercher les papiers dont j'ai besoin. Je pensais y aller demain matin à la première heure et être de retour pour le déjeuner.

— C'est parfait, Mr. Leigh.

Mais il apparut qu'il n'avait pas terminé.

— Miss Lane aimerait profiter de la voiture pour faire un aller et retour. Je suppose que vous n'y voyez pas d'objection.

L'inspecteur principal ne répondit pas aussi vite cette fois. Quand il parla, ce fut pour dire :

— Je n'ai pas encore interrogé miss Lane. Il est possible qu'elle n'ait pas joué un grand rôle, mais je tiens à la voir. Voulez-vous vous porter garant qu'elle sera de retour ici à deux heures demain après-midi ?

— Je ferai de mon mieux.

Lamb poursuivit son chemin, puis s'arrêta soudain et se retourna.

— Pourquoi veut-elle remonter à Londres ?

— Sa cousine, Lady Pemberley, a une santé fragile. Elle veut aller la voir. Elle craint que toute cette histoire ne l'ait un peu bouleversée. Il a été convenu que je la déposais là-bas et que je l'y reprenais.

Il y eut un bref silence que l'inspecteur principal rompit.

— D'accord, Mr. Leigh. Mais je tiens absolument à la voir au plus tard à deux heures.

24

Martin Oakley leur opposa un refus catégorique.

— Ma femme est malade. Elle n'est en état de voir personne.

— Avez-vous un certificat médical, Mr. Oakley ?

— Non, je n'en ai pas et je n'en ai pas besoin. Je connais ma femme infiniment mieux que n'importe quel médecin. Elle n'est pas en état de recevoir quiconque. Enfin, bon sang !... une femme fragile et délicate a un homme assassiné pratiquement à ses pieds, et vous voudriez qu'elle soit en état de parler ! Enfin, rien que le choc aurait suffi à la tuer. D'ailleurs, elle n'a rien à déclarer, pas plus que moi-même. Nous étions tous là, réunis près du feu. Mr. Porlock s'est dirigé vers les escaliers. Puis il a commencé à revenir vers nous et les lumières se sont éteintes. Nous avons entendu un gémissement et le bruit d'une chute, et moins d'une minute plus tard les lumières se sont rallumées et Porlock était allongé par terre, mort, un poignard planté dans le dos. Je ne sais rien d'autre et ma femme non plus. Elle est très sensible et pleine de compassion. Elle s'est laissée tomber à genoux pour voir s'il y avait quelque chose à faire, et quand elle a réalisé qu'il était mort, elle a eu une crise de nerfs.

— C'est bien ce que j'avais compris.

Ils étaient dans le bureau dont l'acier chromé jurant

avec le velours rouge avait été qualifié intérieurement de tape-à-l'œil par l'inspecteur principal. Il savait ce que devait être le bureau d'un gentleman anglais et cela était loin d'y ressembler.

— Depuis combien de temps connaissiez-vous Mr. Porlock ? demanda-t-il.

— Deux mois.

— Et Mrs. Oakley, depuis combien de temps le connaissait-elle ?

— Elle ne l'avait jamais vu avant qu'il vienne lui présenter ses hommages mercredi dernier.

— Vous en êtes bien sûr ?

— Naturellement que j'en suis sûr... demandez à qui vous voulez. C'était une relation d'affaires. Elle ne le connaissait même pas de vue.

— Alors, comment expliquez-vous qu'elle l'ait appelé Glen ?

— Elle n'a rien fait de semblable.

— Mr. Oakley, huit personnes étaient présentes en dehors de votre femme et de vous-même. Ils sont tous d'accord sur le fait que Mrs. Oakley a crié : « Oh, Glen ! Glen est mort... il est mort ! Oh, Glen... Glen... *Glen !* »

— Je pense qu'ils ont fait erreur. Comment aurait-elle pu l'appeler Glen ? Il s'appelait Gregory. Et nous l'appelions tous Greg. Ce qu'elle a dit était : « Greg est mort ! Il est mort... mort... mort ! » Elle sanglotait et elle criait, vous comprenez, et je ne vois pas pourquoi quelqu'un se serait imaginé qu'elle l'appelait Glen... ça ne tient pas debout.

L'inspecteur principal laissa un silence succéder à cette déclaration. Quand il estima qu'il avait assez duré, il reprit :

— J'aimerais voir miss Dorinda Brown et la femme de chambre de Mrs. Oakley. Peut-être pourrions-nous commencer par la femme de chambre.

Martin Oakley se raidit.

— La femme de chambre. Mais cela ne fait qu'une semaine qu'elle est avec ma femme. Et elle n'était pas là-bas hier soir.

— J'aimerais la voir, Mr. Oakley.

Hooper pénétra dans la pièce vêtue d'une robe noire fermée au col par une broche un peu démodée. Ses cheveux filasse n'étaient peut-être qu'une perruque ou bien cette mèche que l'on appelle postiche. Elle était faite de boucles très serrées qui collaient au crâne. Dessous, il y avait un front osseux, des joues blêmes et une bouche pincée. Elle s'approcha de la table et resta debout avec un air de respect tout professionnel.

— Vous vous appelez Hooper et vous êtes la femme de chambre de Mrs. Oakley.

Les lèvres pincées s'ouvrirent au minimum.

— Oui, monsieur... Louisa Hooper.

— Depuis combien de temps travaillez-vous pour Mrs. Oakley ?

— Cela va faire dix jours. Je suis arrivée le samedi. Nous sommes descendus ici le mardi.

Elle évitait de le regarder en parlant. Elle tenait les yeux baissés. Ses paupières rappelèrent à Frank Abbott ces stores baissés que l'on voit au bord de la mer pour tamiser la lumière et protéger du soleil.

La question suivante fusa brutalement :

— Depuis combien de temps connaissiez-vous Mr. Porlock ?

— Mr. Porlock ?

Il reprit durement :

— Allons, allons... nous savons que vous le connaissiez. Nous savons que vous lui téléphoniez fréquemment. Quelqu'un a surpris vos conversations. Inutile de perdre du temps. Vous étiez à sa solde... je veux savoir pourquoi.

Les paupières restèrent baissées, les lèvres restèrent pincées. Et puis, brusquement, elles dessinèrent un sourire... pas un très joli sourire.

— Si un homme s'intéresse à une femme, je ne vois pas en quoi cela peut concerner la police.

— Alors, faites un peu travailler votre matière grise ! Quand un homme est assassiné, tout ce qui le touche de près ou de loin concerne la police. Compris ? Maintenant... pourquoi vous payait-il ?

Le sourire n'avait pas disparu.

— Il s'intéressait à Mrs. Oakley.

— Qu'il n'avait jamais vue avant mercredi dernier.

Les paupières remontèrent d'un mouvement brusque. Les yeux qui se dissimulaient derrière étaient froids, avec une lueur brillante de méchanceté.

— Qui vous a dit ça ?

— Mr. Oakley. Si quelque chose vous fait penser le contraire, vous feriez mieux de le dire.

Les paupières retombèrent.

— Il est venu la voir mercredi après-midi. Je suppose qu'un homme a le droit de venir rendre visite à une femme dont il s'est entiché.

Les yeux de Lamb sortirent de leurs orbites.

— Maintenant, faites bien attention, miss Hooper, et arrêtez de me raconter des salades. Je vous ai dit que quelqu'un a surpris vos conversations téléphoniques avec Mr. Porlock. Vous l'avez appelé mardi soir pour lui dire que Mrs. Oakley avait trouvé une photographie toute froissée et que cela l'avait bouleversée. Vous lui avez demandé s'il voulait savoir de la photo de qui il s'agissait, et il vous a demandé de lui donner le nom du photographe, ce que vous avez fait — Rowbecker and Son, Norwood. Maintenant, dites-moi... de la photo de qui s'agissait-il ?

— Comment pourrais-je le savoir ?

— Vous le saviez parfaitement lorsque vous en parliez à Mr. Porlock.

Elle leva à nouveau les yeux, mais son regard fuyant évita celui de Lamb.

— Bon, d'accord, c'était Mr. Porlock.

— Vous en êtes sûre ?

Elle acquiesça de la tête.

— Il est très ressemblant.

— Savez-vous d'où elle venait ?

— Marty a dû mettre la main dessus. Elle était dans son placard à jouets. La nourrice me disait qu'il avait été incroyablement gâté pendant son absence. Elle m'a dit aussi que miss Brown avait ramassé une photo sur le plancher de la chambre d'enfants et qu'elle l'avait emportée.

— Qu'est devenue la photographie ?

— Mrs. Oakley a dit qu'elle était abîmée et elle est allée la jeter dans le feu.

— Mr. Porlock est venu la voir mercredi après-midi ?

— Oui.

— Où l'a-t-elle reçu ?

— Dans son boudoir, en haut.

— Avez-vous pu surprendre une partie de leur conversation ?

— Je n'écoute pas aux portes.

— Y a-t-il une porte à laquelle vous auriez pu écouter ?... une porte de communication avec sa chambre ?

— Je n'écoute pas aux portes.

— Et moi, je vous demande s'il y a une porte de communication avec sa chambre. Je peux demander à Mrs. Oakley, vous savez.

— Oui, il y a une porte.

— Et vous n'écoutez pas aux portes ? Écoutez-moi bien, miss Hooper. Je ne fais ni menace ni promesse... je tiens seulement à ce que les choses soient claires. C'est une affaire de meurtre. C'est une chose grave que d'entraver l'action de la police au cours d'une enquête. Si vous avez écouté à cette porte et recueilli des renseignements susceptibles de nous aider, il est de votre devoir de nous les communiquer. Si vous avez l'intention d'utiliser ces renseignements pour votre propre compte, ce serait un délit très grave... ce serait du chantage. Et le chantage est un délit très grave. Vous connaissez mieux que quiconque votre casier judiciaire... et vous êtes bien placée pour savoir s'il mérite que l'on fasse des recherches. Je ne tiens aucunement à en prendre connaissance. Maintenant, dites-moi... qu'avez-vous pu surprendre de cette conversation entre Mrs. Oakley et Mr. Porlock ?

Elle restait immobile, évaluant ses chances. Mr. Oakley la paierait pour garder le silence. Était-ce bien sûr ? Gregory Porlock était mort. Mrs. Oakley la paierait. Oui, pour aller pleurer sur l'épaule de son mari l'instant d'après et tout lui raconter. Et ce genre de type pouvait devenir méchant. Elle ne pouvait pas se permettre de voir la police fouiller dans son passé. C'est bien beau de prendre des risques quand on est jeune et insouciant. Malheureusement, c'était fini pour elle. Prudence est mère de sûreté... c'est à cela qu'on arrivait. Ce n'était pas prudent de se mettre la police à dos. Autant lui dire ce qu'il voulait savoir et voir si elle pouvait soutirer quelque chose à Mrs. Oakley, vite, avant que toute l'affaire ne soit étalée au grand jour. Elle devrait être facile à manipuler dans l'état où elle était, tantôt pleurant comme une bécasse et l'instant d'après voulant se maquiller pour que Mr. Oakley ne s'aperçoive de rien.

Lamb la laissa prendre son temps.

Elle hocha la tête d'un air résolu.

— D'accord, monsieur.

— Parfait ! Vous devriez prendre une chaise.

Elle en prit une calmement, s'installa, croisa ses mains sur ses genoux, leva ses yeux froids et dit :

— La porte n'était pas tout à fait fermée. Ce n'est pas moi qui l'ai laissée entrebâillée, c'est Mrs. Oakley. Elle savait que Mr. Porlock devait venir puisqu'il avait téléphoné... c'est moi qui ai pris le message. Mais elle n'avait pas la moindre idée de qui il était... elle ne savait pas qui elle allait voir.

— Vous êtes sûre de ça ?

— Je n'avance jamais rien dont je ne sois sûre.

— Continuez.

— J'ai pensé qu'il serait intéressant d'entendre ce qu'ils disaient parce que tout ce qu'il m'avait dit avait été de me faire engager chez eux comme femme de chambre et de lui raconter tout ce qu'il voulait savoir. Il ne m'avait pas dit pourquoi et je n'aime pas travailler en aveugle, alors je me suis dit qu'il serait bien d'écouter.

— Oui ?

— Eh bien, la première chose que j'ai entendue, c'est quand il l'a appelée par son prénom. « Eh bien, Linnet, a-t-il dit, je pensais bien que c'était toi, mais il fallait que je m'en assure. » Puis il lui a demandé de se remettre. Et elle a répondu : « Je te croyais mort. » Et elle l'a appelé Glen.

— Oui, continuez.

— Eh bien, je ne me souviens pas de tout, mais elle pleurait et elle lui demandait pourquoi il lui avait laissé croire qu'il était mort. Il lui a dit : « Je présume que tu as dit à Martin que tu étais veuve ? » et elle a répondu qu'elle croyait l'être.

— Vous voulez dire...

Elle hocha la tête.

— C'était clair comme deux et deux font quatre... il n'y avait pas à se tromper. Ils avaient été mariés et il était parti en l'abandonnant, et neuf mois plus tard elle avait épousé Mr. Oakley. Mr. Porlock n'arrêtait pas de parler de bigamie et de lui dire qu'elle avait enfreint la loi et pas lui, et à la fin elle était prête à accepter tout ce qu'il voulait. Et ce qu'il voulait, c'était qu'elle dépose la serviette de Mr. Oakley sur le rebord du bureau. Elle attendait l'arrivée de son mari pour l'heure du thé. Elle devait placer la serviette à l'extérieur de la fenêtre quand il monterait se changer pour dîner, et laisser la fenêtre entrouverte pour que tout puisse être remis en place à l'insu de tout le monde. Et à la fin, elle a accepté de le faire.

— L'a-t-elle fait ?

— Je n'en sais rien, mais si vous voulez mon avis, elle avait trop peur pour ne pas le faire. Elle s'effraie facilement et il avait barre sur elle... il lui disait qu'il l'enverrait en prison et que Mr. Oakley la jetterait à la rue. Non, à mon avis elle n'aurait jamais osé ne pas faire ce qu'il lui demandait.

— Maintenant, écoutez bien... l'a-t-elle dit à Mr. Oakley ?

— Jamais elle n'aurait fait ça... sauf si elle avait perdu l'esprit.

— Pourquoi dites-vous ça ?

— Parce que c'est ce que Mr. Porlock lui a dit... qu'il savait qu'elle était incapable de garder le silence, mais que si elle allait tout raconter à Mr. Oakley, elle se retrouverait en prison pour bigamie.

— Ainsi vous ne pensez pas qu'elle lui ait dit ?

— Non, je ne pense pas.

— Il n'y a pas eu de scène comme il y en aurait eu une s'il avait découvert qu'ils n'étaient pas réellement mariés.

— Non... rien dans ce genre. — Elle marqua une hésitation. — A moins que ç'ait été juste avant qu'ils ne partent pour ce dîner. Il est entré lorsqu'elle s'habillait, et je les ai laissés. Peut-être lui a-t-elle parlé à ce moment-là ou bien dans la voiture.

Lamb poussa un grognement.

— Mais vous ne savez pas si elle l'a fait ?

— Non, il a fallu que je descende.

Après qu'il l'eut renvoyée en la chargeant de prévenir miss Brown que l'inspecteur principal aimerait s'entretenir avec elle, il se tourna vers Frank Abbott et lui dit d'une voix dénuée d'expression :

— Cela fournirait un beau mobile à Martin Oakley.

— Si elle lui a dit.

— Nous en saurons plus quand nous l'aurons interrogée.

25

Miss Masterman était en train d'écrire une lettre. Elle commençait par : « Cher Mr. Trower... » et se terminait par : « Sincèrement vôtre, Agnès Masterman. » Elle était rédigée d'une écriture ferme et lisible.

Quand elle eut signé, elle replia la feuille, la glissa dans une enveloppe et inscrivit l'adresse de Messrs. Trower and Wakefield, Notaires. Puis elle mit son chapeau, enfila son vieux manteau de fourrure et s'éloigna le long de l'allée. Elle revint environ vingt minutes plus tard. Mr. Masterman était en train de taper dans les boules dans la salle de billard. Lorsqu'il vit sa sœur entrer, encore vêtue de son manteau, il fronça les sourcils et lui demanda :

— Où étais-tu ?

Elle s'avança jusqu'à la table avant de lui répondre. En la regardant approcher, il ressentit un malaise croissant. Quand elle répondit : « Poster une lettre », ce malaise se transforma en une véritable oppression. Il voulait lui demander : « Quelle lettre ? » mais il se retint. Ça ne le regardait pas, bien sûr, mais elle écrivait tellement peu de lettres... pratiquement plus aucune depuis la mort de la vieille Mabel Ledbury. Pourquoi aurait-elle voulu écrire à quelqu'un maintenant ? Ils restaient debout, à un mètre l'un de l'autre, avec son malaise à lui entre eux deux. Il n'aimait pas la manière dont elle le regardait. Il y avait une dureté dans son regard, comme si sa décision était prise et que plus rien n'importait. Il reposa la queue de billard et lui dit :

— Tu ne crois pas que tu ferais mieux d'enlever tes vêtements ? Il fait très chaud ici.

Elle parut ne pas l'entendre et continua à le regarder fixement en disant d'une voix tout à fait normale :

— J'ai écrit à Mr. Trower.

— Tu as... quoi ?

— J'ai écrit à Mr. Trower pour l'avertir que nous avons trouvé un autre testament.

— Agnès... es-tu folle ?

— Oh, non... je t'ai dit que je ne pouvais continuer comme ça. Je lui ai dit qu'il était caché dans sa boîte de biscuits. Cela ne nous créera pas d'ennuis. Je t'ai dit que je ne pouvais pas continuer ainsi.

— Tu es folle, dit-il d'un air abasourdi.

Agnès Masterman secoua la tête.

— Oh, non, répondit-elle, j'ai pensé qu'il valait mieux te dire ce que j'avais fait. Maintenant je vais enlever mes vêtements.

Il fut reconnaissant par la suite à Leonard Carroll d'avoir choisi ce moment pour entrer nonchalamment dans la pièce, visiblement désœuvré et à la recherche d'un adversaire pour faire une partie.

Agnès se retira du même air détaché qu'elle avait affiché tout au long de leur bref entretien. Il eut au moins la satisfaction de ne faire qu'une bouchée du jeune Carroll. Cela valait mieux que de se quereller avec Agnès. Ça ne servait d'ailleurs à rien si la lettre était déjà postée. Quand le vin est tiré, il faut le boire. Mais il ne manquerait pas de lui rappeler sa proposition pour les cinquante mille livres. Il n'y perdrait rien et il serait en sécurité. S'il avait su comment Agnès prendrait la chose, il n'aurait jamais couru ce risque.

Les femmes manquaient de cran dès qu'il fallait agir avec audace, c'était un fait indiscutable.

Pendant que se déroulait la partie de billard, Justin Leigh se rendit à la Ferme du Moulin.

— Va mettre ton chapeau et viens, dit-il.

Dorinda disparut et revint quelques instants plus tard. Ils suivirent la route en marchant, prenant la direction du village. Le crépuscule était humide et brumeux. Des volutes de fumée s'élevaient des cheminées du village pour se fondre dans la brume et l'épaissir encore. Çà et là un rai de lumière jaillissait à l'endroit où un rideau avait été imparfaitement tiré. Il flottait une légère odeur de feuilles en décomposition — de feuilles de chou en particulier —, de fumier et de bois brûlé.

Juste avant la première maison s'ouvrait un sentier bordé de haies touffues et ombragé. Aucun des deux n'avait dit un mot avant de s'y engager. Ils avaient la sensation d'avoir trop de choses à se dire et l'impression étrange d'être trop à découvert pour le faire. Mais là, dans ce sentier, ils se sentaient dans un monde clos... et seuls.

Justin parla le premier.

— Comment ça se passe ?

Elle ne répondit pas à sa question, mais fit rapidement :

— La police est venue...

— Ont-ils vu Mrs. Oakley ?

— Non... Mr. Oakley n'a pas voulu. Il leur a dit qu'elle ne se sentait pas assez bien. Ils reviennent demain. Ils ont interrogé la femme de chambre et moi-même.

— Tu ferais mieux de me raconter.

— Ils ont été très gentils. Je veux dire qu'ils ne m'ont pas rendue nerveuse ou quoi que ce soit. C'est l'inspecteur principal qui posait toutes les questions et l'autre écrivait ce que je disais. Et... oh, Justin, la toute première chose qu'ils m'aient demandée a été depuis combien de temps je connaissais Mr. Porlock.

— Qu'as-tu répondu ?

Elle s'était tournée vers lui et le regardait dans la nuit tombante. Il faisait déjà très sombre entre les hautes haies et sous le couvert des arbres. Il l'avait envoyée chercher son chapeau, mais elle était descendue nu-tête, vêtue seulement de son manteau de tweed. La couleur du manteau se fondait dans toutes les autres nuances de brun, de roux et de châtain des feuilles mortes, de la terre et des rameaux dénudés. On ne voyait plus ses cheveux qui avaient disparu dans l'ombre. Seul son visage restait visible, mais ses couleurs et ses contours étaient estompés comme la première esquisse aux traits légers d'un visage peint sur un fond sombre et flou. L'obscurité du sentier semblait avoir la qualité des profondeurs sous-marines. Dorinda paraissait à la fois proche et lointaine. Il pouvait la toucher en étendant la main, mais il lui vint soudain à l'esprit de se demander si ce geste suffirait.

Elle laissa s'écouler quelques secondes avant de répondre.

— Je leur ai dit que je ne savais pas du tout qui il était quand nous sommes allés là-bas hier soir. Justin, ce n'est pas possible que ce soit seulement hier soir... si ? — Elle prit sa respiration. — Excuse-moi... je viens d'y penser. Et puis je leur ai dit qu'en entrant dans le salon, je l'avais reconnu.

— Oh, tu leur as dit cela ?

Elle répondit d'une voix soudain redevenue très juvénile :

— J'ai pensé qu'il le fallait. Et je me suis dit que si je devais le faire, autant le faire tout de suite.

— Tu as bien fait. Continue.

— Eh bien, ils m'ont posé un tas de questions. Je leur ai dit qu'il s'appelait Glen Porteous à l'époque où je le connaissais et qu'il était le mari de Tante Mary.

Et ils m'ont demandé quand elle était morte et je leur ai répondu qu'il y avait quatre ans. Et après ils ont voulu savoir s'il y avait eu un divorce et je leur ai dit que oui, qu'ils avaient divorcé il y a environ sept ans, après la dernière fois où il était parti et que je ne l'avais jamais revu depuis. Ils voulaient savoir si j'étais absolument sûre que Gregory Porlock était Glen Porteous, et je leur ai dit que oui et qu'il savait que je l'avais reconnu. Et c'est vrai, tu sais. On peut toujours le savoir d'après la manière dont les gens vous regardent et il m'a regardée comme ça. Bon, puis ils m'ont posé des questions sur la photo que j'avais ramassée par terre dans la chambre d'enfants. Je ne sais pas qui les avait mis au courant. Je leur ai dit que c'était la réplique exacte de celle de Tante Mary et que je l'avais reconnue immédiatement. Et puis ils sont revenus sur cette horrible histoire des magasins De Luxe. Et sais-tu ce que j'en pense, Justin ? Je pense que c'est le Méchant Oncle qui a monté le coup pour me faire perdre ma place chez les Oakley. Tu vois, il pouvait difficilement espérer que je ne le reconnaîtrais pas et s'il avait fait peau neuve en devenant Gregory Porlock, il ne devait pas tenir à ce qu'un témoin de son passé surgisse pour dire : « Oh, non... il s'appelle Glen Porteous et ma Tante Mary a été obligée de divorcer d'avec lui parce qu'il était une franche canaille. » Enfin, c'est vrai, non ?

— Sans doute.

— Ils semblaient connaître miss Silver. Les yeux du jeune ont pétillé quand je leur ai raconté sur quel ton elle avait parlé au directeur de ce sale magasin. Il a dit quelque chose du genre : « Ça ne m'étonne pas. » Et l'inspecteur a pris un air guindé pour dire que miss Silver était très respectée à Scotland Yard. Oh, Justin, comme j'aimerais qu'elle soit ici !

— Qu'est-ce qui te fait dire cela ?

— C'est pour les Oakley, Justin. J'ai très peur pour

eux. Tu as vu comme elle a crié quand elle a réalisé qu'il était mort. Elle l'a appelé Glen. Elle devait le connaître avant qu'il ne devienne Gregory Porlock. Elle était supposée ne pas le connaître du tout. Il y a là quelque chose d'effrayant. Elle ne fait que pleurer du matin au soir et Mr. Oakley se promène avec une tête d'enterrement. Il y a quelque chose dont ils ont tous les deux affreusement peur. Elle a peur de lui dire ce que c'est et il a peur de le lui demander. C'est sinistre.

— Je n'aime pas te savoir là-bas, fit-il.

— Oh, ce n'est pas ça. C'est que je ne peux m'empêcher d'avoir de la peine pour eux... même si...

— Mais que veux-tu donc dire, Dorinda ?

— Cela me fait peur, répondit-elle d'une voix presque inaudible.

Cette pensée qui lui faisait peur flotta entre eux dans l'obscurité. Une main désespérée qui portait un coup mortel.

Peut-être la main d'une femme... peut-être celle d'un homme...

— C'était le genre d'homme qui meurt assassiné, dit-elle d'une voix entrecoupée.

26

— Voulez-vous recevoir miss Moira, Madame ?

Lady Pemberley avait pris son petit déjeuner au lit. Elle était en train de lire le journal.

— Miss Moira ? dit-elle. Elle est très en avance. Oui, bien sûr. Emportez le plateau et dites-lui de monter.

Le journal qu'elle était en train de lire était incliné vers la lumière. L'encre noire d'une manchette se détachait : « Meurtre dans une maison de campagne. Les invités interrogés. » Lorsque la porte s'ouvrit et que Moira Lane entra, ce fut la seconde chose qu'elle vit. La première fut le visage de Sibylla Pemberley, pâle et assez grave sous l'épaisse chevelure gris fer ramenée en arrière d'une manière qui rappelait le XVIIIe siècle. Tout dans la pièce était à la fois très simple et de qualité... pas de bibelots, pas de couleurs agressives ; une peinture à l'huile assez sombre de feu Lord Pemberley au-dessus de la cheminée ; un vase de camélias sur la tablette en dessous ; une courtepointe mauve que Moira qualifiait irrespectueusement de catafalque ; un bonnet de dentelle orné de rubans mauves ; un superbe châle en shetland drapé sur une chemise de nuit de flanelle plissée. Tous ces objets étaient familiers à Moira. Ils composaient le tableau qu'elle s'attendait à trouver. Son premier regard fut pour l'expression du visage de Lady Pemberley, qui ne lui apprit rien, et son second pour le journal, qui la renseigna beaucoup plus. Pour commencer, ce n'était pas le genre de journal que la cousine Sibylla avait coutume de lire. Les gros titres et les photos en première page n'étaient pas ce qu'on pourrait appeler son style. Cela impliquait que Dawson l'avait monté tout spécialement pour l'occasion, et si elle avait fait cela, non seulement cela signifiait qu'on y parlait du meurtre, mais aussi que le nom de miss Moira Lane y était mentionné.

« Dans l'assistance, on relevait la présence de miss Moira Lane. » On pouvait lire ces mots presque quotidiennement dans un journal ou un autre. « La ravissante miss Moira Lane... » « Lord Blank et miss Moira Lane à Epsom... » « Le duc de Dash, Lady Asterisk et miss Moira Lane à la chasse... » « Miss Moira Lane et Mr. Justin Leigh... » C'était différent quand il s'agissait d'une affaire de meurtre... « Miss Moira Lane interrogée dans l'affaire Porlock. »

Elle s'approcha du lit, frotta sa joue froide et rouge contre une joue parcheminée et se redressa.

— Bonjour, cousine Sibylla.

— Tu arrives de bonne heure, Moira.

— J'ai eu une occasion pour venir en voiture. Justin Leigh m'a amenée. Il passe à son bureau pour chercher des dossiers. Il faudra qu'on soit de retour vers une heure. Je suppose que c'est dans le journal.

Elle vit se hausser les délicats sourcils bruns. Il n'y avait pas d'autre ressemblance entre les deux femmes, mais elles avaient en commun ces sourcils bien arqués. Ils donnaient une impression de sévérité chez Lady Pemberley. Les yeux au-dessous étaient gris, alors que ceux de Moira étaient bleus. Les yeux gris peuvent exprimer soit beaucoup de tendresse soit beaucoup de sévérité. Dans le visage assez austère de Lady Pemberley, ils avaient plutôt tendance à paraître sévères.

— Cette histoire est très regrettable, dit-elle, très désagréable.

Moira hocha la tête. Elle s'assit sur le bord du lit.

— Je vais te raconter ce qui s'est passé.

Mais son histoire eut beaucoup de mal à passer. L'atmosphère s'alourdit de tout ce que Lady Pemberley lui avait dit en d'autres occasions. Elle ne dit rien, mais ses paroles étaient là, aussi présentes que si elle les avait répétées. Si l'on s'en tient à son propre milieu, on a au moins l'avantage de connaître les règles du jeu, mais si l'on en sort, on se retrouve dans un monde totalement différent et tout peut arriver. Un homme pouvait sortir de son milieu pour aller s'amuser ailleurs, mais pour une femme, c'était de la folie d'essayer. Ces thèmes, avec des variations infinies, avaient si souvent frappé les oreilles de Moira qu'il suffisait d'une seule note pour que l'ensemble lui revienne en mémoire. Elle termina son récit.

Lady Pemberley réitéra sa remarque du début.

— Cette histoire est très regrettable... très désagréable.

— Épitaphe pour Gregory Porlock, fit Moira avec une pointe d'agressivité dans la voix.

Lady Pemberley haussa à nouveau les sourcils.

— Ma chère...

Moira la regardait bien en face... un regard sombre.

— Je le pense, tu sais.

— *Ma chère...*

Moira fit un brusque hochement de tête. Ses joues avaient perdu leur couleur. Elle paraissait pâle et dure dans son ensemble de tweed gris.

— C'était un vrai démon.

— *Moira...*

— C'était un maître chanteur. — Elle se redressa près du lit. — Il me faisait chanter. C'est pour te dire pourquoi que je suis venue.

Il y eut un bref silence. Lady Pemberley avait pâli, elle aussi.

— Tu ferais mieux de t'asseoir, fit-elle.

Moira secoua la tête.

— Je préfère rester debout. Cousine Sibylla, tu ne vas pas me croire — personne ne me croirait —, mais je ne te raconte pas ça parce que Gregory Porlock a été assassiné. J'allais venir de toute façon. J'avais pris la décision de le faire... après mon arrivée là-bas samedi... après qu'il eut essayé de me faire chanter. J'allais venir t'expliquer. Tu ne vas pas me croire, bien sûr.

— Je n'ai pas dit ça. Continue, s'il te plaît.

Les yeux bleu sombre continuèrent à la regarder bien en face.

— Il y a quelque temps, j'ai traversé une mauvaise passe... financièrement. J'étais partie en week-end avec des gens qui jouaient un peu trop gros jeu pour moi. J'ai eu une guigne incroyable. Je me suis retrouvée dans le pétrin.

— Oui ?

Moira serra les dents.

— Je suis venue te voir. Tu te souviens... c'était la première semaine de novembre.

— Pourquoi ne m'as-tu rien dit ?

— J'allais te le dire. Mais tout s'est très mal arrangé. Il y avait les Lamont. Tu étais contrariée.

— Je me souviens.

— Mrs. Lamont t'avait contrariée. Elle n'a jamais pu me sentir.

— C'est une de mes plus vieilles amies.

— Elle me déteste... elle m'a toujours détestée.

— Il ne faut pas exagérer, Moira.

— Disons qu'elle ne m'aime pas.

— Je ne pense pas que tu lui aies donné beaucoup de raisons de t'aimer, tu ne crois pas ? Ton attitude à son égard est à peine...

— Oh, j'ai certainement été impolie en diable ! Tu comprends, je voulais qu'ils s'en aillent, mais ils restaient, ils s'incrustaient, ils ne partaient pas. Et puis...

Elle s'arrêta.

— Et puis, Moira ?

— Tu m'as envoyée dire à Dawson que tu voulais ton coffret à bijoux. Vous étiez en train de parler du mariage de Molly Lamont et tu as dit que tu aimerais lui offrir une broche que tu avais portée à ton propre mariage. Tu voulais la lui donner parce que c'était le cousin Robert qui te l'avait offerte et qu'il était son parrain. J'ai descendu le coffret et tu leur as montré la broche, et puis ils sont partis. Tu as continué à me montrer tes bijoux.

— Oui, Moira.

— Il y avait un bracelet de diamants et de rubis. Tu as commencé à dire que tu avais l'intention de me le donner. A ce moment-là la cousine Sophy Arnott est entrée et tu m'as dit : « Oh, Moira, veux-tu rapporter ces bijoux à Dawson. » Et j'ai dit : « Bon, eh bien, je vais vous dire au revoir. » Je savais qu'il était inutile de rester... la cousine Sophy est un vrai crampon.

Elle fut obligée de s'arrêter. Ce n'était pas seulement difficile, c'était impossible. Mais en certaines occasions, il fallait tenter l'impossible. C'était le cas maintenant. Tout son être était tendu. Elle réussit à poursuivre.

— J'ai remonté les bijoux. Dawson n'était pas là. J'ai regardé le bracelet à nouveau. Tu m'avais dit que tu voulais me le laisser. Et j'étais en colère... tu sais que j'ai un sale caractère. Je ne pense pas que j'aurais agi ainsi si je n'avais pas été en colère.

Le visage de Lady Pemberley était presque aussi pâle que la dentelle de son bonnet.

— Pourquoi étais-tu en colère ? demanda-t-elle.

— De voir Mrs. Lamont rester comme ça. Je savais qu'elle t'avait raconté des histoires sur moi. Elle me déteste. J'ai pensé que tu la retenais volontairement, sachant que je voulais te parler.

— Mais tu ne m'as rien dit quand elle est partie...

— J'étais en train de préparer le terrain... et puis il a fallu que la cousine Sophy arrive... j'ai pensé que décidément tout était contre moi. Et j'ai pris le bracelet.

Un silence assez long s'installa avant que Lady Pemberley ne reprenne la parole.

— Qu'en as-tu fait ?

La question avait été posée. Rien n'aurait pu être pire. Elle prit une longue respiration.

— J'avais l'intention de le mettre en gage. J'avais besoin de l'argent immédiatement. J'avais l'intention de le mettre en gage et de tout te raconter. Et puis tu es tombée malade... et je n'ai pas pu.

— L'as-tu mis en gage ?

Moira secoua la tête en signe de dénégation.

— J'ai essayé. Mais j'ai pris peur. Le type a commencé à me poser des questions. Il aurait fallu que je laisse mon nom et mon adresse et que je paie des intérêts. J'ai eu la frousse. Je suis allée chez Crossley et je l'ai vendu au comptant. On ne m'a pas posé de questions. Il semble qu'ils m'aient reconnue, mais je n'y ai pas pensé sur le moment. Je ne pouvais pas m'adresser à toi... tu étais très malade.

Elle entendit Lady Pemberley lui dire :

— Et tu t'es dit que si je mourais, le bracelet serait à toi et que personne n'en saurait rien.

C'était la vérité. Elle n'avait rien à objecter. Elle garda le silence.

Après quelques instants, Lady Pemberley reprit :

— Quel est le rôle de Mr. Porlock là-dedans ?

— Il a vu le bracelet. Il l'a reconnu. Il m'a dit qu'il faisait partie d'une paire et que Napoléon les avait offerts à Josephine. Il savait qu'ils t'appartenaient. Il a racheté le bracelet et a essayé de me faire chanter. Il voulait me charger des basses besognes... me faire vider les poubelles des scandales pour pouvoir continuer ses petites affaires de chantage. Je lui ai dit qu'il n'en était pas question. Ça se passait samedi soir. C'est alors que j'ai pris la décision de revenir en ville lundi matin pour tout te raconter. Et puis, après le dîner, il s'est fait poignarder.

— Sais-tu qui l'a tué ?

— Non, répondit-elle en éclatant de rire. J'aurais aimé le faire moi-même ! Mais rassure-toi... ce n'est pas moi.

Il est possible que Lady Pemberley ait eu peur... il est possible qu'elle se soit effectivement sentie soulagée. Mais il n'était pas dans son caractère de reconnaître ni l'un ni l'autre de ces sentiments. Elle tendit une main décharnée et sans bagues et agita la clochette qui se trouvait sur sa table de nuit.

Dawson entra dans la chambre, assez âgée, légèrement compassée. Lady Pemberley lui dit sans perdre une seconde :

— Ah, Dawson... mes clés et le grand coffret à bijoux. Miss Moira a déjà un des deux bracelets de rubis et de diamants. Autant lui donner l'autre. Il est tellement dommage de les séparer. Sortez-le et apportez-le-moi.

Moira fut incapable de dire un mot. Cela ne lui arrivait pas souvent, mais c'est ce qui se produisit en l'occurrence. Elle resta statufiée pendant que Dawson déposait le coffret à bijoux sur la coiffeuse... pendant qu'elle l'ouvrait, qu'elle soulevait des écrins et s'approchait du lit pour déposer le bracelet dans la main impatiente de Lady Pemberley.

Dawson se sentait un peu irritée de ce que miss Moira garde le silence. Elle estimait qu'elle aurait pu dire un mot gentil et donner un baiser à Madame au lieu de rester plantée là comme un piquet. Elle était en train de donner un tour de clef au coffret quand Lady Pemberley reprit la parole :

— Rappelez-moi seulement de modifier la liste de

mes bijoux et de prévenir Mr. Ramsay de supprimer les bracelets de mon testament. Ce sera tellement plus agréable de savoir que miss Moira les porte en ce moment. Merci, Dawson, ce sera tout.

Quand la porte se fut refermée et qu'elles se retrouvèrent seules, Moira leva les yeux. Elle tenait le bracelet volé à la main. Elle fit un pas en avant et le déposa sur la courtepointe mauve.

— Je ne peux pas les prendre, cousine Sibylla.

— Mais je veux que tu les prennes, répondit avec douceur Lady Pemberley.

Quelque chose céda en Moira. Elle se sentit en proie à une sorte de vertige. Elle s'assit sur le bord du lit et sentit couler ses larmes brûlantes.

27

Il était une heure un quart lorsque Justin Leigh pénétra dans le hall de la Grange après avoir remisé sa voiture. Ils avaient roulé vite sur le chemin du retour. Et s'il avait trouvé Moira Lane beaucoup moins loquace qu'à l'accoutumée, c'était aussi bien ainsi. Il avait suffisamment à penser par lui-même. A peine avait-il refermé la porte d'entrée derrière lui, qu'à sa grande surprise Dorinda sortit du bureau. Elle s'agrippa à lui et l'entraîna dans la pièce.

— Il faut que je te parle... j'ai cru que tu n'arriverais jamais. C'est vraiment affreux. La police vient de partir et Mr. Winter est en train de se laver les mains.

Justin referma la porte du bureau.

— Qu'est-ce que c'est que ce charabia, chérie ? Qui est ce Mr. Winter, d'abord ?

Dorinda le regarda avec des yeux écarquillés.

— C'est le notaire de Mr. Porlock. C'est le policier de Scotland Yard qui l'a amené... il est arrivé vers onze heures...

Il l'interrompit :

— Tu sais, je ne te demandais pas une biographie.

— Justin, c'est trop affreux. Ils ont téléphoné et ils m'ont demandé de venir, parce qu'il avait apporté le testament de Mr. Porlock. Seulement, bien sûr, il ne s'agit pas de Mr. Porlock, c'est l'Oncle Glen, et il me laisse tout ce qu'il possédait.

Justin émit un sifflement. Puis il dit :

— Pas possible !

Dorinda hocha la tête.

— C'est épouvantable... tu ne trouves pas ?

Justin la regarda d'un air étonné.

— Qu'est-ce qui te fait dire ça ?

Elle était devenue très pâle.

— Justin, je ne peux pas accepter. Avant, il n'avait pas d'argent. Je suis sûre qu'il l'a gagné de manière malhonnête.

— Chantage, ma chère... juste un petit peu de chantage bien innocent.

— Oh, c'est... — Elle hésita un peu, puis finit par lâcher un puéril « dégoûtant ! ». — Je suis heureuse de leur avoir dit dès le début que je n'en voulais pas.

— Tu as dit ça ?

— Oui... aux policiers et à Mr. Winter. Je leur ai dit que je ne comprenais pas comment il avait pu avoir l'idée de me léguer sa fortune. Et Mr. Winter a répondu — c'est un petit bonhomme tout gris, l'air très respectable et aussi diligent qu'une fourmi... bien sûr, les fourmis ne sont pas grises, mais tu vois ce que je veux dire — il a tripoté son pince-nez et il a répondu que son client lui avait signalé qu'il n'avait pas de famille, mais qu'il aimerait instituer légataire une nièce de sa défunte femme... qu'il l'avait perdue de vue, mais qu'elle lui avait laissé le souvenir d'une charmante petite fille. Je suppose que je devrais lui en être reconnaissante, mais quand je pense aux efforts qu'il a faits pour me faire jeter en prison pour vol à l'étalage... eh bien, je ne peux pas. C'était lui, tu sais. C'est ce que le gros policier a dit.

Justin avait pris un air sérieux.

— Que vas-tu faire ?

— Je ne sais pas, répondit-elle, j'attendais de te voir. Mr. Winter dit que cela simplifierait les choses si lui et moi nous homologuions le testament... nous sommes exécuteurs testamentaires. Si je refuse, l'argent reviendra à l'État, et je n'en vois pas l'intérêt. Il dit qu'il vaut mieux l'homologuer et puis, s'il a extorqué de l'argent à des gens, je pourrais le leur rendre. Cette dernière idée n'est pas de lui, d'ailleurs... c'est moi qui y ai pensé. Et puis, s'il reste quelque chose, je pourrais en faire don à une institution quelconque... pour des enfants, par exemple. Alors, je me suis dit qu'il était préférable qu'il exécute le testament.

— Avait-il beaucoup à léguer ? Cela se monte à combien ?

— Il n'est pas encore sûr. Il sait qu'il y a environ cinq mille livres, mais il ne sait pas s'il y a autre chose ou non. Justin, ils veulent que je m'installe ici.

— Pourquoi ?

— Ils disent que ce sera plus facile. Tu sais, je suis un des exécuteurs. Et dans un sens, la maison est à moi. Il n'y a personne ici pour donner les ordres. Mr. Winter aimerait que je reste ici parce que, dit-il, nous sommes responsables de la maison et du mobilier... Oncle Glen avait un bail d'un an. Et la police dit que cela leur faciliterait les choses.

— Ces gens qui sont ici, fit vivement Justin, je trouve qu'ils sont bizarres... et l'un d'eux est un assassin. Je ne veux pas que tu viennes ici.

— Je ne tiens pas particulièrement à venir, mais naturellement, je comprends leur point de vue.

— Que leur as-tu dit ?

— Je leur ai dit que je ne viendrais pas ici à moins d'avoir miss Silver avec moi.

— Miss Silver ?

— Je t'ai dit hier soir que j'aimerais qu'elle soit ici. Si tu étais ici et elle aussi, moi ça ne me dérangerait pas de rester.

— Et Mrs. Oakley ?

— C'est merveilleux. La police est venue l'interroger après le petit déjeuner. Elle m'a demandé de rester dans la pièce. Elle est effroyablement malheureuse et elle a horriblement peur. Je ne peux pas te raconter, mais si j'étais ici, peut-être pourrais-je l'aider un peu. Je veux dire qu'elle craint qu'il y ait quelque chose la concernant dans les papiers d'Oncle Glen... c'est de ça qu'elle a peur. Et tu comprends, si je suis exécuteur testamentaire, j'aurai le droit de les parcourir avec Mr. Winter et, je suppose, la police. Et bien sûr, je ferai tout pour l'aider, la pauvre. Elle a une cervelle d'oiseau, mais elle aime profondément son mari et Marty et elle est absolument terrorisée à l'idée de les perdre.

Justin la regarda bien en face et demanda :

— A-t-elle tué Porlock ?

Dorinda ouvrit des yeux ronds.

— Oh... jamais elle n'aurait fait ça !

— Je n'en suis pas si sûr, répondit-il.

28

Miss Maud Silver arriva à l'heure du thé, vêtue de son manteau de drap noir, de son écharpe de fourrure vieillotte et de son feutre noir orné d'une étoile de mer violette sur le devant et d'un mince ruban noir et violet. Après avoir pris une tasse de thé qu'elle qualifia de rafraîchissante, on la conduisit à sa chambre où elle se débarrassa de ses vêtements de ville et eut une discussion avec Dorinda.

— C'est très gentil à vous d'être venue.

Miss Silver lui adressa un sourire.

— Il est certainement de beaucoup préférable que je sois ici avec vous plutôt que si vous étiez toute seule... Ma chambre est voisine de la vôtre, je crois. C'est bien ainsi, c'est vraiment très bien. Et maintenant, miss Brown, voulez-vous me raconter exactement ce qui s'est passé samedi soir.

Quand Dorinda eut terminé, miss Silver toussota et dit :

— Très clair, très succinct. — Elle jeta un coup d'œil à la montre qu'elle portait épinglée sur le côté gauche de son corsage. — Et maintenant, je pense que je vais descendre. Le sergent Abbott m'a dit qu'il serait ici à cinq heures et il est exactement l'heure.

Le sergent Abbott fut ponctuel. Il sonnait à la porte d'entrée au moment où elles descendaient l'escalier. Il salua miss Silver beaucoup plus comme un neveu que comme un policier et l'entraîna dans le salon, pendant que Dorinda réalisait pour la première fois qu'il était non seulement un jeune homme très séduisant, mais aussi qu'il pouvait être fort humain.

A l'intérieur du bureau, son attitude fut moins que jamais celle d'un policier. Il prit affectueusement miss Silver par les épaules en la conduisant jusqu'à un fauteuil confortable, puis il s'installa lui-même de manière très décontractée sur le bras d'un autre.

— Vous avez bien fait de m'appeler, dit-il. Le chef était fou de rage au début, mais j'ai réussi à le calmer. Le fait est qu'il y a à peu près une demi-douzaine d'individus qui sont dans le bain jusqu'au cou dans cette affaire... et quand je dis jusqu'au cou, je le pense vraiment. Et n'importe lequel a pu poignarder Gregory Porlock... et tous avaient d'excellentes raisons de le faire.

— Mon Dieu ! fit miss Silver.

Elle avait apporté son tricot dans un sac en chintz imprimé, cadeau de sa nièce Ethel. Elle l'ouvrit et en sortit une brassière de bébé à moitié commencée et tricotée dans la laine rose pâle qu'elle avait achetée à l'occasion de sa visite aux grands magasins De Luxe. Les quatre aiguilles se mirent à cliqueter. La brassière s'allongea sans distraire le moins du monde son attention qu'elle tenait fixée sur Frank.

Il hocha lentement la tête.

— Comme vous êtes... « Mon Dieu ! » C'est presque devenu un leitmotiv dans cette affaire. Je présume que vous savez plus ou moins ce qui s'est passé samedi soir.

— Miss Brown m'en a fait un récit très clair.

— Voulez-vous lire les dépositions pour commencer ? Cela ne vous prendra guère de temps. Le chef a accepté que je les apporte après avoir fulminé comme à l'accoutumée.

Miss Silver déposa son tricot et prit connaissance du texte dactylographié dans un silence total que Frank n'essaya pas de rompre. Lorsqu'elle leva les yeux après avoir terminé sa lecture, il lui présenta une autre feuille.

— Ce sont les notes que j'ai prises des différents interrogatoires. Elles contiennent des tas de renseignements.

Elle les lut également.

— Tout cela correspond parfaitement au tableau que m'a brossé miss Brown.

— Oui, elle a la tête sur les épaules et bien qu'elle soit légataire universelle du défunt, elle est une des rares que nous ne tenons pas pour suspectes. Voyons maintenant ceux qui le sont. Je vous en ai dressé une liste et vous allez voir comme tout cela est simple et clair. Allons-y.

Il lui tendit d'autres feuilles dactylographiées et se pencha par-dessus son épaule pour lire à haute voix, se permettant parfois un commentaire ou un éclaircissement.

1. Leonard Carroll. Artiste de cabaret. Intelligent, vif, inspire une totale méfiance.

Miss Silver toussota doucement.

— Je l'ai rencontré.

— Alors, vous connaissez l'oiseau ! Eh bien, il avait un excellent mobile. Porlock le faisait chanter. Pearson a surpris leur conversation... vous savez de qui il s'agit. Il était ici pour essayer de trouver un moyen de pression sur Porlock qui faisait chanter un client de son agence. Le chef le connaît et dit qu'on peut lui faire confiance. Il écoutait aux portes autant qu'il pouvait et comme il le dit lui-même un maître d'hôtel a beaucoup de facilités pour cela. Bref, Pearson a entendu Porlock parler à Carroll. Il lui disait détenir la preuve qu'il avait fourni des renseignements à l'ennemi lors d'une tournée avec un orchestre sur le front en 45. Carroll s'est emporté... visiblement hors de lui, il s'est montré très grossier. Vous avez lu cela... ça figure dans mes notes. Une ou deux heures plus tard, Porlock est poignardé. Maintenant, si vous jetez un coup d'œil à ce plan du hall, vous pouvez voir quelle était la position de chacun lorsque Justin Leigh a rallumé. C'est son plan et personne ne le conteste. Le corps de Gregory Porlock était allongé, les pieds à environ un mètre du pilastre au bas de l'escalier. Il était arrivé là-bas après s'être éloigné du groupe autour de la cheminée et, au moment où les lumières se sont éteintes, il venait de se retourner pour repartir dans leur direction. C'est-à-dire qu'au moment où il a été poignardé, il était face à la cheminée et avait le dos tourné vers l'escalier et la porte du salon. Si l'on regarde le plan, on voit que Carroll était engagé dans l'escalier dont il avait descendu les trois premières marches, et que Tote était debout devant la porte du salon. Maintenant, si Carroll est notre assassin, le raisonnement est qu'en remontant pour aller se laver après avoir joué le rôle du démon, il a laissé en passant une tache de peinture phosphorescente dans le dos de Porlock et qu'il a par la suite éteint les lumières du hall du haut de l'escalier. Puis il s'est laissé glisser le long de la rampe, a poignardé Porlock en plein milieu de la tache lumineuse et il est remonté en prenant les marches deux par deux. C'est tout à fait réalisable. Il n'y avait aucune trace d'empreintes sur le poignard. Soit il portait un gant, soit il a pris le temps de l'essuyer.

Miss Silver émit son habituel toussotement.

— Et sur l'interrupteur ?

— Essuyé aussi. Et c'est une des plus lourdes charges qui pèsent sur Carroll. Un bouton comme celui-là aurait dû être une véritable mosaïque d'empreintes. Or, il était propre comme un sou neuf. Pourquoi quelqu'un l'aurait-il essuyé ? Eh bien, je ne vois qu'une réponse, et il y a un seul individu qui ait eu une raison de le faire... celui qui a éteint les lumières. S'il s'agit de Carroll... et je ne vois pas qui d'autre aurait eu la possibilité d'atteindre ce bouton... alors Carroll est notre homme. Voilà pour lui. Maintenant, nous en arrivons à Tote. Porlock le faisait chanter pour ses activités de marché noir. C'était un des cerveaux. Au dire de tout le monde, il était de fort méchante humeur. Or, comme vous l'avez sans doute noté, Tote ne faisait pas partie de ceux qui sont sortis pour jouer à la charade. Il est resté dans le salon en compagnie de Porlock, de miss Masterman, de Justin Leigh et de Dorinda Brown. Mais ce que nous ignorons, c'est s'il y est resté après que les autres furent sortis pour composer le public de la charade, dans le hall plongé dans l'obscurité. C'est ce qu'il prétend. Aucun des autres ne peut ni le confirmer ni l'infirmer. Gregory Porlock est sorti le dernier de la pièce. Il aurait été le seul à savoir de manière certaine si Tote l'avait suivi. Il aurait pu le suivre. Et il aurait pu lui faire une marque de peinture dans le dos. Tout le monde savait que le pot était à portée de main dans le vestiaire. Et il aurait pu traverser le hall sans être remarqué et se dissimuler derrière la porte de service jusqu'à la fin de la charade, quand tout le monde changeait de place. Il lui aurait alors suffi d'entrouvrir la porte pour pouvoir éteindre les lumières. Bien sûr, rien ne nous prouve qu'il ait agi de la sorte... cet interrupteur est couvert d'un réseau d'empreintes digitales. Et au moment où Leigh a rallumé les lumières à côté de la porte d'entrée, Tote se trouvait sur le seuil du salon, apparemment sur le point de pénétrer dans le hall. Regardez le plan.

Miss Silver toussota et dit :

— Très intéressant.

Frank continua :

— Mais il est possible que ce soit Tote. De la porte

de service, il aurait été en mesure de voir la marque lumineuse dans le dos de Porlock. En effet, il aurait été derrière lui, la porte étant située au fond du hall, dans le prolongement de l'axe de l'escalier. Comme Carroll, il aurait soit porté un gant, soit essuyé le manche du poignard. Et après cela, il lui aurait suffi d'atteindre la porte du salon, de l'ouvrir et de faire demi-tour pour faire croire qu'il venait d'en sortir. Il aurait pu faire ça les doigts dans le nez.

— Mon cher Frank ! fit miss Silver d'un ton réprobateur.

Il lui envoya un baiser du bout des doigts.

— Nous avançons vite... deux assassins en à peu près trois minutes. En voici un troisième. C'est shakespearien, n'est-ce pas ? Premier, Second et Troisième Assassins. Entre le taciturne Masterman, sinistre individu doté du physique de l'emploi, ce qui, en général, n'est pas le cas des assassins. Notre spécialiste de l'écoute, Pearson, n'a pu saisir que quelques mystérieuses paroles à propos d'un testament disparu, mais je pense qu'il y a quelque chose là-dedans. Nous nous sommes activés au téléphone et il apparaît que Masterman et sa sœur ont hérité il y a environ trois mois d'une grosse somme qui leur a été léguée par une vieille cousine qu'ils hébergeaient. Rien d'extraordinaire à cela, mais la mort a été brutale et cela a apparemment donné lieu à des ragots, d'autant plus qu'alors que Masterman a commencé à jeter son argent par les fenêtres, sa sœur a une mine de déterrée et continue à porter de vieux vêtements usagés. D'après ce que j'ai compris, ils tiraient plutôt le diable par la queue avant d'hériter cinquante mille livres chacun d'après les dispositions du testament de la vieille cousine. En rapprochant cela de ce que Pearson a surpris, il semble possible que la cousine Mabel ait fait un second testament et qu'on se soit débarrassé d'elle... ou peut-être seulement du testament. Maintenant, quelles sont les possibilités que Masterman soit notre Troisième Assassin ? Je pense que l'on peut considérer comme acquis que Porlock le faisait chanter. Il jouait dans la charade et avait donc la possibilité de recueillir un peu de peinture phosphorescente... probablement sur un mouchoir. Il avait toutes facilités pour faire une marque sur Porlock, facilement accès à l'interrupteur situé près de la cheminée et n'avait nul besoin d'effacer ses empreintes, puisque tout le monde savait que c'était là qu'il avait rallumé à la fin de la charade. Admettons qu'il ait à nouveau éteint dès qu'il a vu Pearson faire demi-tour au pied de l'escalier. Il lui aurait suffi de traverser le hall pour arriver derrière lui, lui planter le poignard dans le dos et revenir se placer de l'autre côté de la cheminée. Tout cela est très simple... et, comme vous alliez me le faire remarquer, nous n'avons pas l'ombre d'une preuve.

Miss Silver toussota et répliqua pensivement :

— Ce n'est pas ce que j'allais dire. Mais continuez, je vous prie.

Il lui jeta un regard pénétrant. Mais il resta sans réponse.

Frank poursuivit donc son récit.

— Et maintenant, passons à miss Lane. Il est hors de doute qu'elle était soumise à un chantage et c'est une belle jeune femme droite et raffinée qui ne doit guère apprécier ce genre de chose. Pearson a juste entendu quelques mots énigmatiques à propos d'un bracelet. Si c'est là-dessus que portait le chantage, sa réaction a été rapide... voir description de son entrée fracassante dans le salon et la manière dont elle a exhibé un très beau bracelet en racontant à tout le monde à quel point Greg avait été adorable de le récupérer pour elle après qu'elle l'eut perdu. Il ne l'a pas contredite mais nous avons trouvé la facture du bracelet. Il a déboursé une jolie somme. Ce n'était pas vrai, ce que Pearson l'avait entendu lui dire, à savoir que la description complète du bracelet était jointe à la facture. Mais nous avons appelé le bijoutier qui nous a dit que le bracelet lui avait été vendu en novembre par miss Moira Lane. Ça donne à réfléchir, non ? Mais à tout prendre, je ne sais pas très bien à quoi m'en tenir au sujet de Moira. Pour commencer, je ne vois pas comment elle aurait pu éteindre les lumières sans brouiller les empreintes de Masterman.

Miss Silver toussota.

— Une femme peut actionner un interrupteur en ne touchant qu'une portion très réduite de la surface, et si elle utilise un ongle, elle ne laissera pas d'empreinte.

Frank se redressa avec un soubresaut.

— Mais, voilà ! N'importe qui a pu le faire avec un ongle. Quel idiot je fais ! J'essayais de comprendre comment les gens, à l'exception de Masterman, avaient pu actionner cet interrupteur, et la réponse était là, qui me crevait les yeux ! — Il étendit la main et regarda d'un air sombre ses cinq ongles bien soignés, puis il se détendit. — Elle crevait aussi les yeux du chef, d'ailleurs... mais peut-être vaudra-t-il mieux ne pas trop insister. Donc, Moira Lane peut l'avoir fait, de même que... et c'est beaucoup plus vraisemblable... Martin Oakley.

Miss Silver fixa sur lui un œil pétillant d'intelligence.

— Il n'y a pas de déposition de Mrs. Oakley parmi celles que vous m'avez fait lire.

— Non, je l'ai conservée. Nous avons vu Martin Oakley et sa femme de chambre hier, mais elle, nous ne l'avons pas vue avant ce matin.

— Sa femme de chambre ? Avait-elle quelque chose à dire ?

Une lueur malicieuse brilla dans les yeux de Frank Abbott.

— Seulement que Mrs. Oakley s'était rendue coupable de bigamie en épousant Oakley... son premier mari étant Glen Porteous alias Gregory Porlock.

— Mon Dieu !

Frank sortit une nouvelle feuille dactylographiée.

— Elle a écouté une conversation entre sa maîtresse et Gregory Porlock mercredi après-midi. Vous feriez mieux de lire mes notes.

Quand elle eut terminé, elle leva vers lui un regard grave.

— Ainsi, il la faisait chanter aussi, fit-elle.

— Sans l'ombre d'un doute. Elle ne veut pas le reconnaître... elle ne veut rien reconnaître, d'ailleurs. Elle ne fait que pleurer et implorer : « S'il vous plaît, n'en parlez pas à Martin. » J'aurais aimé que vous soyez avec nous, car vous auriez probablement su si elle jouait la comédie. C'est une de ces petites bonnes femmes évaporées... une cervelle d'oiseau, en apparence. Je dis en apparence parce que le chef m'a dit qu'il avait déjà rencontré ce genre de femme et qu'on ne peut jamais savoir. Il affirme qu'elles ont un instinct pour jouer un personnage. Je pense que vous auriez été capable de nous dire si elle était sincère ou non. Et c'est important, parce que tout dépend si elle a informé son mari du retour de Glen Porteous et du chantage qu'il lui faisait subir. Si elle l'a fait, il a un mobile dont n'importe quel jury se satisferait. Si elle ne l'a pas fait, il n'a plus aucun mobile. Porlock était son ami et ils avaient des intérêts communs. Il n'avait pas le moindre mobile... si Mrs. Oakley avait gardé le silence. C'est ce qu'elle dit. C'est aussi ce que prétend Martin Oakley, mais quoi d'étonnant à cela? Je dois reconnaître que son numéro était tout à fait convaincant... stupéfaction, amertume, colère et pour clore le tout, quelque chose qui, pour un type dans son genre, ne doit pas être très éloigné de l'accablement. Si tout cela était feint, c'est un acteur de premier ordre. En ce qui concerne le côté pratique, il aurait fort bien pu éteindre les lumières et poignarder Porlock, au même titre que n'importe lequel de ceux qui étaient autour de la cheminée. Et nous en arrivons à Mrs. Oakley.

— Oui ?

Frank hocha la tête.

— Elle avait sans aucun doute un mobile et les mêmes possibilités d'action que les autres. Elle était à proximité immédiate du corps lorsque les lumières se sont rallumées. Tout le monde s'accorde à dire qu'elle avait l'air hébétée. Elle s'est laissée tomber sur les genoux à côté de lui et a commencé à hurler son nom, l'appelant Glen et criant : « On l'a tué. » Quant à savoir si elle avait l'intelligence nécessaire pour préparer ce meurtre — car il a été élaboré avec le plus grand soin —, c'est une autre question. A priori, on ne le dirait pas. Le chef n'en est pas persuadé. Je pense qu'il est impressionné par son mobile. Il dit que c'est étonnant ce qu'une femme menacée de perdre son mari et son fils est capable de faire.

Miss Silver avait repris son tricot. Les aiguilles cliquetaient.

— Les femmes répugnent à utiliser le poignard — dans ce pays en tout cas — à moins qu'il ne s'agisse d'une arme attrapée dans le feu de la dispute. Or le coup avait été prémédité et le poignard soigneusement choisi. Je ne prétends pas qu'aucune femme ne soit capable de commettre une telle action, mais je pense que seule une femme exceptionnelle choisirait ce moyen pour se sortir d'une situation délicate. La femme que miss Brown et vous-même m'avez décrite me paraît beaucoup plus susceptible d'aller larmoyer sur l'épaule de son mari et de s'en remettre totalement à lui. Bien sûr, je n'ai pas encore vu Mrs. Oakley, alors que l'inspecteur principal a déjà eu l'occasion de le faire. J'ai beaucoup de respect pour son jugement et suis prête à épouser ses conclusions, mais la nature humaine est bien imprévisible.

Frank Abbott éclata de rire.

— Il adore ça, que vous tombiez d'accord avec lui ! Ce qui n'est pas souvent le cas, n'est-ce pas ? Bon, voilà donc tous nos suspects. Pearson n'était pas sur les lieux et, comme il a pris soin de nous l'expliquer, la défense des intérêts d'un client aurait difficilement pu aller jusqu'à un meurtre. En ce qui concerne les autres, miss Masterman est considérée comme possible et je suppose qu'il en est de même de Mrs. Tote, mais le chef ne croit à la culpabilité ni de l'une ni de l'autre. Justin Leigh n'avait pas le moindre mobile et Dorinda Brown — elle est certes légataire universelle, mais il semble absolument impossible qu'elle ait pu avoir connaissance des dispositions testamentaires. Donc, il nous reste Carroll, Tote, Masterman, Oakley et Mrs. Oakley et Moira Lane.

Il y eut un bref silence. La brassière s'enroulait. La couleur était vraiment ravissante. Miss Silver paraissait concentrer son attention sur ses aiguilles. Puis, sans cesser de tricoter, elle leva soudain les yeux et demanda vivement :

— Y avait-il un feu dans le hall ?

— Oui, je crois.

— Alors, que donnait-il comme éclairage ? En passant, j'ai remarqué qu'il y avait un bon feu de bois. Un tel feu aurait certainement répandu énormément de lumière. Cela pourrait être important pour savoir si Mr. Tote a pu traverser le hall sans que personne le remarque et...

Frank Abbott l'interrompit.

— Oui, je sais... vous pensez à tout, n'est-ce pas ? J'aurais dû vous signaler que le feu avait été éteint.

— Par qui ?

— Par Masterman, d'après les instructions de Carroll. Carroll avait besoin de supprimer la lumière du feu pour sa charade. Il voulait que le hall soit plongé dans l'obscurité, avec une unique lampe sur la tablette de la cheminée disposée de manière à jouer le rôle d'un projecteur. Ils l'avaient entourée d'un cône de papier brun et inclinée de manière que le faisceau lumineux prenne les gens un par un au fur et à mesure qu'ils arrivaient à la dernière marche et tournaient au niveau du pilastre. D'après Leigh, l'effet était saisissant. Ils arrivaient en bas de l'escalier, traversaient la zone lumineuse et en sortaient pour se perdre dans les ténèbres du fond du hall. Masterman était responsable de l'éclairage. Carroll lui a demandé d'éteindre le feu. Il était également le premier dans la procession et après avoir joué son rôle, il a fait le tour du hall en longeant les murs pour revenir auprès de l'âtre et être prêt à rallumer à la fin de la représentation. Ce qui me fait dire que Tote aurait pu traverser le hall sans être remarqué, c'est que personne n'a prêté attention à Masterman lorsqu'il a rebroussé chemin, de la porte de service à la cheminée. Ils étaient bien sûr tous en train de regarder la charade, mais cela montre que Tote aurait pu passer. Tout le monde se déplaçait et personne ne pensait à lui.

Miss Silver continuait à tricoter.

— C'est exact, fit-elle. Il y a maintenant une question de la plus haute importance que j'aimerais soulever. Le dos de Mr. Porlock portait une marque de peinture phosphorescente. De quelles dimensions était cette tache ?

— Huit centimètres sur dix environ. C'était une tache de forme irrégulière, pas un cercle. Il n'y a aucun doute sur sa raison d'être.

— Non, répondit miss Silver. C'est vraiment choquant. Mais cette peinture doit avoir été transportée de manière à éviter qu'elle se répande et qu'elle laisse des traces non seulement sur la victime mais aussi sur l'assassin. Vous-même avez suggéré un mouchoir. Je serais assez portée à être d'accord avec vous. A-t-on trouvé un mouchoir ?

— Non.

— Si le feu était éteint, le mouchoir n'a pas pu brûler. Quelqu'un a-t-il quitté le hall avant l'arrivée de la police ?

— Non. Leigh les a tous obligés à rester. C'est un type très capable... il n'a laissé personne sortir du hall. Mais je crains que lorsque Hughes est arrivé, la fouille qu'il a effectuée n'ait guère été poussée. Il a mis les femmes dans une pièce à part pendant qu'il envoyait chercher une fouilleuse et il a fait fouiller les hommes pour rechercher des taches de sang ou des marques de peinture. Il n'y avait pas la moindre tache de sang, ni sur les hommes ni sur les femmes... il n'y a pas eu d'effusion de sang. Carroll avait des taches de peinture phosphorescente, ainsi que Moira Lane et Masterman. Mais cela ne prouve absolument rien. Carroll en était couvert avec son maquillage de démon et à la fin de la charade il a serré miss Lane dans ses bras. Carroll a jeté son masque couvert de peinture sur la table du hall et miss Lane y a également jeté ses affaires. Elle portait une robe de velours rouge sous son déguisement et sur l'épaule gauche elle avait une marque... encore humide. Masterman avait des traces sur son poignet droit. Il aurait pu se les faire en poignardant Porlock, mais apparemment ce n'est pas le cas. Moira Lane dit qu'il a montré du doigt la marque qu'elle avait sur l'épaule. Elle dit qu'il l'a frôlée de la main avant de s'écrier : « Mais vous êtes pleine de peinture. Je m'en suis mis sur le poignet. Vous feriez mieux de l'enlever. » C'était avant l'arrivée de Hughes.

— Mon cher Frank !

— Oui... je sais. C'est exactement ce qu'il aurait pu faire s'il avait remarqué une éclaboussure qui aurait nécessité des explications. Mais par ailleurs, il l'a effectivement frôlée de la main et elle avait une grande tache humide sur l'épaule. Je ne vois pas ce que cela pourrait lui apporter vis-à-vis d'un jury de s'être taché volontairement... c'est vrai, non ?

— Effectivement... à moins qu'il n'y ait d'autres preuves à l'appui. Quelqu'un d'autre portait-il des traces de peinture ?

— Non, personne. Je pense que l'on peut faire confiance à Hughes pour cela. Ce qui ne lui était pas venu à l'esprit, c'était la question du transport de la peinture. Je pense que pour lui la culpabilité de Carroll ne faisait pas le moindre doute et il a considéré comme acquis que la marque lumineuse sur le dos de Porlock avait été laissée par une main pleine de peinture. Les mains de Carroll en étaient couvertes et il était monté pour se les laver. Un raisonnement tout simple qui a paru parfaitement satisfaisant à Hughes, si bien qu'il n'a pas cherché en dessous de ce qu'on pourrait appeler la surface des mouchoirs des hommes. Je pense que la peinture se serait vue si elle avait été sur un de ces petits carrés légers de mousseline que les femmes laissent tomber partout... elle aurait traversé le tissu..

Miss Silver toussota doucement.

— Mon garçon, ce n'est pas de la mousseline... de la batiste ou de la toile.

Il haussa un sourcil très pâle.

— Appelez-les comme vous voulez... la peinture aurait traversé le tissu. Mais un mouchoir d'homme aurait pu être soigneusement replié de manière à dissimuler une tache de peinture. Hughes a eu l'air ahuri quand je lui ai demandé s'il avait fait étaler tous les mouchoirs. Il ne l'avait pas fait. On suppose que tout homme a un mouchoir sur lui... on considère ça comme acquis. Pas vous, peut-être, mais Hughes, oui. Ce qui a laissé à l'assassin pratiquement vingt-quatre heures pour se débarrasser de l'objet compromettant. Avant que je pense à rechercher un mouchoir et que je demande à Hughes de passer la maison au peigne fin, il ne lui restait naturellement plus rien sur quoi mettre la main.

Miss Silver reposa son tricot et se leva.

— J'aimerais aller dans le hall, mais auparavant pouvez-vous me dire quels résultats vous avez obtenus en matière d'empreintes digitales ?

— Je pense vous avoir dit ce qu'il en était pour les quatre interrupteurs. Celui du haut de l'escalier avait été essuyé. Celui de la porte de service était un inextricable fouillis. Celui de la cheminée portait les empreintes de Masterman et celui de la porte d'entrée celles de Justin Leigh... avec d'excellentes raisons pour leur présence. Le manche du poignard avait été essuyé... il ne portait aucune empreinte...

Il s'arrêta sous le regard scrutateur de miss Silver.

— Vous n'avez pas découvert d'autres empreintes ?

Il fronça à nouveau les sourcils.

— Quelles autres empreintes aurait-il fallu prendre ? La plupart de ces gens étaient invités pour le week-end. Les autres étaient venus pour le dîner et avaient fait des allées et venues dans le hall. On aurait retrouvé des empreintes partout et cela n'aurait rien prouvé.

Miss Silver toussota, ramassa le plan de Justin Leigh et se dirigea vers le hall suivie de Frank.

La pièce était vide. Les bougies électriques répandaient une lumière douce sur les dalles de pierre et les deux longs tapis de Perse qui les recouvraient. Mais miss Silver ne regardait pas le sol. Elle se dirigea vers la cheminée et s'immobilisa, les yeux levés vers la panoplie d'armes qui surmontait la tablette de pierre de la cheminée. Accroché sur le large manteau en saillie, on aurait dit quelque décoration militaire épinglée sur une étoffe grise et rêche, car le manteau de la cheminée était en pierre comme le chambranle et interrompait les boiseries murales. Il y avait de vieux fusils à pierre, quatre lourds pistolets et des poignards disposés en demi-cercle. Il y avait un vide à la place de celui du bas. Miss Silver contempla longuement l'endroit où manquait le poignard.

Puis elle se retourna et regarda en direction de l'escalier. Elle tourna à nouveau la tête et dirigea son regard vers l'interrupteur situé à gauche de la cheminée puis le fixa de nouveau sur l'escalier. En entendant un bruit de voix qui s'approchaient, elle regagna le bureau. Après s'être installée et avoir repris son tricot, elle demanda :

— Combien mesurez-vous, Frank ?

La question parut le surprendre.

— Un mètre quatre-vingts.

— Mr. Masterman doit être légèrement plus grand ?

— Oui, répondit-il, Oakley et Masterman sont tous deux un peu plus grands... un mètre quatre-vingt-trois environ. Justin Leigh doit faire encore deux centimètres de plus. Moira Lane mesure facilement un mètre soixante-quinze... Dorinda Brown n'est pas tout à fait aussi grande. Mrs. Oakley est à peu près de votre taille. Tote ne mesure pas plus d'un mètre soixante-dix.

— J'ai remarqué avec grand plaisir qu'il y avait de la poussière sur la tablette de cheminée, dit-elle. Énormément de poussière, même. C'est beaucoup plus que je n'espérais, mais il semble que l'on n'ait pas vraiment fait le ménage dans le hall.

— Je ne pense pas qu'il ait été fait, répondit Frank Abbott en riant. Pearson a eu la sagesse de ne toucher à rien avant notre arrivée et je lui ai demandé de continuer ainsi jusqu'à nouvel ordre. C'est vrai, j'avais oublié de vous le signaler.

Miss Silver lui adressa un sourire.

— Nous avons vraiment beaucoup de chance.

Il était assis à califourchon sur une des chaises droites, ses bras croisés sur le dossier.

— Bon, où voulez-vous en venir ?

Elle continuait à tricoter rapidement.

— J'espère qu'il nous sera possible de relever des

empreintes qui s'avéreront peut-être excessivement importantes. J'aimerais que vous téléphoniez pour demander que l'on envoie immédiatement quelqu'un. Voulez-vous le faire ?

Il lui jeta un regard perçant.

— En aveugle ?

Elle lui sourit de nouveau. Le sourire de miss Silver avait un charme tout à fait extraordinaire. Il s'était déjà attaché bien des cœurs et était venu à bout de bien des réticences. Frank Abbott était séduit depuis longtemps. Ce jeune homme peu enclin à des débordements d'enthousiasme ne cachait pas son attachement à sa « préceptrice vénérée ». Il avait également une entière confiance en son jugement. Aussi, lorsqu'elle lui répondit d'un ton pincé : « Je ne crois pas qu'il y ait de temps à perdre », il se leva, se dirigea vers le bureau et décrocha le récepteur téléphonique.

Après le déclic mettant fin à la brève conversation qui suivit, il revint à sa place et dit :

— Voilà, Madame, vos désirs sont des ordres ! Ai-je mérité quelques explications ou bien devrai-je attendre l'explosion finale ?

Cette fois elle ne sourit pas. Elle leva les yeux de ses aiguilles et de la laine rose pâle et répondit :

— Je ne demande qu'à vous expliquer. Mais auparavant, voudriez-vous retourner dans le hall pour mesurer la distance entre le sol et l'endroit où devait se trouver le manche du poignard manquant ?

— Ah... c'est donc cela. D'accord.

Il sortit et revint quelques instants plus tard.

— Un mètre quatre-vingt-cinq, à peu de chose près. Je présume que ce n'est pas une question de centimètres.

— En effet. Je pense que vous avez compris où je veux en venir. Le chambranle de pierre qui coupe le manteau de la cheminée et sert de tablette se trouve, disons, trente à trente-cinq centimètres plus bas. La profondeur est de l'ordre de trente-cinq centimètres. Il m'est venu à l'esprit qu'il était peu probable que quelqu'un tende le bras par-dessus le chambranle pour décrocher un objet placé un peu plus haut sans poser une main sur ce rebord. Naturellement, vous allez m'objecter que n'importe lequel des invités aurait pu s'appuyer sur ce rebord sans que cela ait quelque chose à voir avec le meurtre. Mais si nous relevons les empreintes d'un suspect, leur position et leur orientation pourraient fournir un indice supplémentaire.

Il hocha lentement la tête.

— Avez-vous autre chose dans votre sac à malices ?

Le sourire réapparut sur les lèvres de miss Silver.

— Je pense. Nous savons qu'au moment où Gregory Porlock a été poignardé tous les suspects étaient présents dans le hall à l'exception de Mr. Tote qui, soit était dans le salon, soit attendait derrière la porte de service, et de Mr. Carroll qui était monté pour se laver les mains et se trouvait sur la troisième marche à partir du haut de l'escalier lorsque la lumière est revenue après le meurtre. Si nous prenons pour hypothèse — et je pense qu'il le faut — que c'est le meurtrier qui a éteint les lumières, Mr. Carroll, s'il s'agit de lui, aurait pu le faire en utilisant l'interrupteur situé au sommet de l'escalier. Selon toute probabilité, Mr. Tote, s'il s'agit de lui, a utilisé l'interrupteur de la porte de service au fond du hall. Ces probabilités sont si fortes qu'elles en deviennent presque des certitudes. Pour tous les autres, il n'existait qu'un interrupteur qui fût à la fois facile d'accès et dont, en raison des allées et venues du groupe autour du feu, on pouvait s'approcher sans trop attirer l'attention. Je parle bien entendu de celui qui est situé à gauche de la cheminée. Maintenant, mon cher Frank, réfléchissons à la situation. Laissons de côté Mr. Carroll et Mr. Tote pour l'instant et supposons que le meurtrier fasse partie du groupe qui était autour du feu. Il est prêt à passer à l'action. Il a fait sa marque dans le dos de Gregory Porlock pour être sûr d'atteindre un endroit vital dans l'obscurité. Il éteint les lumières. Mais il ne faut pas oublier que Mr. Porlock, après s'être dirigé vers l'escalier, avait déjà fait demi-tour et revenait sur ses pas. En d'autres termes, il faisait face à l'assassin et la tache de peinture lumineuse qu'il avait dans le dos n'était donc pas visible. Que pouvait faire l'assassin ? Je pense qu'il a dû traverser le hall aussi rapidement que possible, une main tendue devant lui jusqu'à ce qu'il rencontre l'escalier. Ce mouvement l'aurait amené derrière sa victime et à une faible distance. La tache lumineuse se serait alors trouvée juste devant lui après qu'il ait fait demi-tour et il lui aurait suffi de faire un pas en avant pour pouvoir frapper sa victime.

— Vous pensez donc que nous pourrions découvrir une empreinte de la main de l'assassin sur les boiseries latérales de l'escalier ?

— Ou bien sur la rampe. Je ne sais pas exactement quelle hauteur atteint l'escalier à l'endroit situé juste à l'opposé de l'interrupteur.

— Cela vaut la peine d'essayer, fit pensivement Frank Abbott. Mais s'il portait des gants, ce sera un fiasco.

Miss Silver toussota.

— Il me paraît fort improbable qu'il ait porté des gants. A ce propos, je présume que vous n'avez pas découvert de gant.

— Non.

— Il aurait probablement été taché de peinture. Mais je ne pense pas que l'assassin ait porté des gants. Il aurait eu trop peu de temps pour s'en débarrasser. Il était beaucoup plus simple et moins risqué d'essuyer le manche du poignard. Pour en revenir à d'éventuelles empreintes sur les boiseries de l'escalier, il me paraît probable qu'il s'agit d'une empreinte de main gauche, puisque la main droite tenait le poignard ou était prête à s'en saisir sans perdre une seconde.

Une lueur d'admiration brillait dans les yeux bleus et froids de Frank Abbott.

— Avez-vous d'autres atouts dans votre jeu ?

— Mon cher Frank !

— J'aimerais le savoir. Vous connaissez les réactions du chef quand on lui coupe l'herbe sous le pied.

— Mon *cher* Frank !

Ses yeux étaient remplis d'une admiration taquine.

— Allons... d'homme à homme, c'est bien tout ?

Miss Silver se sentait pleine d'indulgence envers le jeune homme. Elle le gratifia d'un sourire empreint de douceur, toussota et répondit :

— Oui, pour l'instant.

29

La soirée qui suivit devait être curieuse. Les invités, qui avaient déjà formé un groupe composite plus ou moins bien amalgamé grâce à la personnalité riche et joviale de Gregory Porlock, réalisaient, maintenant qu'il était mort, qu'il n'y avait absolument rien qui puisse les rapprocher. Si le lien qui les avait plus ou moins réunis au départ avait été la peur, elle avait été camouflée sous tout ce que les impératifs de la vie en société pouvaient imposer. Ou, pour employer une autre image, si le courant restait glacé au fond, il y avait eu quelques reflets brillants en surface. Il ne restait plus qu'un assemblage d'individus apeurés et mal à l'aise, contraints de supporter la compagnie des autres et affreusement conscients que la menace suspendue au-dessus de leurs têtes allait encore s'appesantir avant de s'envoler et que pour l'un d'entre eux elle ne s'envolerait très probablement jamais.

Justin Leigh se trouvait en l'occurrence un peu en marge de toute cette morosité et à même d'apprécier la manière dont Dorinda remplissait un rôle nouveau et difficile. Elle était la maîtresse de maison, mais il convenait de ne pas trop le faire sentir. Elle s'en acquittait avec calme et simplicité… comme une jeune fille appelée à prendre la place d'une aînée. Elle se montrait pleine de considération souriante à l'égard de miss Masterman, au visage sombre et aux traits tirés, et de Mrs. Tote, qui ressemblait plus que jamais à une souris... une souris très malheureuse qui avait pleuré comme une madeleine.

Miss Masterman n'avait pas la moindre réaction. Tout son être était maintenant obnubilé par l'attente de la réponse à la lettre qu'elle avait envoyée. Toute son intelligence, toute sa sensibilité, toute sa conscience attendaient impatiemment l'instant où elle se sentirait libérée du fardeau qui avait pesé sur elle tout au long de ces intolérables mois. Seule dans cette assemblée, elle n'était pas concernée au premier chef par la mort de Gregory Porlock. Il n'y avait pas place dans son esprit pour autre chose que l'attente de la délivrance.

Miss Silver fut probablement la seule à apprécier son dîner. Elle prisait fort la bonne nourriture et même la présence d'un mort dans la maison ne parvenait pas à rabaisser à ses yeux la cuisine absolument hors pair de Mrs. Rodgers. Lorsqu'ils se retirèrent dans le salon, elle prit son tricot. La brassière rose pâle, presque terminée, éveilla une vague lueur d'intérêt dans l'œil de Mrs. Tote. Avant même de s'en rendre compte, elle avait commencé à raconter à cette petite femme rassurante et mal fagotée toute l'histoire d'Allie et du bébé d'Allie et à lui confier qu'elle espérait qu'il y en aurait un autre. « Pas trop tôt, je ne suis pas d'accord, mais il n'est pas souhaitable non plus de trop attendre, parce que si on en arrive à des écarts de plusieurs années comme c'est le cas maintenant, où est la compagnie pour les enfants ? Ce sont tous des enfants uniques, si l'on peut dire, et en fin de compte ce dont un enfant a besoin, c'est de compagnie et non d'un tas de grandes personnes sur son dos. Un enfant a besoin d'autres enfants pour faire les fous, se bagarrer et se réconcilier. Personnellement, je n'en ai eu qu'un seul... enfin, un seul qui ait survécu, mais je sais ce qu'il leur faut. »

Miss Silver tombant d'accord avec elle, elles se lancèrent dans une discussion sur les points de tricot.

Miss Masterman avait pris un journal. Elle ne le lisait pas, mais lorsque l'on tient un journal, les gens vous laissent tranquille et tout ce qu'elle voulait, c'était qu'on la laisse tranquille.

Moira Lane se détourna du feu, fixa les yeux sur Dorinda et lui dit :

— Venez donc me parler. — Puis elle se mit à rire. — Pour l'amour de Dieu, conduisons-nous comme des êtres humains ! Je ne crois pas que vous soyez coupable et j'espère que vous ne pensez pas que je le suis, mais si vous le pensez, autant me le dire tout de suite. Allons nous asseoir sur l'autre canapé et cessons de n'être que politesse et inhibition. A votre avis, qui a fait le coup ? Je n'ai pas honte de dire que l'assassin, quel qu'il soit, a fait du bon boulot. Greg était un sale type. Si c'est votre oncle, je n'ai probablement rien à vous apprendre à ce sujet.

Dorinda plongea son regard dans les yeux bleus pétillants. C'était un pétillement provocant. Elle pensa à Murjâne dansant devant le chef des quarante voleurs et lui plongeant un poignard jusqu'à la garde dans la poitrine. Un sentiment d'horreur l'envahit. Il perça dans sa voix lorsqu'elle répondit :

— Pas mon oncle... le mari de ma tante.

Le rire de Moira résonna.

— Qu'importe qui il était. C'était un salaud ! Et vous êtes bourrée de complexes. Essayez de vous en débarrasser, vous vous sentirez beaucoup mieux. A quoi pensiez-vous juste à l'instant, quand vous aviez ce regard horrifié ?

— A Murjâne et au chef des quarante voleurs... *Les Mille et Une Nuits*... quand elle le poignarde.

Moira était en train d'allumer une cigarette. Sa main était ferme comme un roc. La flamme de l'allumette mordit le papier et s'attaqua aux brins de tabac blond. Elle jeta l'allumette dans le feu et tira sur sa cigarette jusqu'à ce que toute l'extrémité rougeoie. Ce n'est qu'alors qu'elle tourna un regard intéressé vers Dorinda.

— Vous savez, je crois que vous êtes intelligente, parce que je me vois très bien faire ça. Elle dansait, n'est-ce pas ? En effet, je crois qu'on arriverait à s'exciter en dansant... vous ne pensez pas ? Bien sûr, il faudrait haïr suffisamment cet homme pour commencer, mais quelle que soit la haine que je pourrais vouer à un homme, je ne pourrais pas lui planter un couteau dans le ventre de sang-froid... vous pourriez ? Ça me donne des frissons partout rien que d'y penser. Mais il doit être possible d'arriver à se mettre en condition avec une bonne musique où l'on tournoie et ce genre de danse où l'on va plus vite, de plus en plus vite...

Elle s'interrompit, assez pâle.

— Vous avez dit que j'étais intelligente, fit vivement Dorinda, eh bien, je vais vous dire que vous êtes idiote. C'est idiot de parler ainsi et vous devriez avoir assez de jugement pour le comprendre sans qu'on vous le dise.

Moira exhala un petit nuage de fumée. Elle haussa ses sourcils soignés.

— Vous allez raconter ça à la police ? demanda-t-elle d'une voix indolente.

— Arrêtez de dire des bêtises ! répliqua sèchement Dorinda, comme si elles avaient été toutes deux des collégiennes.

— Cela pourrait les intéresser, reprit la voix indolente.

— Je ne pense pas.

Moira se mit à rire.

— Vous savez, je crois que je vous aime bien.

— Merci !

— Ce n'est pas la peine d'être sarcastique... je le pense vraiment. Je ne devrais pas, parce que je suppose que vous êtes ma rivale abhorrée. Justin est amoureux de vous, n'est-ce pas ?

— Oh, *non* !

Dorinda n'avait pas rougi. Mais elle était devenue toute pâle. Les yeux brun doré fixaient Moira avec une candeur totale.

— Oh, *non*... non, ce n'est pas vrai !

Moira paraissait très amusée.

— Il ne vous l'a pas dit ?

Dorinda releva la tête.

— C'est mon cousin et il a été très bon pour moi. Je l'aime énormément et j'espère qu'il m'aime bien.

— Continuez à espérer ! fit Moira. — Puis elle se mit à rire. — Personne ne vous a jamais dit qu'il vaut mieux dire la vérité... à moins de pouvoir inventer un mensonge vraiment convaincant ? Ce que vous êtes incapable de faire. Moi, je peux, mais je n'en ai pas l'intention. J'aurais aimé avoir Justin moi-même, mais je ne l'aurai pas. J'aurais pu si vous n'aviez pas existé. — Elle exhala un autre petit nuage de fumée. — Cela ne veut pas dire que je prends les choses au tragique et vous n'avez pas besoin de fermer votre porte à clé pour le cas où vous auriez peur que je me glisse dans votre chambre au milieu de la nuit avec un autre de ces poignards entre les dents. Mais je pense que ça aurait marché avec Justin et j'ai dans l'idée qu'il n'aurait pas été contre, s'il n'y avait eu une Dorinda Brown. Alors, c'est une bonne chose que je vous aime bien, non ?

Dorinda paraissait troublée.

— Moira...

— Oui ?

— Nous ne nous connaissons pas du tout... et regardez comme nous parlons. Je crois que je sais pourquoi.

— Ah, bon... pourquoi ?

Dorinda frappa ses mains l'une contre l'autre.

— C'est parce que tout cela est vraiment trop

affreux. Nous ressentons le besoin d'autre chose... de quelque chose qui nous permette d'oublier à quel point tout cela est horrible. Un des moyens pour y parvenir consiste à divaguer. C'est pour ça que vous m'avez dit ce truc idiot... à propos d'entrer dans ma chambre avec un poignard. Un autre moyen consiste à parler de Justin. Cela procure une sensation — elle hésita un instant puis trouva le mot qu'elle cherchait — d'irréalité. C'est comme si nous étions transportées dans une pièce de théâtre... Tout cesse d'être réel et... effrayant.

Moira ne la quittait pas des yeux. Puis elle fit sèchement :

— Vous êtes loin d'être bête, hein ? En d'autres termes, nous dramatisons la situation pour mieux la contrôler. Ce qui serait fâcheux, ce serait de nous laisser prendre au jeu !

Le café était servi au salon. Pearson en ayant informé Justin Leigh, les hommes pénétrèrent lentement dans la pièce. Miss Silver, qui avait été à l'origine de cette communication, les observa attentivement. Mr. Carroll avait énormément bu pendant le dîner. S'il avait été seul, il est probable qu'il aurait bu encore plus, de là le mot qu'elle avait touché à Pearson au moment où les femmes traversaient le hall. En tant que femme, elle déplorait l'intempérance sous toutes ses formes. En tant que détective, elle n'avait aucune objection à ce qu'il boive suffisamment pour que l'alcool lui délie la langue, mais le laisser s'abrutir d'alcool dans la salle à manger ne pouvait servir aucun de ses desseins. Elle s'était demandé jusqu'à quel point il se soumettrait à la pression sociale et fut soulagée lorsqu'il pénétra dans le salon, le visage légèrement congestionné et paraissant plus tordu que jamais, mais sans que rien d'autre révèle qu'il avait bu à peu près deux fois plus que les autres.

Quand Mr. Masterman et Justin Leigh entrèrent,

elle se mit à réfléchir sur le contraste qu'ils présentaient... contraste d'autant plus frappant que la même description superficielle aurait pu s'appliquer aux deux. Ils étaient tous deux grands et bruns, mais là s'arrêtait la similitude. Mr. Leigh avait de la distinction. D'un commun accord, personne ne s'était habillé pour dîner. Miss Silver s'en était réjouie. Le noir et le blanc de la tenue de soirée masculine tendent à estomper les marques de goût vestimentaire qui se révèlent parfois de précieux indices pour la compréhension de la personnalité de quelqu'un. Le complet gris de Mr. Leigh n'était pas seulement parfaitement coupé, il semblait presque faire partie intégrante de lui-même. Mr. Masterman ne partageait pas ce don de faire oublier ses vêtements. Ceux-ci donnaient à miss Silver l'impression d'être trop neufs et d'avoir coûté beaucoup plus que ce qu'il avait eu l'habitude de dépenser. Cela tenait peut-être au fait qu'on aurait pu rencontrer sans étonnement Mr. Masterman lui-même dans certains endroits où ses vêtements auraient immédiatement attiré l'attention... par exemple derrière un comptoir de banque ou dans un des bureaux de la Cité de Londres. Il semblait en fait y avoir un décalage.

Le complet de Mr. Tote avait dû lui coûter les yeux de la tête, une des principales lignes de conduite de Mr. Tote à cette époque consistant à acheter dans les maisons les plus chères, opération qu'il qualifiait « avoir ce qui se fait de mieux ». Sa silhouette ne s'était malheureusement pas montrée à la hauteur de la situation. Il est plus que possible que son tailleur se soit laissé aller au découragement. C'est sans nul doute ce qu'il aurait fait s'il avait pu prévoir que Mr. Tote blesserait les convenances vestimentaires et ferait injure à la discrétion de son complet sombre en s'affublant d'une cravate d'un vert agressif ornée d'une profusion de fers à cheval jaunes.

Mr. Carroll était vêtu de brun. Ce n'était pas tout à

fait la teinte qui convenait. Miss Silver estimait qu'elle était un peu trop franche pour être vraiment de bon goût. Quel coloris bizarre ! Et cette cravate et cette pochette orange... bien mal assorties.

Elle-même portait sa robe de l'été dernier qu'elle avait teinte en violet et sa jaquette de velours noir qu'elle emportait toujours lorsqu'elle allait dans une maison de campagne en hiver. Il pouvait y avoir le chauffage central, mais il était parfois capricieux. Elle avait une chaîne en or autour du cou et portait une broche de chêne d'Irlande en forme de rose et ornée en son centre d'une grosse perle.

Avec ce parfait sens des convenances qui lui permettait de jouer son rôle de maître d'hôtel avec tellement de dignité, Pearson avait déposé le plateau à café devant miss Brown, après avoir approché une petite table. Dorinda, rougissant légèrement, saisit la lourde cafetière et commença à aller de l'un à l'autre, s'arrêtant pour demander s'ils voulaient du lait ou du sucre. Elle avait la sensation que le silence contraint qui s'était installé était plus difficile à rompre qu'un brouhaha de conversations. Mrs. Tote avait cessé de parler d'Allie et du bébé dès que son mari était entré dans la pièce. Elle ne parlait de rien d'autre, car aucune des autres pensées qui se bousculaient dans sa tête n'était le genre de chose dont on peut parler dans un salon rempli d'étrangers. On ne peut pas dire : « Peut-être que mon mari est un assassin », ou même : « Peut-être la police le pense-t-elle. » Pourtant, dès l'instant où elle cessa de parler d'Allie, ces pensées noires et glacées affluèrent et lui obscurcirent l'esprit. Elle se mit à trembler dans cette obscurité. Peut-être n'était-elle pas la seule. Justin avait son idée là-dessus. Il était venu en aide à Dorinda et avait résolu son problème en faisant passer à la ronde le lait et le sucre, dans le sillage de Mr. Masterman qui prenait les tasses. Quand tout le monde fut servi, à l'exception de miss Masterman qui avait refusé d'un monosyllabe et continuait à se dissimuler derrière l'écran de son journal, il revint déposer le pot à lait et le sucrier et prit place entre les deux jeunes filles sur le canapé. Le silence s'était encore épaissi. Dorinda avait la sensation que si quelqu'un se mettait à parler, quelque chose risquait de se briser.

Miss Silver prit la parole : « Ce café est délicieux. » Elle parcourut des yeux l'assemblée, comme pour recueillir des appréciations. « Vraiment délicieux, n'est-ce pas ? »

Personne ne lui répondit.

Mr. Masterman était debout, le dos tourné vers le feu ; sa tasse reposait sur la tablette de la cheminée. Mr. Tote avait pris un fauteuil et le *Times*. Mr. Carroll déambulait, la tasse à la main, comme un insecte cherchant un endroit où se poser. Il était arrivé au bord du groupe lorsqu'il éclata d'un rire strident.

— Délicieux café ! Délicieuse assemblée ! Et, bon Dieu... quelle délicieuse soirée en perspective !

Moira lui jeta un regard froid.

— Tu vas te rendre ridicule pour arranger les choses ? Quelle bonne idée !

Ses petits yeux brillants se fixèrent sur les siens pendant un instant. Il y avait une lueur de méchanceté si vive qu'elle en resta tout interdite. Si elle avait été un autre genre de femme, elle aurait pu prendre peur. En l'occurrence, elle se mit aux aguets. « Il sait quelque chose. Que sait-il ? Que va-t-il faire ? » Un sourire sarcastique flotta sur ses lèvres.

L'épaule gauche de Carroll, qui paraissait toujours un peu plus haute que la droite, eut une brève secousse et il s'éloigna. Son rire strident résonna à nouveau.

— Très bien... je suis un fantaisiste, n'est-ce pas ? Eh bien, je vais donc vous divertir. Mesdames et messieurs, je vais vous présenter un petit spectacle entièrement inédit et improvisé intitulé « Qui est le coupable ? » Des sensations à vous couper le souffle... frissons garantis. La police offre une gentille tape dans le dos à qui découvre l'assassin.

Justin Leigh fit un geste brusque. Il sembla prêt à se lever. Mais avant d'en avoir eu le temps, il rencontra le regard de miss Silver, menaçant et impérieux, comme dans le dessin à la plume de la femme parfaite par Wordsworth. Cela eut immédiatement pour effet de le faire rasseoir et lui imposa silence.

Tout le monde, hormis peut-être miss Masterman, avait maintenant les yeux fixés sur Leonard Carroll. Il avait renoncé à son style de bonimenteur et procédait de manière plus détendue et intime.

— Nous pensons tous à Greg, alors pourquoi ne pas parler de lui. On ne se débarrasse pas d'un cadavre en faisant comme s'il n'existait pas... enfin, c'est vrai, non ? Vidons notre sac et mettons les choses au clair. Il n'y a qu'une seule personne que cela devrait déranger. L'assassin ne va pas aimer cela, bien sûr. Et bien sûr, personne n'osera dire qu'il n'a pas aimé cela. Et maintenant... les trois coups !

Il rejeta la tête en arrière et se mit à chanter l'air du lever de rideau de *Paillasse,* puis il continua d'une voix basse :

— Acte II, scène 1. Le meurtre a été commis, la lumière vient juste de revenir, le hall est rempli de monde. Leonard Carroll est sur la troisième marche à partir du haut de l'escalier et il domine la foule du regard. — Sa voix s'enfonça dans ces endroits obscurs où grouillent des choses innommables. — Il domine tous les autres du regard et il a une sacrée vue de là-haut.

Son regard brillant passa en revue tous ceux qui lui faisaient face. Ce groupe formait en fait un demi-cercle qui s'ouvrait en éventail à partir de Mr. Masterman appuyé contre la tablette de la cheminée. Leonard Carroll était debout du côté ouvert de ce demi-cercle et laissait errer son regard plein de malice de l'un à l'autre, effleurant les mains avec lesquelles miss Masterman tenait levé l'écran de son journal, puis le visage congestionné de Mr. Tote qui avait laissé tomber le *Times* sur ses genoux, puis miss Silver et son tricot, puis Mrs. Tote, aux paupières rougies, puis le visage renfrogné de Mr. Masterman pour terminer sur Justin Leigh, penché en arrière et l'air absent entre deux jeunes filles, l'une rougissante et l'autre pâle.

Dorinda regarda Justin du coin de l'œil et s'aperçut qu'il était en colère. Quand il avait cet air-là, cela voulait dire qu'il était vraiment très en colère. Cela signifiait qu'il essayait de se contenir. Elle forma le souhait stupide et vain que cette soirée soit terminée et que chacun se retrouve douillettement dans son lit. Et que tout cela ne soit qu'un mauvais rêve au sortir duquel on s'éveillerait le lendemain matin en se disant : « Comme c'est idiot ! » puis : « Quelle importance que ce soit complètement idiot tant que ce n'est pas vrai ! »

Le regard de Leonard Carroll revint à son point de départ.

Il répéta ses derniers mots d'un ton pensif.

— Une sacrée vue de là-haut. Leigh a été tellement rapide, n'est-ce pas ? Peut-être a-t-il été un soupçon trop rapide pour quelqu'un. C'est une possibilité... c'est vrai, non ? Et Leonard Carroll sur sa troisième marche à partir du haut aurait eu une sacrée vue. S'il y avait quelque chose à voir, il aurait difficilement pu le rater... c'est vrai, non ?

Mr. Tote souleva sa silhouette massive, se retournant violemment dans son fauteuil capitonné pour fixer de petits yeux furibonds sur le visage de Carroll. C'était un regard qui en aurait fait hésiter plus d'un.

— Qu'est-ce que c'est que toutes ces insinuations ? Vous ne pouvez pas venir vous asseoir et rester tranquille ? Si vous avez quelque chose à dire, dites-le et qu'on en finisse. Et si vous n'avez rien à dire, à quoi servent toutes ces insinuations ?

Carroll se mit à rire.

— Oh, ne soyez pas trop dur avec mon petit divertissement. Un peu de mystère... quelques conjectures... une pincée de ce que vous qualifiez d'insinuations... je crains qu'elles ne soient nécessaires. Prenons votre propre cas, par exemple. Je ne dis pas ce que j'ai vu, ni ce que je n'ai pas vu, mais... allons, qui est-ce qui me disait que vous étiez un excellent joueur de fléchettes ?... Ah, j'y suis... c'était votre femme.

Le cou de Mr. Tote, déjà rouge, devint d'une couleur alarmante.

— Qu'est-ce que ça peut vous faire ?

Les lèvres de Carroll se tordirent en un sourire.

— A moi ? Oh rien. Mais c'est peut-être différent pour Gregory Porlock. Ce poignard a pu être lancé. Enfin, je veux dire, ce n'est pas impossible. Et je me garde toujours bien de dire ce que j'ai vu ou ce que je n'ai pas vu de mon fauteuil de balcon.

— Faites attention...

Tote s'étrangla de fureur sur le second mot.

Miss Silver jeta un regard vif par-dessus les aiguilles qui continuaient à cliqueter.

— Mon Dieu... comme c'est intéressant ! s'exclama-t-elle. Un divertissement tellement original ! Mais tout cela est fictif, n'est-ce pas, Mr. Carroll ?

Il lui adressa un regard légèrement méprisant, mais c'est un œil pétillant de malice qu'il tourna vers Jeffrey Masterman.

— C'est vraiment une chance d'avoir un fauteuil de balcon, n'est-ce pas ? Tellement agréable d'être éloigné du troupeau entassé au parterre. Vous savez, la lumière est revenue juste un peu plus tôt qu'il n'aurait fallu... vraiment un poil plus tôt. Juste un poil trop tôt pour quelqu'un.

Son regard se déplaça, effleurant Dorinda, passant sur Justin, se fixant sur Moira Lane.

— C'est étrange comme l'on voit bien les choses quand la lumière revient brutalement ainsi. Tout est extraordinairement clair et précis. Il fait noir comme dans la gueule d'un loup, et puis vlan... tout vous saute aux yeux. C'est une expérience fort étrange, et... oui, c'est le mot... inoubliable. Tout à fait, tout à fait inoubliable.

Il se dirigea vers le plateau et y reposa sa tasse à café.

— Et maintenant, devant votre insistance, je vais vous interpréter quelque chose au piano. Notre regretté Gregory m'a engagé pour cela et je pense être en droit de réclamer un cachet sur sa succession.

Il avait indiscutablement une démarche légèrement claudicante lorsqu'il se dirigea vers le piano à queue et l'ouvrit. Le silence qui avait suivi ce que l'on pourrait appeler la première partie de son numéro se prolongeait. Nul ne faisait un geste, nul ne disait mot. Plus d'un devait être en train de réfléchir en toute hâte.

Carroll avait un toucher délicat au piano. Il plaqua quelques accords qui rompirent le silence puis d'une voix claire et espiègle entonna l'air et les paroles d'une vieille poésie enfantine :

« Qui a tué le rouge-gorge ?
C'est moi, répondit le moineau.
C'est avec mon arc et ma flèche
Que j'ai tué le rouge-gorge. »

30

Il était à peine dix heures quand chacun se retira dans sa chambre. Ils pouvaient maintenant revivre cette soirée marquée d'un profond malaise avec intérêt, doute, méfiance, incertitude, crainte ou amusement. Quel que soit celui de ces sentiments qui prédominât chez Mr. et Mrs. Tote, Mr. Carroll, Mr. et miss Masterman, Moira Lane, Dorinda et Justin, il est hors de doute que miss Silver avait été fort intéressée. Elle était dans sa chambre depuis environ vingt minutes mais n'avait pas seulement retiré sa broche, qu'un coup léger fut frappé à sa porte. Elle l'ouvrit pour découvrir Pearson, l'air profondément mystérieux et un doigt sur les lèvres.

Miss Silver sortit, la question qu'elle n'osait formuler se lisant sur son visage, et on lui fit signe d'avancer dans le couloir. Ils passèrent devant la chambre de Dorinda sur la droite, celle de miss Masterman sur la gauche, descendirent trois de ces marches fort dangereuses par leur hauteur exagérée et que l'on trouve si fréquemment dans les vieilles maisons, tournèrent le coin du couloir et débouchèrent dans une pièce de forme irrégulière où un lustre éclairait des étagères couvertes de livres, un globe terrestre sur un support en acajou, un vieux piano droit et ce qui avait visiblement été un pupitre d'écolier. Mi-maître d'hôtel micollègue, Pearson s'excusa auprès de miss Silver de l'avoir dérangée, mais dit-il, « j'ai pensé qu'il valait mieux vous avertir ».

— Vous avez bien fait, Mr. Pearson, de quoi s'agit-il ?

— Vous ne trouvez pas qu'il fait froid ici ?

Comme elle n'avait pas retiré sa vieille jaquette de velours noir aux qualités maintes fois éprouvées, elle put répondre :

— Pas le moins du monde. Racontez-moi ce qui s'est passé, je vous prie.

Il faut reconnaître que Pearson s'était senti un peu en dehors du coup. Ce n'est pas qu'il tenait à être mêlé à une affaire de meurtre... loin de là. Mais se trouver au milieu d'une telle affaire, sans possibilité d'y échapper, et pourtant ne pas être tenu au courant de ce qui se passait, avait de quoi provoquer une certaine tension nerveuse. Il avait en quelque sorte saisi la première occasion pour alléger cette tension. Il espérait maintenant que cette démarche n'allait pas être considérée comme précipitée. Comme tant de gens bien intentionnés, il était en proie au doute dès que son utilité était remise en question. Miss Silver était l'inconnue. Elle était fort aimable, mais légèrement distante, et sans qu'il sache très bien pourquoi, elle l'intimidait quelque peu. Elle vit ses yeux se dérober comme ceux d'un cheval nerveux.

De manière tout à fait inattendue, elle lui sourit. C'était le sourire dont, à l'époque lointaine où elle était gouvernante, elle était coutumière pour encourager un élève timide ou un peu attardé. Il incita Pearson à s'exprimer.

— En voyant Mr. Carroll entrer dans le bureau et refermer la porte derrière lui, l'idée m'est venue à l'esprit, de manière disons impérieuse, qu'il était peut-être dans son intention d'utiliser le téléphone. S'il en était bien ainsi, j'ai pensé qu'il pourrait s'avérer utile, en l'occurrence, de...

Les mots lui manquèrent, et miss Silver lui vint en aide.

— D'écouter la communication sur le récepteur de l'office.

— Oui, miss Silver. Et quand j'ai entendu le numéro...

— Vous l'avez reconnu ?

— C'était le numéro de la Ferme du Moulin, et il demandait directement à parler à Mrs. Oakley. Bien sûr, il n'en a pas été question, parce qu'elle ne répond jamais au téléphone. Mais il a eu Mr. Oakley et, dès les premiers mots, j'ai compris qu'il allait être méchant. Si vous voulez mon avis, il avait bu beaucoup plus que de raison, comme vous l'avez sans doute remarqué lorsqu'il est entré dans le salon. Il n'était pas ivre à proprement parler, mais il était bien parti, jouant le coq du village, sans s'occuper si cela plaisait aux gens ou non.

Miss Silver émit une petite toux approbatrice.

— Une description fort imagée, Mr. Pearson.

— Voilà, j'ai pensé que vous aviez remarqué tout cela, comme je l'ai fait dès l'instant où il a commencé à parler à Mr. Oakley. « C'est vous, Oakley ? » il a dit... très cavalièrement, si vous voyez ce que je veux dire. « Je ne vous ai pas tiré du sommeil, j'espère. Ou peut-être que vous ne dormez pas trop ces temps-ci. A votre place, je ne dormirais pas trop. Mais c'est l'avantage du célibat, on n'a pas à faire face à toutes ces complications. » Mr. Oakley a répondu très sèchement : « Je ne sais pas de quoi vous parlez, mais si vous avez quelque chose à dire, peut-être allez-vous le dire. »

Pearson s'interrompit et regarda miss Silver comme pour s'excuser. « Je ne sais pas si vous avez eu l'occasion de remarquer, mais Mr. Carroll a un drôle de rire. Ce n'est pas du tout ce que j'appellerais un rire... ça ressemble beaucoup plus à un ricanement... si vous voyez ce que je veux dire. » Miss Silver voyait parfaitement. Elle supposa que Carroll avait ricané au nez de Mr. Oakley, et que la réaction de ce dernier avait été exactement ce qui était prévisible, sur quoi Mr. Carroll avait non seulement répété ses paroles blessantes, mais avait également dit de cette voix que Pearson qualifiait de méchante : « Ah, bon, je pensais que cela pourrait vous intéresser. Le spectateur est le mieux placé pour suivre le jeu, vous savez. C'est ce que j'ai expliqué aux autres. Je les ai certes peut-être ennuyés, mais tout compte fait, je ne pense pas. Non... je suis pratiquement sûr que non. Quel dommage que votre femme et vous n'ayez pas été là ! Vous auriez été fort intéressés, parce que, vous savez, j'avais vraiment une très bonne vue du hall au moment où la lumière est revenue, et une vue particulièrement bonne de votre femme. Mais bien sûr : "Honni soit qui mal y pense !" »

La prononciation de Pearson de la célèbre devise de l'ordre de la Jarretière était patriotique à l'extrême. On peut sans crainte avancer que son pays d'origine n'y aurait compris goutte. Miss Silver, qui s'adonnait elle-même à une prononciation britannique du français, le comprit parfaitement.

— Continuez, je vous prie, Mr. Pearson.

— Eh bien, il n'y a pas eu grand-chose d'autre. Mr. Oakley a dit : « Gardez le silence ! » et Mr. Carroll a répondu : « Eh bien, je l'ai gardé jusqu'à présent, mais ça ne veut pas dire que je continuerai ! » et il a raccroché violemment.

— Mon Dieu ! fit miss Silver.

Pearson avait l'air content de lui.

— C'est exactement ce que je me suis dit, madame. Et il m'a paru souhaitable de vous en informer... l'inspecteur principal et le sergent Abbott n'étant pas disponibles ; et d'autre part, je ne désire pas que l'on puisse dire que j'aie gardé par-devers moi des renseignements qui pourraient s'avérer utiles à la police.

— Vous avez très bien fait, répliqua vivement miss Silver. Cette conversation s'est déroulée il y a combien de temps ?

— Cinq minutes ou quelque chose comme ça. Il fallait que je m'occupe de la fermeture des portes. Le temps que j'arrive à la porte d'entrée, Mr. Carrol sortait du salon et regagnait sa chambre.

Elle le remercia et le congédia avec un sourire.

Environ cinq minutes plus tard, on avertit le sergent Abbott que quelqu'un désirait lui parler au téléphone. L'appareil était placé de manière fort incommode dans l'étroit hall d'entrée du Bélier, l'auberge où il avait accompagné son chef non sans une méfiance déjà abondamment justifiée. Le Bélier disposait de quatre chambres dont tous les lits étaient bosselés et sentaient la bière. La cuisine n'incitait certes pas à commettre le péché de gourmandise, la bière n'était pas bonne et le téléphone était dans le hall. Il lui fallut dégager le récepteur qui était pris dans un manteau empestant le tabac.

Il reconnut la voix de miss Silver, déplacée dans pareil cadre. D'abord son toussotement, puis un « bonsoir ! » un peu guindé.

— Frank à l'appareil, fit-il.

Le ton resta guindé.

— Je suis absolument désolée de vous déranger. J'espère que vous n'étiez pas monté vous coucher ?

— J'en retarde le moment autant que possible. Je ne sais pas ce qu'ils ont mis dans les matelas. Ce n'est pas assez tranchant pour être de la pierraille... je soupçonne qu'il s'agit plutôt de betteraves fourragères. Je suis couvert de bleus on ne peut plus bucoliques.

Le toussotement se fit pressant.

— Je me sens excessivement inquiète.

Elle s'exprimait maintenant dans son français anglicisé.

— Que se passe-t-il ?

— Ce jeune insensé de Carroll laisse entendre à tout le monde qu'il est en possession de renseignements... ou d'indices... je ne sais comment appeler cela. Il prétend — le mot français a un sens plus honorable que le mot anglais[1] — il prétend avoir vu quelque chose de nature à incriminer quelqu'un, au moment où la lumière est revenue. Je ne sais pas si c'est possible. Il était certainement fort bien placé pour cela... peut-être a-t-il vu quelque chose, peut-être non. Ce qui m'inquiète, ce sont les conséquences possibles de ses fanfaronnades insensées. Cela ne signifie pas vraiment qu'elles cachent quelque vérité, mais l'assassin peut croire qu'il en est ainsi et cela pourrait le pousser à agir. Je me sens extrêmement inquiète.

Il y eut un bref silence. Puis Frank reprit :

— Que voulez-vous que je fasse ?

— Je me sentirais énormément soulagée de vous avoir dans cette maison. Je suis persuadée que miss Brown n'y verrait aucune objection.

Le sergent Abbott répondit avec gravité :

— Vous savez, c'est de la corruption de fonctionnaire... des ressorts de sommier à la place de betteraves fourragères, et tout à l'avenant. Eh bien, je vais en parler au chef... je ne pense pas qu'il refuse. Pouvez-vous patienter ?

Miss Silver patienta en méditant sur la nature humaine... plus particulièrement sur la nature de Mr. Carroll, ce qui n'était guère un sujet réjouissant. En passant en revue les raisons qui auraient pu le pousser à adopter cette attitude extravagante, elle envisagea un complexe d'infériorité qu'il essayait de compenser par une attitude agressive, une jalousie de ceux qui se trouvaient dans une situation plus favorable que lui — ce qui lui remit en mémoire la maxime de son cher

1. *To pretend* en anglais signifie plutôt feindre, faire semblant.

Lord Tennyson : « L'envie fait perdre la tête aux médiocres »... et finalement et avec le plus grand sérieux, la possibilité que ce déluge de paroles n'ait été en fait qu'un rideau de fumée destiné à dissimuler sa propre culpabilité et à faire porter les soupçons sur les autres.

Elle était encore absorbée dans ces pensées lorsque Frank Abbott revint en ligne.

— Ça marche... il n'y voit pas d'objection. Il s'est contenté de grommeler quelques mots gentils à propos de gens qui se noieraient dans un verre d'eau et d'insinuer que j'étais attiré par le luxe. Bon, je n'en ai pas pour plus de cinq ou six minutes. A tout de suite.

31

Cela allait lui prendre un peu plus de temps. Pas à cause de la distance, puisque la Grange s'élevait juste en bordure du village et n'était pas distante de plus de quatre cents mètres de l'enseigne grinçante arborant un bélier doré, plutôt passé, sur un fond vert qui avait mal supporté les intempéries. Frank Abbott, marchant d'un pas allègre, passa devant l'église au massif clocher roman tapi derrière un rideau de gigantesques cyprès, si sombres et si touffus qu'on aurait dit un mur, si ce n'est qu'ils étaient plus sombres qu'un ouvrage de maçonnerie ne pourrait l'être. L'entrée de la Grange se trouvait cent mètres plus bas. Il avait une torche dans la poche de son manteau, mais il préférait ne pas l'utiliser. Il avait été élevé à la campagne et savait à quel point l'œil s'habitue rapidement à l'obscurité. Après quelques instants la ligne d'horizon devient visible et on distingue les haies.

La lune derrière son manteau de nuages réfléchissait une lumière diffuse sur les piliers gris qui marquaient l'entrée de la Grange. Il passa entre eux, le portail étant ouvert, et il entendit, loin devant lui sur l'allée, le bruit d'une course. Mais à peine avait-il entendu les pas qu'ils cessèrent. Il ne lui restait que la certitude d'avoir entendu quelqu'un courir. Il fit passer sa valise dans sa main gauche, saisit sa torche et avança le long de l'allée. C'était une longue allée couverte d'arbres dénudés et bordée de chaque côté d'un terrain totalement plat. Elle formait une sorte de S, avec une pièce d'eau qui réfléchissait la lumière dans une des courbes et la masse de ce qui paraissait être de vieux buissons de houx dans l'autre.

C'est en arrivant à la hauteur du houx que, s'étant arrêté pour mieux écouter, il entendit le craquement d'une brindille et vit quelque chose bouger. En un instant, sa main pivota en tenant la torche. Le faisceau lumineux fit apparaître le visage d'un homme... un bras levé pour se protéger. Mais pas tout à fait assez vite. Frank Abbott cria : « Oakley ! » et Martin Oakley répondit :

— Qui est là ?

Il y avait quelque chose dans sa voix... quelque chose d'étrange, de désespéré.

Frank fit : « Abbott » et couvrit l'espace qui les séparait.

— Qu'est-ce qui se passe ?

Tout cela était très bizarre. Oakley semblait avoir couru à perdre haleine. Tout ce qu'il put répondre, tellement il avait le souffle court, fut un seul mot... un nom.

— Carroll...

— Qu'a-t-il fait ?

— Mort...

— C'est sérieux ?

Martin Oakley l'avait agrippé par le bras. Il y avait une tension terrible dans cette étreinte.

— Il est mort...

— Où ?

— Là-haut, devant la maison. — Il avait repris sa respiration. Les mots se bousculèrent. — Ce n'est pas moi... je vous jure que ce n'est pas moi ! J'étais venu pour le voir, mais il était mort quand je suis arrivé. Il m'a téléphoné. Je vous assure qu'il a insinué les choses les plus odieuses. Il faut vraiment avoir l'esprit vicieux pour faire ce genre de chose. Je ne sais pas s'il essayait de me faire chanter.

Abbott avait tenu la torche de manière que le faisceau soit incliné vers le sol. Il la releva brutalement, dirigeant la lumière droit sur le visage de Martin Oakley. Ce dernier cligna des yeux et leva la main pour se protéger. Le torrent de mots s'arrêta net.

— Je ne parlerais pas à votre place, fit Frank... à moins que vous ne vouliez faire des aveux complets.

— Je ne l'ai pas touché ! Baissez cette lumière !

Il fit un pas en arrière pour se mettre hors de portée de la torche, la main toujours levée pour se protéger les yeux.

— Bon, en tout cas, n'oubliez surtout pas que tout ce que vous dites pourra être utilisé par la justice, fit Abbott d'un ton dépourvu de passion.

— Je vous dis que je ne l'ai pas touché !

— Parfait. Vous feriez mieux de venir me montrer où il est.

L'allée suivait une nouvelle courbe pour contourner un petit bois. Frank Abbott se dit que l'homme qui avait tracé l'allée avait fait tous ses efforts pour qu'elle soit aussi longue que possible. Les mots de Chesterton : « C'est le roulis d'un ivrogne anglais qui est à l'origine de la sinuosité des routes anglaises » ne firent que lui traverser l'esprit. Il comprit soudain pourquoi il avait entendu Oakley lorsqu'il avait commencé à courir. Il s'était en réalité trouvé alors plus près de la maison que pendant la majeure partie du reste du chemin. La moitié des sentiers étaient ainsi en Angleterre... on s'éloignait de l'endroit où on allait, puis on s'en rapprochait à nouveau.

Ils s'en approchaient maintenant. L'allée débouchait sur une esplanade gravillonnée... « C'est là que je l'ai entendu courir. Il devait être fou de terreur pour se mettre à courir sur le gravier. » Il demanda à voix haute : « De quel côté ? » et Martin Oakley répondit : « Par là, en tournant sur la gauche. »

Ils longèrent une ceinture assez clairsemée d'arbustes, un entrelacs de lilas et de jasmins dépouillés, parsemé des taches sombres du houx et des ifs, empruntant un sentier qui débouchait sur une petite cour pavée donnant sur le côté du bâtiment. Replié sur lui-même, Leonard Carroll était allongé sur les pavés dans une posture bizarre, l'arrière du crâne enfoncé.

— Il est mort. Je ne l'ai pas touché, gémit Martin Oakley.

— En tout cas, il n'est pas mort tout seul, répliqua froidement Frank Abbott.

Il fit un pas en avant, prit le poignet du mort. Il était encore chaud. Il se recula à nouveau. Puis il promena çà et là le faisceau de sa torche. Les pavés étaient luisants et bordés de mousse. A l'endroit où ils arrivaient en contact avec le pied du mur s'élevait un massif de fougères, les vieilles frondes brunies et flétries, les nouvelles enroulées en crosse comme des ammonites pour mieux se protéger des rigueurs du froid hivernal. Pas la moindre trace d'une arme. Le pinceau lumineux remonta le long du mur pour découvrir des rangées de croisées closes, aux rideaux tirés. Au rez-de-chaussée, toutes les fenêtres étaient fermées. Pas la moindre lumière dans le faisceau mobile.

— Qui dort de ce côté ? demanda sèchement Abbott.

— Aucune idée.

— Alors, comment vous êtes-vous trouvé ici ?

— J'étais venu pour le voir.

— Mais pourquoi ici ? Qu'est-ce qui vous a amené ici ?

Oakley prit une inspiration saccadée.

— Mon Dieu, Abbott... vous ne pouvez pas me mettre ça sur le dos. Je vous dis que j'étais venu pour le voir.

— Mais qu'est-ce qui vous a amené ici... sur le côté de la maison ?

— Je suis arrivé à la porte d'entrée. Il était peu après dix heures quand il m'a téléphoné. J'avais décidé de venir le voir, pour savoir où il voulait en venir. Je suis arrivé à la porte d'entrée. J'ai cru entendre des voix de ce côté-ci, sur la gauche. Toute la façade de la maison était plongée dans l'obscurité. Je me suis reculé pour mieux écouter. J'ai cru entendre prononcer mon nom. Je me suis dirigé par ici. J'ai fait du bruit sur le gravier en marchant. Je suppose que c'est pour cela que je n'ai plus rien entendu. J'avais une torche. Je me suis encore arrêté une fois pour écouter. J'ai cru entendre quelqu'un. J'ai crié : « Carroll, c'est vous ? » Il n'y a pas eu de réponse. J'ai continué et je l'ai découvert, allongé ici, dans la position où il est maintenant. Je ne l'ai pas touché... je vous jure que non !

— Vous n'avez pas pensé à donner l'alarme ?

— Je n'ai pensé qu'à m'éloigner d'ici. Je crains d'avoir un peu perdu la tête. J'étais venu pour le voir, et il était là... mort. Je n'ai eu qu'une idée, ça a été de m'éloigner d'ici. J'ai commencé à courir, mais quand je suis arrivé sur le gravier, j'ai réalisé que je devais faire un drôle de vacarme et je me suis arrêté de courir. J'ai essayé de ne plus faire de bruit. Et puis, je suis tombé sur vous. C'est la pure vérité.

Frank Abbott s'interrogeait.

— Nous ferions mieux de rentrer à la maison, fit-il.

32

Le téléphone avait été mis à contribution. Martin Oakley avait répété son histoire à l'inspecteur principal, tiré des limbes du sommeil pour prendre en charge une nouvelle enquête sur un nouveau meurtre. Les flashes crépitèrent dans la cour aux pierres moussues et Leonard Carroll fut photographié sous tous les angles pour faire une dernière fois la une des journaux.

Lamb était assis sous le lustre, ses cheveux bruns, vigoureux et frisés, un peu ébouriffés. Il avait encore une chevelure épaisse et abondante, sauf sur le sommet du crâne et seules ses tempes se liséraient de quelques fils argentés. Sous la tignasse brune, le visage tanné et rougeaud ne trahissait pas la moindre émotion. Les yeux bruns légèrement proéminents restaient obstinément fixés sur le visage de Mr. Oakley, ce qui avait un effet profondément déconcertant, même sur l'individu le plus innocent. En aucun cas, Martin Oakley ne pouvait se targuer d'être considéré sous un jour aussi favorable. Son esprit, en proie tout d'abord à une sensation frénétique d'incrédulité, devait maintenant lutter contre l'impression qu'il avait d'être poussé avec violence vers un précipice, à une vitesse interdisant toute pensée cohérente. Il avait accepté de faire une déposition et maintenant, il le regrettait amèrement. On l'avait mis en garde, mais il n'avait pu résister à la tentation de justifier sa conduite.

La voix de Lamb interrompit brutalement ses pensées.

— Le récit que fait Pearson de votre communication téléphonique avec Mr. Carroll est-il exact en substance ?

— Je pense.

— Voulez-vous le relire ?

— Non... ça va... c'est bien ce qu'il dit.

— Bon, alors, combien de temps cela vous a-t-il pris pour vous décider à venir le voir ?

— Oh, je suis venu presque aussitôt.

— Qui a raccroché... vous ou Carroll ?

— C'est lui. Il a écrasé le récepteur. Je n'ai raccroché de mon côté que le temps de redemander le standard.

Il y avait là quelque chose de nouveau. Frank Abbott leva les yeux de ses notes et miss Silver de son tricot qui, pour une fois, avait réclamé de sa part une attention un peu plus soutenue qu'à l'accoutumée.

La question de Lamb : « Et pourquoi vouliez-vous le standard ? » résonna dans la pièce.

— Je voulais rappeler Carroll pour lui dire que j'arrivais.

— Et vous l'avez eu ?

— Oui.

— Il savait que vous veniez ?

— Oui.

— Que lui avez-vous dit ?

— Je lui ai dit : « Écoutez-moi bien, on ne peut pas laisser les choses comme ça. Si vous croyez avoir vu quelque chose, il faudra que vous me disiez de quoi il s'agit. J'arrive. »

— Qu'a-t-il répondu à cela ?

— Il a ri et j'ai raccroché. — Il était mû par un

besoin de s'expliquer. — C'est pour cela que j'ai contourné la maison... J'ai pensé qu'il m'appelait... J'ai cru entendre mon nom. Je suis arrivé à la porte d'entrée. Il savait que je venais... je me suis dit qu'il serait peut-être là pour m'ouvrir la porte. Mais quand j'ai entendu mon nom...

Miss Silver émit le toussotement avec lequel elle avait coutume d'attirer l'attention.

— Mr. Oakley, êtes-vous certain d'avoir entendu votre nom ?

Il tourna vers elle un visage ravagé.

— Je ne suis certain de rien. J'ai cru l'entendre. C'est ce qui m'a amené sur le côté de la maison. Ne comprenez-vous pas qu'il a bien fallu une raison pour que j'y aille ?

L'inspecteur principal intervint d'un ton parfaitement neutre.

— Nous ignorons la raison pour laquelle Mr. Carroll est allé là-bas. Mais il y est allé. Celui qui l'a assassiné a profité de cela pour le suivre ou l'accompagner.

Un silence suivit, pendant lequel Mr. Oakley se sentit une fois de plus persuadé qu'il aurait mieux fait de se taire. On l'envoya rejoindre les autres invités rassemblés dans le salon sous l'œil sévère d'un policier au gabarit imposant. Si ce jeune homme s'était laissé distraire de ses préoccupations strictement professionnelles, les contrastes étonnants que présentait le groupe qu'il était chargé de surveiller auraient pu lui fournir matière à réflexion. Mais en dehors du fait que tout cela lui paraissait bien bizarre, la seule chose qu'il ne perdait pas de vue c'est qu'il s'agissait d'une affaire de meurtre et que l'un d'entre eux était probablement un assassin. Dans ces conditions, il lui importait peu que Mr. Tote soit vêtu d'un pantalon de serge bleue et d'un pardessus de tweed ou que Mrs. Tote ait remis sa robe étroite de drap noir qu'elle avait portée pour le dîner, vêtement d'une grande élégance lorsqu'on le tenait en main, mais qui sur elle était réduit à un morceau de tissu flasque et informe ; ou que l'autre dame d'un certain âge soit descendue avec sa robe de chambre grise, épaisse et démodée, et que malgré cela elle tremblât comme une feuille sur son siège, de l'air de quelqu'un qui ne parviendra plus jamais à se réchauffer. Pour leur part, miss Brown et miss Lane étaient vêtues respectivement d'une jupe de tweed et d'un pull-over et d'un peignoir coquelicot aussi luxueux que léger. Mr. Masterman portait une robe de chambre très belle et flambant neuve. Ils étaient tous là, tous assis, et pas un seul d'entre eux n'avait le moindre mot à dire à son voisin. Et le temps s'écoulait.

Au même moment dans le bureau, Lamb était en train de dire :

— Il a été frappé sur la tête avec quelque chose qui lui a fracassé la boîte crânienne. Il n'y a aucune trace de l'arme du crime. Il faut bien qu'elle soit quelque part. Nous n'en avons pas trouvé trace à l'intérieur de la maison. Je ne prétends pas qu'elle n'a pas été essuyée et remise à l'endroit d'où elle venait, parce que c'est possible. Il y a des garnitures de cheminée, des fers à repasser, des crosses de golf et tout un tas d'autres objets, mais cela prend du temps de les nettoyer et les remettre en place, et le temps était précieux. Carroll venait juste d'être tué quand Frank est arrivé sur place. On peut retourner le problème dans tous les sens, cette conversation téléphonique était terminée à dix heures un quart, parce que c'est l'heure où Pearson a terminé la fermeture des portes et a vu Carroll regagner sa chambre. A vingt-cinq, miss Silver téléphone au Bélier. Frank se met en route à la demie et tombe sur Oakley six ou sept minutes plus tard. Maintenant, si Oakley a quitté la Ferme du Moulin après son second coup de téléphone, il ne peut pas arriver ici avant la demie... pas en marchant dans l'obscurité... non, je ne vois pas comment ce serait possible. Si c'est lui qui a tué Carroll, il a donc disposé d'environ six minutes pour le zigouiller et redescendre l'allée jusqu'à l'endroit où Frank l'a découvert. Je ne prétends pas que ce ne soit pas possible, parce que bien évidemment ça l'est, mais cela suppose qu'il ait retrouvé Carroll, qui devait probablement le guetter, qu'il l'ait persuadé de faire le tour de la maison — pourquoi ? —, qu'ils se soient querellés et que leur querelle se soit envenimée au point d'en arriver à commettre un meurtre, qu'il lui ait fracassé le crâne et qu'il ait redescendu l'allée. Si c'est Oakley, il peut avoir apporté l'arme avec lui ou l'avoir ramassée quelque part sur sa route. Une grosse pierre aurait fait l'affaire, ou une brique, et dans ce cas il a dû la balancer en courant et nous la découvrirons dès que nous pourrons faire des recherches approfondies à la lumière du jour. Il est évident qu'il n'aura pas eu la possibilité de la nettoyer, et à moins qu'il ne tombe une pluie diluvienne, nous devrions pouvoir la retrouver sans problème. Mais ce qui me tracasse, c'est pourquoi Carroll ou l'assassin ont pu se trouver à l'endroit où l'on a découvert le corps.

Miss Silver toussota pour prendre la parole.

— Les fenêtres de la chambre de Mr. Carroll donnent de ce côté-là.

Lamb poussa un grognement.

— Oui, mais elles étaient fermées et les rideaux étaient tirés.

Les aiguilles cliquetaient au-dessus de la brassière rose pâle.

— Si quelqu'un avait désiré attirer l'attention de Mr. Carroll, il aurait pu lancer une poignée de gravier contre une des fenêtres fermées. Mr. Carroll aurait alors regardé à l'extérieur. Il est certain que l'assassin l'a décidé à descendre le rejoindre. Il n'est pas invraisemblable de supposer qu'il puisse avoir refermé la fenêtre et tiré les rideaux.

Frank Abbott intervint en disant :

— Mais comment Oakley pouvait-il savoir laquelle était la fenêtre de Carroll ? Il n'était jamais venu avant le dîner de samedi soir et il n'était pas revenu depuis. En d'autres termes, il n'était jamais venu ici dans la journée. Et pourtant on voudrait nous faire croire qu'il est allé droit à la fenêtre de Carroll et qu'il l'a atteinte du premier coup. J'ai de la peine à avaler ça, personnellement.

Le visage de Lamb s'assombrit.

— Vous vous exprimez de manière un peu cavalière, mon garçon. Je vous demanderai votre avis quand le besoin s'en fera sentir. Je ne conteste pas qu'il y ait quelque chose dans ce que vous dites, mais je suis parfaitement capable de m'en apercevoir tout seul. Qui vous a dit qu'Oakley ne connaissait pas la maison ? Qui vous a dit qu'il n'était venu qu'une seule fois ici ? Qui vous a dit qu'il ne s'était pas mis d'accord au téléphone avec Carroll pour venir sous sa fenêtre ? — Il frappa sur son genou du plat de la main. — Oakley... Oakley... Oakley encore une fois !

L'obstination se lisait sur le visage de Frank Abbott.

— Je n'arrive pas à comprendre pourquoi, monsieur.

— Que voulez-vous dire ?

— Je n'arrive pas à comprendre pourquoi Oakley aurait choisi cet endroit-là pour avoir une conversation privée. A l'heure qu'il était, tout le monde était monté. Cinq fenêtres du premier étage donnent sur cette cour, deux dans chaque aile et une au milieu du mur latéral du bâtiment, toutes à doubles battants. Les deux sur la gauche sont celles de la chambre de Carroll, les deux sur la droite sont celles de la chambre de Mr. et Mrs. Tote. Celle du mur du fond éclaire le couloir. Maintenant, croyez-vous qu'Oakley, qui avait de bonnes raisons de rechercher la discrétion, aurait choisi cet endroit pour le genre de conversation qu'il allait avoir avec Carroll ? A mon avis, ça ne tient pas debout. Comment pouvait-il savoir que les Tote n'auraient pas leur fenêtre ouverte ? Et si c'était le cas, ils auraient pu entendre absolument tout ce qui se disait. Or Oakley était fébrile à cause de sa femme... il est évident qu'il aurait souhaité avoir une conversation intime entre quatre murs...

Cette fois, Lamb frappa sur le bureau.

— Mais qu'est-ce qui vous fait croire qu'il voulait parler ? S'il avait pris la décision de le tuer, il ne serait jamais entré dans la maison... il aurait fait en sorte que Carroll le rejoigne dehors !

— Et il l'aurait emmené jusque sous les fenêtres des Tote ? Ça ne tient pas debout.

— Écoutez-moi, fit Lamb. Supposons que ça se soit passé de la manière suivante : il lance son gravier contre la fenêtre — il faudra chercher s'il en reste des traces — ou bien fait un autre signal convenu, et Carroll descend ; bon, supposons alors qu'il sorte par une des fenêtres du rez-de-chaussée... non, ça ne marche pas, parce qu'elles étaient toutes fermées de l'intérieur, et Oakley n'aurait pas pu les refermer.

— Supposons que ce ne soit pas Oakley, chef.

— Oui, alors ?

— Supposons que ce soit quelqu'un qui était dans la maison. Il aurait pu rentrer par la fenêtre ouverte et la refermer derrière lui, non ?

Lamb était devenu rouge.

— Oui, et pourquoi donc aurait-il rencontré Carroll dehors ? Et pourquoi Carroll serait-il sorti pour discuter avec quelqu'un qui était à l'intérieur de la maison ? Ils auraient pu s'installer dans n'importe quelle pièce pour parler tranquillement, non ? Tout le monde était monté se coucher. Maintenant, écoutez-moi bien... les faits, nous devons nous en tenir aux faits. Carroll est sorti de la maison pour aller dans cette cour. Inutile de demander pourquoi il a fait ça, ou de dire qu'il n'avait aucune raison de le faire... il l'a fait. C'est également valable pour Oakley. Ça ne sert à rien de demander : « Pourquoi aurait-il choisi cet endroit pour rencontrer Carroll ? » Il est allé là-bas et lorsqu'il en est parti, Carroll était mort. Maintenant, rien ne nous prouve qu'il était vivant lorsque Oakley est arrivé. Il prétend que non. Ce sera au jury de décider... à moins qu'un de ceux qui sont enfermés dans le salon ne puisse apporter des éléments nouveaux. Je vais commencer par Mrs. Tote.

Pendant la première partie de cette conversation, miss Silver avait paru fort distraite. Le mouvement habituellement si rapide de ses aiguilles s'était ralenti jusqu'à s'arrêter totalement et ses mains reposaient sur la laine rose pâle. Vers la fin, elle accordait certes son attention à ce qui se disait, mais de l'air de quelqu'un qui a quelque chose à dire et qui attend l'occasion de prendre la parole. Elle toussota d'un air résolu.

— Juste un instant, inspecteur Lamb, s'il vous plaît...

C'était presque comme s'il avait oublié sa présence. Ou peut-être la surprise qu'il manifesta était-elle destinée à lui rappeler que sa présence était si loin d'être officielle que moins on en parlait, mieux cela valait. Il n'aurait pas employé le mot tolérance, mais peut-être n'en pensait-il pas moins. Et c'est d'un ton et d'un air empreints d'une déférence pleine de grâce et de féminité qu'elle dit :

— Je me demande si vous auriez l'obligeance de me permettre de poser une question à Mr. Pearson en votre présence. Peut-être cela se révélera-t-il sans importance, auquel cas il me restera à m'excuser d'avoir abusé de votre temps. Mais cela pourrait aussi se révéler de la plus haute importance.

Elle avait réussi à attirer toute son attention. Mais il manifesta une vive contrariété.

— Je commencerai par Mrs. Tote... si vous n'y voyez vraiment pas d'inconvénient.

Frank Abbott pinça les lèvres. Quand le chef devenait sarcastique, c'est qu'il n'était pas au mieux de sa forme. Son esprit irrespectueux ne put s'empêcher d'établir l'analogie avec un hippopotame. Miss Silver, par contre, suscitait son admiration. Elle semblait s'être retranchée à une telle distance qu'on aurait presque pu croire qu'elle était remontée jusqu'à l'époque victorienne. C'est de cette distance qu'elle s'adressa à l'inspecteur principal en souriant :

— Alors, vous me permettrez peut-être de vous servir de messagère. Je vais avertir Mrs. Tote que vous êtes prêt à la voir.

Lorsque la porte se fut refermée sur elle, Lamb fourragea dans les papiers qui se trouvaient sur le sous-main. Les yeux de Frank allèrent se poser sur la pelote de laine rose pâle maintenue en équilibre par les aiguilles à tricoter sur le bras du fauteuil qui venait d'être libéré. Il avait la sensation que Maudie venait de renverser les rôles et que c'était son chef bien-aimé qui se sentait quelque peu mortifié. Il laissa errer son regard sur la brassière, la pelote de laine rose et les aiguilles à tricoter et en retira la conviction que Maudie avait l'intention de revenir. Il se permit d'esquisser un sourire qui lui valut de se faire vertement rabrouer comme un collégien paresseux et insubordonné.

— Et je vais vous dire, mon garçon, si vous ne prenez pas garde, vous allez vous attirer des ennuis un de ces jours... à rire sous cape et à ricaner quand vous croyez que je ne vous vois pas ! Et à me répondre, en français des fois ! D'ailleurs, c'est peut-être aussi bien !

Frank Abbott courba la tête sous l'orage en prenant son air le plus respectueux. Il se calmerait de lui-même.

33

Miss Silver transmit son message. Le hall était vide lorsqu'elle le traversa. Si quelqu'un s'était trouvé là, il l'aurait vue se diriger vers l'âtre et s'arrêtant devant, examiner avec une attention soutenue ce qui subsistait du feu. Les bûches qui l'avaient alimenté étaient enfoncées dans une épaisse couche de cendres. Elles n'étaient pas entièrement consumées, mais elles étaient calcinées et rongées jusqu'à être réduites à de fragiles enveloppes presque aussi légères et vidées de substance que le lit de cendre sur lequel elles reposaient. Elles avaient encore la forme de bûches, mais au moindre contact, elles s'écrouleraient et seraient réduites en poussière... toutes sauf une. Jetée au fond de l'âtre sur le feu éteint se trouvait exactement le genre de bûche qui aurait pu faire office d'enseigne pour une de ces auberges portant le nom de « La Billette Tordue », une bûche en forme de L, lourde et noueuse. Elle reposait sur un amas de cendres.

Miss Silver se pencha en avant et la détailla attentivement. Le feu ne dégageait plus de chaleur, mais les cendres produisaient encore une vague lueur. Elle avança une main, puis la retira, après quoi elle hocha lentement la tête, esquissa une moue et prit la direction du salon pour aller chercher Mrs. Tote.

Elles regagnèrent ensemble le bureau pour y trouver l'inspecteur principal revenu à de meilleurs sentiments. Il s'adressa à Mrs. Tote avec toute la bienveillance qu'il estima appropriée.

— Entrez et asseyez-vous. Je suis absolument désolé de vous retenir si tard, mais j'espère que vous en comprenez la nécessité. Je suppose que vous ne voyez pas d'objection à ce que miss Silver soit présente pendant que je vous pose quelques questions. Elle représente miss Brown.

— Oh, non, répondit Mrs. Tote.

Elle croisa ses mains sur ses genoux, fixa sur lui ses yeux éraillés et évoqua avec angoisse les jours heureux où la vue d'un policier était un spectacle réconfortant. Pourvu que la vérité ne se fasse pas jour au sujet d'Albert, pourvu qu'il n'y ait rien à découvrir. Faire fortune rapidement par des voies illégales, c'était déjà bien mal, mais il pouvait y avoir pire que ça. Un crime, par exemple. Lorsque le mot lui vint à l'esprit, elle eut la sensation de rapetisser, de rapetisser de plus en plus vite, jusqu'à bientôt ne plus être là du tout... mais alors, elle ne reverrait plus Allie...

La voix de Lamb résonna comme un énorme gong.

— Alors, Mrs. Tote... parlons de cette soirée. A quelle heure avez-vous regagné votre chambre ?

— Dix heures moins dix.

— De bonne heure !

— Nous en avions tous vraiment assez.

Quelque chose dans la manière dont elle prononça ces mots lui permit d'avoir une assez bonne idée de la manière dont la soirée s'était passée. Il la lui fit raconter par le menu, comparant son point de vue avec la description détaillée que miss Silver lui en avait déjà faite. Elle reconnut que Mr. Carroll avait énormément bu...

— Pas ivre, bien sûr, mais il avait bu plus qu'il n'aurait dû. Il n'aurait jamais dit tout ce qu'il a dit et ne se serait pas conduit ainsi s'il n'avait pas bu... essayant de faire croire à tout le monde qu'il savait quelque chose... enfin, ce n'est pas une manière de se conduire quand on a toute sa tête. Complètement ridicule, j'ai trouvé cela, et il risquait de s'attirer des ennuis.

— Que voulez-vous dire ?

Elle prit peur. Elle n'aurait pas dû dire ça. On ne peut pas se permettre de dire tout ce que l'on pense dans une affaire de meurtre... ce n'est pas prudent. Elle répondit avec précipitation :

— Personne n'aime les insinuations. C'est ce qu'il faisait... des insinuations. J'ai eu peur que l'un des hommes ne le rembarre et qu'ils n'aient des mots ensemble.

Peut-être n'aurait-elle pas dû dire cela non plus. Elle jeta un regard nerveux en direction de miss Silver. Elle se sentit rassurée par la vue de la laine rose et par le cliquettement régulier des aiguilles.

Lamb rappela son attention.

— Bon, vous êtes donc montée à dix heures moins dix. Vous êtes-vous immédiatement couchée ?

— Non.

— Qu'avez-vous fait ?

— Nous avons discuté un peu.

— A propos de Mr. Carroll... à propos de la scène au rez-de-chaussée ?

— Eh bien, il avait dit des tas de choses...

Lamb se mit à rire.

— En effet ! Et je présume que votre mari n'était pas particulièrement ravi ?

— Qui l'aurait été à sa place ? fit Mrs. Tote.

— Personne, sans doute. On ne peut pas lui en vouloir. Et je suppose que vous avez essayé de le calmer un peu ?

— Oui, c'est ce que j'ai fait.

— Et après ?

— Il s'est retiré dans le cabinet de toilette.

— Quelle heure était-il ?

— Dix heures vingt.

— Vous avez regardé votre montre ?

— Oui. Je voulais savoir si j'avais le temps d'envoyer un mot à ma fille. Mon mari aime bien prendre son temps pour se déshabiller.

— Vous avez écrit à votre fille ?

— Non, j'ai préféré ne pas le faire. Je ne me sentais pas dans mon assiette... et je ne voulais pas la perturber. J'ai décidé de me déshabiller.

Lamb se pencha vers elle.

— Maintenant, Mrs. Tote... votre chambre a deux fenêtres qui donnent sur la cour où le corps de Mr. Carroll a été découvert. Ces fenêtres étaient-elles ouvertes ou fermées ?

Elle murmura : « Fermées », se tourna vers miss Silver, se retourna vers Lamb, ouvrit la bouche comme si elle était sur le point de dire quelque chose, puis la referma.

— Oui, Mrs. Tote ?

Elle resta silencieuse, se tordant les mains et pressant ses lèvres l'une contre l'autre.

— Allons, Mrs. Tote, vous me cachez quelque chose à propos de ces fenêtres, non ? Avez-vous ouvert l'une d'elles... avez-vous regardé dehors ?

Elle se tordit les doigts de plus belle. Elle ne hocha pas la tête à proprement parler, mais elle fit un vague signe de tête, comme à regret. Lamb la fixa avec une gravité qui ne manquait pas d'être impressionnante.

— Mrs. Tote, si vous avez vu ou entendu quoi que ce soit cette nuit, vous savez aussi bien que moi qu'il est de votre devoir de nous en faire part. Je sais qu'il n'est pas réjouissant d'apporter un témoignage qui pourrait envoyer un homme au gibet, mais un crime est un crime, et si vous savez quelque chose, il est de votre devoir de parler.

Un consentement résigné se lut dans ses yeux éraillés.

— J'ai ouvert la fenêtre.

— Oui. Pourquoi ?

— J'avais entendu quelque chose.

— Quoi ?

— Un bruit étrange... comme si quelqu'un lançait des pierres contre une fenêtre.

— Votre fenêtre ?

Elle secoua la tête.

— Oh, non... Pas la mienne. Alors j'ai eu l'idée de regarder dehors.

— Oui ?

— J'ai éteint la lumière et j'ai ouvert la fenêtre. Au début je n'ai rien vu du tout, mais j'ai entendu quelqu'un remuer en dessous dans la cour. Et puis d'un seul coup Mr. Carroll a ouvert sa fenêtre et il est resté debout à regarder dehors, sa chambre allumée derrière lui.

— Vous l'avez vu ?

— Oh, oui... très distinctement. Il s'est penché à l'extérieur et il a demandé : « Qui est là ? », et en dessous quelqu'un a remué et a répondu : « Descendez donc... je veux vous parler. »

— Oui... continuez.

— Mr. Carroll a demandé : « C'est vous, Oakley ? » et l'homme dans la cour a répondu : « La parole est d'argent, mais le silence est d'or... et vous pourriez y trouver votre compte. Si vous descendiez pour en discuter ? »

— Et qu'a répondu Carroll à cela ?

— Il a ri. Vous savez, ils ne faisaient pas beaucoup de bruit. Mais j'ai l'ouïe fine. Je les entendais, mais c'était vraiment à la limite. Il a ri et il a répondu : « Je vais descendre et vous faire entrer par une des fenêtres du rez-de-chaussée », puis il a refermé la fenêtre de sa chambre et tiré les rideaux.

— Qu'avez-vous fait ?

— J'ai refermé ma fenêtre et j'ai été rallumer dans

la chambre. Je me suis dit que ce n'était pas mes affaires et je ne voulais pas qu'ils sachent que j'avais écouté.

— Avez-vous entendu autre chose après ?

— Non...

— Rien qui aurait pu ressembler à un coup ou à une chute ?

— J'avais des choses à faire, vous savez... j'ai fait couler de l'eau et j'ai fait mes ablutions. On n'entend rien quand on se lave...

Il y avait quelque chose d'hésitant dans son attitude.

— Mais Carroll a dit : « C'est vous, Oakley ? » vous en êtes certaine.

Son regard se déroba, mais elle répondit d'une voix ferme.

— Oui, j'en suis certaine. Il a prononcé le nom à voix assez haute.

— Et vous n'avez rien entendu d'autre... absolument rien d'autre après avoir refermé la fenêtre ?

Elle eut l'air désemparée.

— Je ne sais pas... ce n'est pas correct de parler de quelque chose dont on n'est pas sûr.

— Donc, vous avez entendu quelque chose.

Elle se tritura les doigts.

— Pas entendu à proprement parler. J'étais en train de me laver. J'ai cru entendre quelque chose... comme un appel.

— Et qu'avez-vous pensé en l'entendant ?

— J'ai pensé que c'était Mr. Carroll qui appelait Mr. Oakley. Juste le nom. C'est ce que j'ai cru entendre... comme il l'avait dit un peu avant, mais plus fort. Ça devait être plus fort, sinon je n'aurais pas cru l'entendre... mais il y avait l'eau qui coulait... je ne jurerais de rien.

Il la laissa partir.

Quand la porte se fut refermée derrière elle, il se renversa dans son fauteuil.

— Eh bien, voilà qui laisse présager une belle cravate de chanvre pour Oakley !

Miss Silver toussota délicatement.

— Mrs. Tote ne jurera pas que l'homme qu'elle a entendu dans la cour était Mr. Oakley.

Elle reçut le plein impact d'un regard furibond.

— Elle a entendu Carroll l'appeler Oakley... ça, elle le jurera.

— Ce n'est pas tout à fait la même chose. Mr. Carroll peut s'être trompé. En fait, ce dernier point que vous avez si habilement arraché à Mrs. Tote tendrait à confirmer la version de Mr. Oakley. Il explique sa présence dans la cour en déclarant qu'il a cru entendre son nom et qu'il s'est précipité dans la direction d'où le son lui semblait provenir.

Lamb eut un petit rire agacé.

— Et que pouvait-il dire d'autre ? Carroll avait crié son nom... n'importe qui pouvait avoir entendu. Il faut bien qu'il se justifie d'une manière ou d'une autre, alors il prend ce prétexte pour expliquer sa présence dans la cour.

Son œil sombre toujours braqué sur miss Silver, il fut soudain frappé de la similitude qu'offrait son regard avec celui d'un oiseau, la tête légèrement inclinée de côté, les yeux excessivement brillants. Il se souvenait l'avoir déjà vue ainsi, et cela signifiait quelque chose. En fait, l'oiseau avait l'œil fixé sur un ver de terre parliculièrement dodu.

— Si vous m'autorisiez seulement à poser cette question à Mr. Pearson, inspecteur...

— Cela ne traînera pas ?

— Je ne crois pas.

Il se retourna dans son siège.

— Sonnez, Frank !

Pearson entra avec un regard interrogateur. Ses nerfs avaient été fortement ébranlés, mais il se sentait réconforté par le fait que c'était uniquement grâce à son zèle si la police était arrivée à temps pour arrêter l'assassin sur les lieux mêmes de son forfait. Il était déjà persuadé que les détails de cette affaire lui fourniraient une provision de souvenirs du plus haut intérêt. Mais cette consolation ne l'empêchait pas d'éprouver de nostalgiques aspirations à un avenir où ces deux meurtres seraient devenus simple prétexte à anecdote. Comme il devait par la suite le dire à sa femme : « Tout ça, c'est très beau quand c'est de l'histoire ancienne, si l'on peut dire, mais c'est insoutenable pour les nerfs tant que ça n'est pas terminé et qu'on ignore qui sera le prochain cadavre. » Mais comme en règle générale les meurtres n'ont pas lieu en présence de deux officiers de police, sans mentionner le fait que l'un d'eux était un inspecteur principal, le bureau lui parut un endroit excessivement confortable et il eût été prêt à y passer la nuit entière.

Aussi les paroles de miss Silver lui causèrent-elles quelque déception.

— J'aimerais vous poser une seule question, Mr. Pearson.

C'est le maître d'hôtel qui répondit.

— Oui, madame ?

— Lorsque vous avez traversé le hall après avoir fermé les portes, avez-vous mis du bois dans le feu ?

Si quelqu'un avait observé Frank Abbott, il l'aurait vu tressaillir.

— Oh, non, madame... jamais je n'aurais fait ça.

— C'est bien ce que je supposais. Avez-vous prêté attention à l'état du feu ?

— Cela entre dans mes attributions, si je puis m'exprimer ainsi. Jamais je ne me retirerais en laissant un grand feu ou quelque chose risquant de tomber à l'extérieur.

— Le feu était donc bas ?

— Il y avait deux ou trois bûches à plat et complètement calcinées.

— Et vous n'avez pas rajouté de bois depuis ?
— Oh, non, madame.
— Personne d'autre non plus ?
— Personne n'en a eu l'occasion, madame... pas depuis que l'alarme a été donnée.

Miss Silver tourna un regard empreint d'une extrême gravité en direction de l'inspecteur principal.

— Lorsque je suis descendue après le meurtre, j'ai remarqué une grosse bûche tordue dans le fond de l'âtre. Elle n'y était pas quand nous sommes tous montés un peu avant dix heures. Lorsque vous avez commencé à parler de l'arme utilisée pour le crime de ce soir, les images respectives du feu tel que je l'avais vu en montant et du feu tel que je l'ai vu en redescendant se sont imposées à mon esprit. Dans un premier temps il m'a seulement semblé qu'il y avait quelque chose de bizarre, mais pendant que vous parliez au sergent Abbott, j'ai réalisé que ce morceau de bois rajouté pourrait fort bien être l'arme que vous cherchiez. Je ne puis qu'espérer que le feu qui couvait sous la cendre n'a pas été assez brûlant pour détruire d'éventuels indices.

Avant qu'elle ait terminé sa phrase, Frank Abbott était déjà arrivé à la porte.

34

— Eh bien, miss Silver, nous vous sommes très obligés, fit Lamb dix minutes plus tard. C'est sans nul doute l'arme du crime. Heureusement qu'Oakley a été pris par le temps et n'a pas pu faire mieux que balancer cette bûche dans le fond de l'âtre sans attendre de voir où elle atterrissait. Si elle n'avait pas roulé à l'écart de ce qui restait du feu, elle aurait probablement flambé. Mais en l'occurrence il n'y a pas d'erreur possible sur l'utilisation qu'on en a faite.

— Oakley ? — Miss Silver toussota d'un air fort résolu. — Mr. Oakley, inspecteur ?

Il lui jeta un regard d'incompréhension. Frank Abbott sursauta légèrement.

Miss Silver tricotait avec célérité.

— Si cette bûche est bien l'arme du crime, fit-elle, Mr. Oakley n'est pas l'assassin. Ce n'est pas possible.

Elle eut droit à un grognement et à un sec : « Vos raisons ? »

— Lorsque Mr. Pearson est venu m'informer de la conversation téléphonique qu'il venait de surprendre, il a mentionné qu'il venait de fermer les portes de la maison. Chaque fenêtre du rez-de-chaussée a été tirée et fermée à l'espagnolette, chaque porte fermée à clé et verrouillée... vos hommes peuvent le confirmer. En laissant de côté la question de savoir comment

Mr. Oakley aurait pu quitter la maison hermétiquement close après s'être débarrassé de l'arme de la manière que vous suggérez, nous nous trouvons confrontés à un autre problème. Mr. Carroll, lui, est sorti de la maison. Il est sorti après qu'elle ait été fermée pour la nuit, puisque Pearson l'a vu monter après avoir lui-même achevé sa tournée. Il a bien fallu qu'il redescende. Il a bien fallu qu'il ouvre une porte ou une fenêtre de manière à pouvoir quitter la maison. Et pourtant, aucune porte ni aucune fenêtre n'a été trouvée ouverte ni entrebâillée. C'est donc quelqu'un de l'intérieur qui a refermé en laissant Carroll dehors. N'est-il pas logique de supposer qu'il s'agit de l'assassin ? Ça ne peut pas être Mr. Oakley.

Un silence succéda à ces paroles. L'irritation de surface de Lamb avait totalement disparu. Son esprit, moins vif que celui de miss Silver, mais profondément compétent et impartial s'appliqua à soupeser les arguments qu'elle avait utilisés. Il s'accorda tout le temps nécessaire. Il connaissait son rythme et savait s'y tenir.

— C'est exact, fit-il enfin, ce n'est pas Oakley... il n'a pas pu. — Il s'adressait à elle comme à un égal, d'une voix totalement exempte de rancœur et demanda sur le même ton : — Avez-vous une idée de qui ce peut être ?

— Quelqu'un qui savait que Mr. Oakley devait venir, répondit-elle d'un ton grave.

Il ne put retenir un sifflement.

— Comment en arrivez-vous à cette conclusion ?

— Je pense que cela coule de source. Je suis intimement persuadée que l'assassin était au courant de la conversation téléphonique entre Mr. Oakley et Mr. Carroll. Cela me paraît tout à fait évident.

Les yeux de Lamb sortirent de leurs orbites.

— Vous n'allez pas me dire que vous pensez qu'il s'agit de Pearson ! Jamais je ne pourrais avaler ça.

Miss Silver lui adressa un sourire.

— Je n'en ferai rien. Nous savons que Pearson écoutait la première des deux conversations, celle à laquelle Mr. Carroll a mis fin. Il n'a toutefois pas écouté la seconde, quand Mr. Oakley a appelé pour annoncer son arrivée. Il me semblait pratiquement certain qu'il devait y avoir un second récepteur dans la chambre de Mr. Porlock, et j'ai vérifié que tel était bien le cas. Maintenant, réfléchissons un instant. Mr. Carroll avait porté sur les nerfs de tout le groupe et avait exacerbé leurs craintes. Comme les nerfs de l'assassin devaient être tendus... avec quelle angoisse intense il devait se demander si Mr. Carroll avait réellement barre sur lui et comment il comptait profiter de son avantage. Les gens commencent à se séparer pour la nuit. Il voit Mr. Carroll entrer dans le bureau et refermer la porte. Peut-être même l'entend-il appeler le standard. N'imaginez-vous pas qu'il se soit posé la question de savoir si Mr. Carroll n'était pas sur le point de faire part à la police du renseignement qu'il prétendait détenir ? S'il parvenait à se glisser dans la chambre de Mr. Porlock, il pourrait écouter de là-bas et serait fixé. Je vous suggère de faire relever sans délai les empreintes digitales sur cet appareil. Si elles coïncident — et je pense que ce sera le cas — avec les empreintes relevées en début de soirée sur la tablette de cheminée du hall et sur les boiseries latérales de l'escalier, ma théorie s'en trouvera fortement confortée.

— Les empreintes de qui vous attendez-vous à trouver ?

Miss Silver secoua la tête.

— Permettez-moi de continuer, je vous prie. L'assassin entend Mr. Oakley annoncer sa venue. Je pense qu'il est possible, et en fait probable, qu'il n'ait pu atteindre ce poste avant la seconde conversation. Il lui a fallu monter à l'étage et guetter une occasion propice pour pénétrer dans la chambre de Mr. Porlock.

Lamb émit un nouveau grognement, d'intérêt, cette fois.

— Et alors, qu'a-t-il fait ensuite ? Je suppose que vous pouvez nous faire un récit de témoin oculaire !

Miss Silver continua à tricoter.

— Je crains que non. Je ne peux que vous raconter ce qui, à mon avis, s'est peut-être passé. Il a pu, naturellement, réaliser immédiatement que Mr. Oakley pouvait faire office de bouc émissaire. La manière dont Mr. Porlock a été assassiné indique clairement que le meurtrier a l'esprit vif et ne manque pas de ressources. Je pense qu'il a pu voir une possibilité de se débarrasser de Mr. Carroll tout en courant le minimum de risques. Il a calculé combien de temps il faudrait à Mr. Oakley pour parvenir ici et il a dû tenir compte de l'éventualité qu'il vienne en voiture. La distance entre les deux demeures étant de l'ordre d'un kilomètre, la différence de temps entre un trajet à pied ou en voiture ne serait pas très sensible, le garage de la Ferme du Moulin étant un peu éloigné du bâtiment. Je suppose qu'il n'a guère attendu plus de cinq minutes avant de descendre jusqu'à la salle de billard, probablement par l'escalier de derrière.

— La salle de billard ?

— Je pense. Une partie s'étend sous la chambre de Mr. Carroll et a donc des fenêtres donnant sur la cour où le corps a été découvert. Ces fenêtres, comme celles du premier étage, sont des croisées et elles ne sont pas très éloignées du sol. Après être sorti par là, il a dû se rendre jusqu'au bord de l'esplanade gravillonnée et ramasser une poignée de gravier. Il le jette ensuite contre la fenêtre de Mr. Carroll. Comme la fenêtre en dessous était probablement ouverte à ce moment-là, il est possible que nous retrouvions des traces de gravier sur le sol de la salle de billard.

Lamb se retourna d'un bond vers son subordonné.

— Allez jeter un coup d'œil ! Appelez Hugues et

dites-lui de relever les empreintes sur le téléphone de la chambre de Porlock... poignées de portes intérieures et extérieures... espagnolettes dans la salle de billard. Dites-lui de se grouiller. Il ferait mieux de commencer par le téléphone. Voyons... où est Jones ? Envoyez-le dans la salle de billard jusqu'à ce qu'elle ait été passée au peigne fin. Et dites à Jackson que personne ne doit quitter le salon en attendant que j'arrive.

Le sergent Abbott s'éloigna avec regret. Il eût préféré rester pour le cas où miss Silver aurait eu d'autres révélations à faire. En l'occurrence il s'acquitta de ses diverses tâches avec une célérité remarquable et il réapparut, plein de dynamisme et l'air triomphant pour signaler qu'il avait découvert quelques graviers sur l'appui de la fenêtre de la salle de billard.

Lamb poussa un grognement.

— Eh bien, miss Silver, il semble que vous ayez vu juste. Peut-être allez-vous nous dire maintenant à qui appartiennent les empreintes que nous allons trouver ?

Les aiguilles cliquetaient, la pelote rose se déroulait. Miss Silver n'arborait pas l'air triomphant du sergent Abbott.

— Je n'ai guère passé de temps dans cette maison, fit-elle d'un ton grave. Je n'ai donc pas eu mes habituelles facilités pour établir des contacts et en tirer des conclusions. Mais même en un laps de temps aussi bref, il y a des choses qui ne peuvent passer inaperçues. Avant neuf heures du soir...

— Neuf heures ? l'interrompit sèchement Lamb.

Elle inclina la tête.

— Le café a été servi au salon juste avant neuf heures. Les messieurs nous ont rejoints très peu de temps après. Jusqu'à ce moment-là, si l'on m'avait demandé lequel des invités me paraissait le plus susceptible d'avoir assassiné Mr. Porlock, j'aurais été fort tentée de désigner Mr. Carroll. Il avait produit sur moi une impression excessivement désagréable. Je le jugeais malhonnête et sans scrupules, et pour ce qui était du mobile, le sien semblait particulièrement puissant. Si Porlock avait été en mesure d'apporter la preuve qu'il avait été impliqué dans des contacts avec un agent ennemi, cela lui aurait certainement valu une longue période d'emprisonnement, si ce n'est la peine capitale. Et même si les charges portées contre lui n'étaient pas suffisamment fondées, c'en était fait de sa carrière.

Lamb s'était penché vers elle et buvait ses paroles.

— Et que s'est-il passé après neuf heures ? Il n'a été assassiné qu'une heure et demie plus tard.

— Mes soupçons se sont portés dans une autre direction. Lorsque Mr. Carroll a commencé ce qu'il prenait plaisir à qualifier de divertissement, j'ai naturellement observé l'assistance avec la plus grande attention. Permettez-moi de vous rappeler la disposition des gens. J'étais assise dans l'angle du canapé, du côté du feu, et occupais ainsi un poste d'observation idéal. Je partageais le canapé avec Mrs. Tote qui se trouvait à ma droite. Dans le prolongement, et un peu à l'écart du cercle, était assise miss Masterman. Mr. Carroll était debout dans l'espace situé entre elle-même et le fauteuil occupé par Mr. Tote. Miss Lane, Mr. Justin Leigh et Dorinda Brown étaient assis sur le canapé qui me faisait face. La table du café était placée devant miss Brown, Mr. Masterman était debout près du feu...

— Oui, oui... nous avons déjà vu tout ça !

Miss Silver continua imperturbablement à tricoter.

— Comme vous allez pouvoir le constater, j'étais remarquablement placée. Il est exact qu'il aurait fallu que je me torde le cou de manière pour le moins inconfortable pour pouvoir observer le visage de

Mr. Masterman, mais comme ce n'était pas nécessaire, cela importait peu. Presque dès le début, mon attention se fixa sur miss Masterman.

Frank Abbott fit un geste brusque qui pouvait passer pour un mouvement de protestation. L'inspecteur principal se raidit, tout son corps donnant l'impression de devenir encore plus massif.

Miss Silver continua placidement.

— Il ne m'a guère fallu de temps pour m'apercevoir qu'il y avait dans cette maison deux femmes excessivement malheureuses. Mrs. Tote et miss Masterman portaient toutes deux un lourd fardeau d'angoisse et de chagrin. En ce qui concerne Mrs. Tote, j'ai découvert qu'elle était malheureuse tant à cause de l'enrichissement soudain de son mari que de sa séparation d'avec sa fille unique qu'elle adorait. Elle a abordé ces sujets très franchement, mais j'ai discerné un profond malaise quant aux méthodes par lesquelles son mari avait amassé une telle fortune. J'ai pensé qu'elle n'était pas totalement persuadée qu'il n'ait pas fait un pas de trop... dans la voie du crime. En ce qui me concerne, je n'ai jamais envisagé sérieusement la culpabilité de Mr. Tote. Je pense qu'il est probablement monté après son entretien avec Mr. Porlock et qu'il a exposé avec violence à sa femme ce qu'il aimerait faire subir à ce dernier. Elle l'a d'ailleurs reconnu à demi-mot. Je n'ai pas supposé un instant que l'homme qui avait préparé le meurtre de Mr. Porlock aurait commis l'erreur grossière de le menacer ou d'afficher sa mauvaise humeur comme l'a fait Mr. Tote samedi soir. J'ai donc laissé les Tote de côté. Le chagrin de miss Masterman se manifestait d'une tout autre manière. La première fois où je l'ai vue, elle m'a donné l'impression de s'être complètement retranchée en elle-même... elle ne semblait plus avoir le moindre contact avec le monde extérieur. Elle paraissait tendue et malade et elle m'a donné l'impression d'attendre quelque chose. Après avoir discuté avec le sergent Abbott, son état d'esprit m'a paru en accord avec la supposition selon laquelle son frère et elle-même avaient hérité de l'argent qu'elle estimait ne pas devoir lui revenir. Elle paraissait totalement abîmée dans ses pensées et tellement préoccupée que même un meurtre ne semblait pouvoir l'atteindre. Lorsque nous sommes passés au salon après dîner, elle s'est écartée du cercle autour du feu et s'est emparée d'un journal derrière lequel elle dissimulait son visage. Je ne pense pas qu'elle ait lu. Je l'ai observée et ne l'ai jamais vue tourner une page. Mais lorsque Mr. Carroll a commencé son soi-disant divertissement, elle a été, je pense, tirée de son apathie. Sa mise en scène était frappante et dramatique... tout le monde avait les yeux fixés sur lui. J'ai observé miss Masterman. Elle n'a pas posé son journal, mais elle l'a légèrement baissé. Elle ne regardait pas Mr. Carroll. Sa main droite s'était crispée si fort sur le journal qu'il s'était un peu déchiré. Elle n'a pas remarqué que je l'observais. Toute son attention était dirigée sur autre chose. J'ai suivi la direction de ses yeux et me suis aperçue qu'elle regardait son frère. Il avait déposé sa tasse de café sur la tablette de la cheminée... j'ai juste eu le temps de le voir faire. Comme je l'ai déjà signalé, je ne pouvais pas voir son visage sans faire un effort, mais il me fut très facile de voir sa main reposer la tasse de café... très facile et largement suffisant. Mr. Carroll venait d'adresser toute une série de remarques provocantes à Mr. Tote. Je ne les ai pas prises au pied de la lettre. A mon avis, il se contentait de provoquer celui qui était le plus susceptible de réagir. Après mon intervention pour essayer de détendre l'atmosphère, Mr. Carroll a retourné son attention vers Mr. Masterman. Il lui en a dit beaucoup moins qu'il n'avait fait pour Mr. Tote, et la réaction fut bien moindre en apparence. Et pourtant, c'est à ce moment-là que l'attention de miss Masterman et la mienne ont été attirées. Des réactions en profondeur se font parfois sentir très fort. Miss Masterman a senti quelque chose qui lui a donné l'alerte. J'ai moi-même soudain pris conscience d'une tension extrême. Il aurait pu s'avérer difficile de remonter jusqu'à la source de cette tension, s'il ne s'était produit quelque chose, une réaction physique infime mais curieuse. La main avec laquelle Mr. Masterman avait déposé sa tasse de café était restée ferme. C'était sa main gauche. La tasse avait été reposée sans la moindre secousse. La main droite, qu'il laissait pendre, restait également immobile. Mais les deux pouces étaient agités de tressaillements convulsifs. C'était un de ces mouvements incontrôlés dont parfois on est à peine conscient. Je suis absolument certaine que Mr. Masterman n'avait pas été conscient de ce tressaillement avant de baisser les yeux et de s'en apercevoir. Il fit montre d'une grande présence d'esprit, glissant une main dans sa poche et mettant l'autre derrière son dos, comme pour la présenter à la chaleur du feu. Tout cela s'était déroulé sans heurt et de manière très naturelle, ce qui, au lieu de dissiper mes soupçons, n'avait fait que les renforcer. J'ai supposé que miss Masterman avait vu la même chose que moi et qu'elle l'avait interprétée de la même manière. Dans ces conditions, il m'a semblé probable qu'elle chercherait à avoir un entretien avec son frère. Je ne sais pas si vous vous souvenez que sa chambre est juste en face de la mienne. La galerie courant autour de trois des côtés du hall donne accès à deux ailes distinctes où se trouvent les chambres. Miss Brown, miss Masterman et moi-même avons nos chambres dans l'aile droite, de ce côté-ci du bâtiment. La chambre de Mr. Porlock se trouve dans l'aile gauche, du côté du salon et de la salle de billard, comme le sont également les chambres occupées par les Tote, Mr. Carroll et Mr. Masterman. Je ne me suis pas déshabillée. J'ai attendu, en tenant ma porte légèrement entrebâillée, pour voir si miss Masterman allait quitter sa chambre et faire le tour de la galerie pour rejoindre l'autre aile. C'est ce qu'elle a fait presque immédiatement. En me rendant jusqu'au bout du couloir, j'ai pu voir qu'elle était allée jusqu'à la porte de Mr. Masterman. Elle a frappé et attendu.

— Ces deux couloirs sont exactement l'un en face de l'autre, fit Lamb. Vous avez donc regardé par-dessus le hall dans le couloir situé au-dessus du salon. Je présume qu'il était allumé ?

— Il y avait une lumière à l'extrémité, en face de la chambre de Mr. Carroll. Je pouvais donc voir la totalité du couloir. Miss Masterman a frappé une nouvelle fois, puis elle a tourné la poignée et est entrée. Elle a laissé la porte ouverte derrière elle. De l'extrémité de mon propre couloir j'ai éteint la lumière de manière à pouvoir continuer à observer sans être vue. A peine l'avais-je fait que miss Masterman est ressortie, laissant encore la porte ouverte. Elle restait là, pleine d'indécision, et j'en ai conclu que Mr. Masterman n'était pas dans sa chambre. Après quelques instants, elle est entrée de nouveau dans la chambre, revenant à la porte de temps à autre pour regarder dans le couloir. Il était évident qu'elle avait l'intention d'attendre le retour de son frère. Ma surveillance devenait dès lors sans objet. J'ai regagné ma chambre et quelques minutes plus tard Pearson est venu m'informer de la conversation téléphonique entre Mr. Carroll et Mr. Oakley. Je n'ai pas revu miss Masterman avant le moment où l'alarme a été donnée et où elle est sortie de sa chambre en robe de chambre.

— Croyez-vous qu'elle puisse avoir vu quelque chose ?

Miss Silver toussota.

— Je pense que c'est évident. Réfléchissez, inspecteur. Elle était là, dans la chambre de son frère, attendant son retour, aux aguets. La porte de la chambre était ouverte. Si quelqu'un est sorti de la chambre de Mr. Porlock, il lui était difficile de ne pas voir de qui il s'agissait. L'escalier de derrière débouche entre la chambre de Mr. Masterman et celle de Mr. Carroll. Si Mr. Masterman est descendu par cet escalier, elle l'a nécessairement vu. Si Mr. Carroll l'a emprunté, il est probable qu'elle l'ait également vu. Elle était, à mon avis, presque à bout après une longue période de tension. Elle était désespérément anxieuse de voir son frère... peut-être désespérément avide d'être rassurée. Croyez-vous dans ces conditions que quelque chose ait pu lui échapper ?

Lamb poussa un grognement.

— Que fait-elle maintenant ?

— Lorsque je suis allée chercher Mrs. Tote, elle était assise près du feu et tremblait. Il fait très bon dans la pièce et elle est chaudement vêtue, mais elle n'arrête pas de trembler comme une feuille. Si vous l'interrogez, je pense qu'elle s'écroulera. Cet homme est son frère, mais il a assassiné deux hommes qui se trouvaient sur son chemin. Si vous enquêtez sur la mort de la vieille cousine dont il a hérité, peut-être découvrirez-vous qu'il a un troisième meurtre sur la conscience. Le chagrin de miss Masterman est profond et de longue date. Peut-être soupçonnait-elle ce qu'elle se refusait à croire. Maintenant, je pense, elle sait... et si elle sait, elle doit parler, dans l'intérêt de tout le monde... et même dans le sien. Si Mr. Masterman soupçonnait qu'elle sait quelque chose, elle se trouverait en grand danger. Cet homme est un tueur. Il est habile et rusé. Quiconque menace sa sécurité n'est plus en sécurité lui-même. Je crois que vous trouverez ses empreintes sur l'appareil téléphonique et sur la fenêtre de la salle de billard. Je crois qu'elles correspondront à celles qui ont été relevées dans le hall sur la tablette de cheminée et sur l'escalier.

— Elle avait raison pour celles-là, monsieur. Hugues vient de me le confirmer… ce sont celles de Masterman, fit Frank Abbott.

Lamb braqua sur lui un regard impassible.

— Et elles ne prouvent rien, répliqua-t-il.

35

L'inspecteur principal tourna son regard vers miss Silver qui continuait à tricoter. Au bout d'un moment, il répéta ses derniers mots.

— Elles ne prouvent rien, et vous le savez parfaitement. N'importe quelle personne présente dans la maison aurait pu laisser ces empreintes sans avoir rien de plus à voir avec ce meurtre que vous... ou moi. Essayez de les soumettre à un jury... — Il eut un petit ricanement... — Tiens, je m'y vois ! Et j'irai même plus loin. Admettons que nous trouvions ses empreintes sur l'appareil de la chambre de Porlock... qu'est-ce que cela prouve ? Qu'il y est entré et qu'il a passé un coup de fil. Il est plus que vraisemblable que tout le monde a téléphoné à un moment ou à un autre entre hier et aujourd'hui. Masterman prétendra avoir utilisé l'appareil le plus proche. Admettons que nous trouvions ses empreintes sur la fenêtre de la salle de billard... au dire de tous, il a passé la majeure partie de son temps dans cette pièce depuis son arrivée... il prétendra avoir ouvert la fenêtre pour aérer un peu.

— Tout cela s'accumule... vous ne trouvez pas, chef ? fit Frank Abbott. Même un jury pourrait commencer à se dire que ça fait un peu beaucoup de Masterman.

Le regard de l'inspecteur revint vers lui et se chargea de réprobation.

— Si vous croyez qu'un jury s'amuse à penser, vous allez au-devant de bien des désillusions. Je vous ai déjà dit, et je suppose qu'il faudra encore vous le répéter, que ce que demande un jury, ce sont des faits... de bons faits bien solides avec de bons témoins bien solides prêts à en attester la réalité sous serment. Les jurés ne veulent pas penser, parce qu'ils savent aussi bien que vous et moi que l'erreur est humaine. Ils ne tiennent pas à se réveiller la nuit pour se demander s'ils ont eu tort ou raison de déclarer l'accusé coupable dans une affaire de meurtre... c'est le genre de chose qui mine un homme. Les jurés veulent des faits pour pouvoir rentrer chez eux et dire : « Eh bien, c'est bien lui qui a fait le coup... pas le moindre doute là-dessus. » — Il repoussa sa chaise. — Maintenant, voici ce que je vais faire. Il y a suffisamment de charges qui pèsent sur Oakley pour justifier que nous l'emmenions au poste pour l'inculper...

— Mais, chef, vous avez dit que ça ne pouvait pas être lui.

Lamb se leva.

— Ne vous occupez pas de ce que j'ai dit... je dis autre chose maintenant.

Frank Abbott devait se demander par la suite s'il y avait vraiment beaucoup de différence. Lamb pouvait être malin quand il le voulait. Frank en arriva à la conclusion qu'il pouvait, rétrospectivement, considérer son chef et Maudie comme deux esprits dotés d'une seule et unique pensée.

Pendant ce temps, l'inspecteur principal avait tourné son regard vers miss Silver qui lui répondit par un léger sourire de connivence.

— Le fait de changer d'avis a toujours été considéré comme une prérogative féminine, mais je n'ai jamais pu comprendre pourquoi un homme ne jouirait pas de ce privilège.

En parlant, elle rangeait son tricot dans le sac à

ouvrage de chintz imprimé, cadeau d'anniversaire de sa nièce Ethel. Feignant de ne pas voir le sourcil levé de Frank Abbott, elle quitta la pièce et traversa le hall à la suite de l'inspecteur principal.

Dans le salon régnait un silence pesant. Cela devait bien faire un quart d'heure que personne n'avait ouvert la bouche. Mr. Tote était dans le fauteuil qu'il avait occupé après le dîner. Il avait un journal sur les genoux, mais cela faisait bien longtemps qu'il ne le lisait plus. Moira et Dorinda étaient assises sur le canapé à la droite du feu, avec Justin Leigh à moitié assis et à moitié penché du côté de Dorinda. Sur l'autre canapé, miss Masterman avait pris la place précédemment occupée par miss Silver, son épaisse robe de chambre en molleton ramenée autour d'elle. Elle s'y agrippait farouchement comme pour se protéger d'un violent tremblement chronique.

Dans l'autre angle du canapé, Mrs. Tote avait la tête penchée en arrière et les yeux fermés. Elle n'avait pas d'autre couleur sur le visage que celle de ses paupières rougies. Elle ne cessait de penser à Mrs. Oakley hurlant le nom de Glen. Il n'en faudrait pas beaucoup pour la briser. Si la police arrêtait Mr. Oakley et qu'il passait en cour d'assises et était pendu, elle s'effondrerait complètement... « Et il faudra que je me lève et que je témoigne sous serment de ce que j'ai entendu. » C'était bien pire que le pire des cauchemars qu'elle avait jamais fait. Elle gardait les yeux hermétiquement clos pour ne pas voir Martin Oakley qui tournait en rond dans la pièce comme un fauve en cage.

Mr. Masterman avait pris place dans le fauteuil où sa sœur s'était installée après le dîner, dissimulant son visage et abîmée dans ses pensées. Il paraissait détendu et fumait sans interruption, mais sans hâte.

Moira Lane fumait également. Une pile de mégots s'élevait dans le cendrier reposant en équilibre à côté d'elle sur l'accoudoir capitonné du canapé. Elle avait le visage rouge et brillant. Dorinda était très pâle. Elle s'était rencognée dans son angle et fut heureuse lorsqu'elle sentit Justin poser sa main sur son épaule et l'y laisser. Elle était chaude et donnait une impression de force.

L'agent Jackson, assis sur une chaise droite et raide près de la porte, était en train de penser à ses pois de senteur. Il les avait semés en automne dans une rigole remplie d'eau et ils mesuraient dix bons centimètres et étaient vigoureux et prometteurs. Il allait faire grimper chaque pied sur un seul tuteur et il espérait bien concourir aux floralies de juillet. Cinq par tige, on avait comme ça... des grosses tiges épaisses comme la mèche d'un fouet et de trente à trente-cinq centimètres de haut... et des fleurs énormes avec ça. Son imagination se repaissait d'une pousse gargantuesque.

C'est au moment où il se demandait quel pouvait être le chiffre record de fleurs sur une même tige que la porte s'ouvrit pour laisser le passage à l'inspecteur principal suivi de la petite dame qui était venue chercher Mrs. Tote et du sergent Abbott qui sentait son Londonien à des kilomètres, et gommeux avec ça. On aurait pu se regarder le visage dans ses cheveux, sûr, et il devait dépenser une fortune en cosmétiques... et c'était pas de la camelote. Il interrompit ses pensées et se leva machinalement à l'entrée de l'inspecteur principal.

L'attention générale s'était concentrée sur lui. Mrs. Tote avait ouvert les yeux. Mr. Oakley, qui venait d'atteindre le bout de la pièce et d'effectuer son demi-tour, restait immobile, comme pétrifié. Tout le monde attendait.

Lamb traversa toute la pièce et posa la main sur l'épaule de Martin Oakley.

— Je dois vous demander de m'accompagner au poste de police. J'ai un témoin pour attester le fait qu'à la suite de votre conversation téléphonique avec Mr. Carroll, lors de laquelle vous aviez annoncé votre venue pour lui parler, quelqu'un est allé dans la cour et a lancé du gravier contre la fenêtre de chambre de Mr. Carroll. Ce dernier a ouvert sa fenêtre et a crié : « C'est vous, Oakley ? » La réponse a été : « La parole est d'argent, mais le silence est d'or... et vous pourriez y trouver votre compte. Si vous descendiez pour en discuter ? » Vous pouvez faire une déposition si vous le désirez, mais je dois vous avertir que tout ce que vous direz pourra être utilisé par la justice.

Martin Oakley le regardait fixement. Il était en trois jours devenu la caricature hagarde de lui-même.

— Vous m'arrêtez ? fit-il. Mon Dieu... vous ne pouvez pas faire ça ! Ce n'est pas moi ! Vous allez tuer ma femme !

Comme tout le monde dans la pièce, miss Masterman s'était retournée et regardait les deux hommes, appuyée du bras droit sur le dossier du canapé et serrant le col de sa robe de chambre de l'autre main. Au mot « arrêtez », miss Silver la vit sursauter. Quand Martin Oakley dit : « Vous allez tuer ma femme ! » elle marmonna quelque chose entre ses dents et se leva tout d'une pièce, comme un pantin de bois.

Miss Silver crut distinguer les mots : « Oh, *non*... je ne peux pas ! » Si c'était bien le cas, elle les répéta... avant que Lamb ait eu le temps de dire quoi que ce soit, et cette fois d'une voix rauque et forte qui attira sur elle tous les regards.

— Oh, non ! Oh, non ! Je ne peux pas !

Elle avait fait un pas en avant, le bras qui avait reposé sur le dossier du canapé étendu devant elle comme si elle cherchait son chemin dans l'obscurité.

— Elle est malade ! cria Jeffrey Masterman.

Il se leva, mais avant de pouvoir faire un seul pas, quelqu'un s'interposait... Frank Abbott, qui le retint par le bras en disant d'une voix paisible et traînante :

« Vous croyez ? » Miss Masterman passa devant eux. Elle jeta un regard à son frère et lui dit : « Ça ne sert à rien. »

S'il tenta de faire un geste, la main posée sur son bras l'arrêta aussitôt.

— Elle a toujours été un peu déséquilibrée, vous savez, fit-il. Ça fait des années que je crains qu'il ne lui arrive quelque chose. Vous feriez mieux de me laisser l'emmener tranquillement dans sa chambre.

Personne ne prêta attention à ses paroles. Il réalisa d'un coup qu'il était isolé de ceux qui l'entouraient... pas encore par des verrous et des barreaux, par les murs d'une prison ou par le verdict de la justice, mais par les barrières impalpables qui ont mis l'assassin au ban de la société depuis la damnation de Caïn. Personne ne le regarda ni ne prêta attention à ses paroles. Seul Jackson, obéissant à un regard du sergent Abbott, vint se placer de l'autre côté de lui. Miss Masterman s'immobilisa à mi-chemin entre la cheminée et la fenêtre. Elle s'adressa à Lamb de cette même voix rauque et lasse.

— Il ne faut pas l'arrêter ! Il n'est pas coupable !

Il se dégageait de lui une impression de solidité, de sécurité. L'image de l'ordre public. « Tu ne tueras point. » Il symbolisait toutes les barrières érigées d'âge en âge pour maintenir à l'écart toutes les choses innommables de la jungle. Si on les laissait entrer, trop de gens devaient payer la note. Elle l'entendit dire : « Voulez-vous faire une déposition, miss Masterman ? » Elle prit une longue inspiration et répondit :

— Oui...

36

Déposition d'Agnès Masterman :

« Je fais cette déposition parce que je ne puis faire autrement. Mr. Porlock et Mr. Carroll étaient de méchants hommes. Peut-être méritaient-ils de mourir... je ne sais pas. Ma vieille cousine n'avait jamais fait de mal à personne. On ne peut pas tuer des gens simplement parce qu'ils sont méchants ou parce qu'ils vous gênent. On ne peut pas laisser souffrir des innocents. Je ne peux pas laisser arrêter Mr. Oakley, parce que je sais qu'il est innocent. Il y a des choses que l'on peut faire et d'autres que l'on ne peut pas. Je ne peux pas le laisser arrêter.

« Nous sommes montés vers dix heures moins dix. Je ne savais pas ce que je devais faire. Il fallait que je parle à mon frère, mais j'avais peur... j'avais très peur. J'avais beaucoup pensé à l'argent... à l'argent de notre vieille cousine. Elle n'avait plus l'intention de nous le léguer — tout au moins, elle n'avait plus l'intention de le léguer à Jeffrey — et elle a fait un autre testament, mais il le lui a pris. J'aurais dû tout de suite aller voir le notaire, et pendant tout ce temps je n'étais pas sûre qu'il ne lui ait pas fait peur... ou même pire que ça. Elle était vieille et fragile et prenait facilement peur. Je ne parvenais pas à oublier tout ça. J'ignore comment Mr. Porlock a été mis au courant, mais il l'était.

Il nous a fait venir ici pour soutirer de l'argent à Jeffrey. Quand il a été poignardé, j'ai eu peur, mais je n'ai pas pensé que c'était Jeffrey. J'ai cru que c'était Mr. Carroll. Je pense que la plupart d'entre nous étaient de cet avis. Mais Jeffrey m'a dit qu'il croyait que c'était Mr. Tote. Il m'a vraiment donné l'impression que lui-même n'avait rien à voir avec ce meurtre. Il s'est rendu à mes raisons pour l'argent et m'a promis qu'il rendrait le testament. Il m'a dit qu'elle m'avait laissé cinquante mille livres et je lui ai dit qu'il pouvait les garder. J'ai voulu m'assurer qu'il ne changerait pas d'avis et j'ai écrit au notaire pour lui dire que nous avions trouvé un testament postérieur. Je suis allée à pied au village dimanche soir pour poster la lettre. Après avoir fait cela, plus rien ne m'importait. Je n'attendais plus que la réponse.

« Et puis, ce soir, il s'est passé quelque chose. Comme quand on se réveille, seulement au lieu de se réveiller après un cauchemar, c'était se réveiller en plein cauchemar. Cela s'est produit pendant que Mr. Carroll parlait. Je pense que c'était un homme mauvais et cruel. Il essayait de nous faire croire qu'il savait qui avait tué Mr. Porlock. Il n'arrêtait pas d'insinuer qu'il avait vu quelque chose au moment où la lumière était revenue. Je ne sais pas si c'était vrai ou non. J'ai regardé en direction de Jeffrey et j'ai vu ses pouces tressaillir. C'est alors que je me suis réveillée. C'est une réaction qu'il avait toujours eu quand il avait très peur. Mon père était très sévère avec lui. J'avais vu ses pouces s'agiter comme ça quand il allait se faire corriger à coups de canne. Je les avais vus bouger quand ma vieille cousine est morte. Il n'en est pas conscient. Quand j'ai regardé dans sa direction ce soir et que je l'ai remarqué, j'ai su ce que cela signifiait. Je ne pouvais pas ne pas savoir. Il fallait que je lui parle et que je lui dise que je savais, mais j'avais très peur.

« Quand nous avons traversé le hall, Mr. Carroll a

dit : “Il faut que je donne un coup de fil.” Il est entré dans le bureau. Jeffrey avait un air épouvantable. Il m’a quittée et est monté. Tous les autres étaient déjà partis. Je suis allée dans ma chambre, mais je ressentais le besoin de lui parler. Je suis ressortie et j’ai fait le tour de la galerie pour descendre dans l’autre couloir qui menait à sa chambre. Mais il n’y était pas. J’ai pensé qu’il était peut-être allé dans la salle de bains et j’ai attendu. J’ai laissé la porte entrouverte. Puis j’ai entendu une porte s’ouvrir et j’ai regardé dans le couloir. C’était la porte de la chambre de Mr. Porlock et j’ai vu Jeffrey en sortir. Je ne voulais pas qu’il s’aperçoive que je l’observais, alors je me suis reculée. Il ne m’a pas vue. Il est passé devant sa chambre et a descendu l’escalier de derrière. J’ai attendu un peu, puis je suis descendue à mon tour. J’ai pensé qu’il serait peut-être mieux que nous discutions en bas, où personne ne pourrait nous entendre ni se demander pourquoi nous parlions. Quand je suis arrivée en bas, la porte de la salle de billard était ouverte et il y avait un courant d’air froid qui soufflait. Tout était sombre, mais je suis entrée dans la pièce en tâtonnant. La fenêtre de gauche était ouverte. Je suis restée là un bon moment. Je me suis dit qu’il devait se passer quelque chose de bizarre, mais je ne savais pas ce que c’était. J’avais peur d’aller plus loin et j’avais peur de revenir en arrière. Et puis d’un seul coup, j’ai entendu des pas dehors, dans la cour et une sorte de crépitement. Un ou deux cailloux sont entrés par la fenêtre. Puis j’ai entendu Mr. Carroll ouvrir sa fenêtre de chambre. Il a crié : “C’est vous, Oakley ?” et je me suis demandée ce que Mr. Oakley pouvait bien faire là. Je me suis dissimulée derrière un rideau et j’ai regardé dehors. J’ai juste pu distinguer la silhouette d’un homme au milieu de la cour. Il a répondu : “La parole est d’argent, mais le silence est d’or... et vous pourriez y trouver votre compte. Si vous descendiez pour en discuter ?”

« Dès que je l'ai entendu parler, j'ai su qu'il s'agissait de Jeffrey. C'était presque un chuchotement, mais il n'y a pas à se tromper sur la voix de son propre frère. Je suis restée derrière le rideau. Mr. Carroll est descendu, en tâtonnant comme moi dans la pièce. Il est sorti par la fenêtre et s'est dirigé vers Jeffrey. Jeffrey a dit très vite : "Qu'est-ce qu'il y a derrière vous ?" Mr. Carroll s'est retourné et Jeffrey l'a frappé à la tête. Je n'ai pas pu voir ce qu'il tenait dans sa main. Il l'a frappé et Mr. Carroll est tombé. Il a crié le nom de Mr. Oakley et il est tombé. Après quoi il n'a plus fait ni un bruit ni un geste. Jeffrey a couru jusqu'à la fenêtre et il est entré. Il l'a refermée et il a tiré le rideau, tout cela dans le noir. J'ai cru qu'il allait me toucher et qu'il allait alors me tuer aussi, mais il a seulement tiré le rideau. Il est ressorti par la porte et il s'est dirigé vers le hall. Je ne sais pas ce qu'il est allé y faire, mais il est revenu presque immédiatement. Je l'ai entendu remonter par l'escalier de derrière. Je n'ai pas pu bouger pendant un certain temps. Je crois que j'ai perdu connaissance, parce que, quand j'ai retrouvé mes esprits, j'étais à moitié assise et à moitié agenouillée contre l'appui de la fenêtre et il y avait quelqu'un dans la cour avec une torche à la main. J'ai regagné le hall et je suis remontée dans ma chambre. J'ai enlevé ma robe et j'ai enfilé ma robe de chambre, parce qu'elle est plus chaude... mais je n'arrive pas à me réchauffer. »

37

L'enquête était terminée. Verdict : Jeffrey Masterman accusé d'homicide volontaire. Dispersion des invités de la Grange. Miss Masterman dans une maison de repos. Les Tote dans la demeure luxueuse et inconfortable où elle se sentait toujours comme une étrangère. Moira Lane dans le trois-pièces qu'elle partageait avec une amie. Miss Silver restait pour tenir compagnie à Dorinda jusqu'après les obsèques, puis elle regagnerait Londres elle aussi.

Le doute planait sur les projets de Dorinda. Elle pouvait retourner au Club des Bruyères et chercher un autre emploi. Mais d'autre part, pourquoi ferait-elle ça ? Deux meurtres et un héritage qu'elle n'avait pas la moindre intention de garder ne changeaient rien au fait qu'elle était la secrétaire de Mrs. Oakley. Elle aborda ce point avec Moira Lane qui se contenta de faire un rond de fumée et de répondre :

— C'est tout à fait vrai. — Puis elle ajouta en riant : — Demandez à Justin !

C'est ce que fit Dorinda. Enfin, les choses ne se passèrent pas exactement de cette manière. Elle lui dit simplement que bien sûr, elle ne voyait aucune raison de ne pas retourner chez les Oakley, et il répondit : « Quelle idée ! » et quitta brusquement la pièce. Il ne claqua pas la porte parce qu'au même moment Pearson entrait en portant le plateau de thé, mais Dorinda eut l'impression que si ce n'avait pas été le cas, il l'aurait probablement claquée, et assez violemment. Après le thé, elle se rendit à pied jusqu'à la Ferme du Moulin et Doris l'introduisit dans le boudoir rose où les Oakley venaient de prendre leur thé. Doris emporta le plateau. Martin Oakley lui serra la main et se retira discrètement. Elle se retrouva en tête à tête avec Linnet, vêtue d'un de ses déshabillés roses, à demi allongée sur le divan garni de coussins roses et bleus. Dorinda se dit qu'elle ressemblait à une poupée de porcelaine de Dresde, un peu défraîchie mais visiblement en train de se ragaillardir. Elle n'était plus marquée au sceau de la tragédie qui convenait si mal à son genre de beauté. Sous ses yeux couleur de myosotis, les cernes étaient moins profonds. Une légère couleur naturelle transparaissait sous le fond de teint délicat. Elle se montra affectueuse et presque chaleureuse. Elle garda la main de Dorinda pendant un long moment tout en la regardant avec des yeux humides et en lui disant que tout cela avait vraiment été trop affreux.

Dorinda acquiesça et alla droit au but.

— Je peux revenir n'importe quand maintenant...

C'est seulement alors qu'elle lui lâcha la main. Un mouchoir bordé de dentelle fit son entrée en scène. Tout en se tamponnant les yeux, Mrs. Oakley murmura que tout cela était tellement difficile.

— Vous ne voulez pas que je revienne ?

Elle se tamponna les yeux de plus belle.

— Oh, ce n'est pas ça...

— Vous ne voulez pas me dire ce que c'est ?

Cela prit un certain temps. Cela rappela à Dorinda quand on essayait d'attraper un oiseau avec une aile blessée... juste au moment où on croyait enfin le saisir, il s'éloignait d'un battement d'ailes et tout était à recommencer. Mais elle arriva à ses fins. Il y eut des tas de « Martin pense » et de « souvenirs pénibles » et une belle envolée sur « le passé mort et enterré ». Mais cela revenait à dire, en termes simples et brutaux que Linnet Oakley ne se serait jamais permis d'employer, que Dorinda en savait trop. Il y eut des sanglots étouffés, quelques légers hoquets et maints tamponnements d'yeux, mais ça se réduisait à cela.

— Nous allons, bien sûr, immédiatement nous marier à nouveau et personne n'aura besoin de le savoir. L'inspecteur de Scotland Yard nous l'a promis, à moins que ce ne soit nécessaire pour le procès contre l'assassin. Et ça ne peut pas être le cas, n'est-ce pas ? Aussi, comme le dit Martin, il s'agira seulement de recommencer la cérémonie, et après nous oublierons toute cette histoire. Je suis sûre que vous pouvez comprendre ça. Vous voyez, ça a été vraiment affreux, parce que j'ai pensé que c'était peut-être Martin qui était le coupable... pas pour Mr. Carroll, naturellement, mais pour Glen. Et Martin, de son côté, pensait que c'était peut-être moi, ce qui était très, très bête de sa part, parce que je n'en aurais jamais eu la force, sans parler de la méchanceté. Et puis, vous savez, il y a eu une époque où j'ai beaucoup, beaucoup aimé Glen... vraiment beaucoup... et je n'aurais jamais pu lui faire de mal. Je ne peux pas dire ça à Martin, parce qu'il est d'un naturel très, très jaloux... c'est pour cela que j'avais si peur.

Elle se tamponna une dernière fois les yeux et tendit la main vers son poudrier.

— Il ne faut pas que je pleure... ça me donne une tête épouvantable. Et je devrais plutôt être heureuse... de la manière dont ça s'est terminé, je veux dire... que ce ne soit pas Martin. Parce que, si ça avait été... — Elle laissa tomber la main qui tenait le poudrier. Ses yeux bleus s'emplirent à nouveau de larmes. Les sanglots lui nouèrent de nouveau la gorge. — Quand on a été amoureuse de quelqu'un et qu'on a été mariée avec lui, on ne peut pas ressentir la même chose que si c'était quelqu'un d'autre. Et j'étais vraiment amoureuse de Glen... qui ne l'aurait pas été ? Il avait... quelque chose, vous voyez, et pourtant il n'était même pas gentil avec moi quand nous nous sommes retrouvés sans argent. Et puis il est parti, sans même s'occuper si je mourais de faim ou non... et c'est presque ce qui est arrivé. Mais il avait un tel charme...

Dorinda se souvint de sa Tante Mary lui disant sur son lit de mort d'une voix où perçait l'amertume : « Ça ne sert à rien de chercher des explications. Je me suis conduite comme une imbécile... mais il avait un tel charme. » Il n'existait pas au monde deux femmes plus dissemblables que ces deux-là, et pourtant, elles avaient une chose en commun... ni l'une ni l'autre n'avait jamais su dire non à l'homme qu'était Glen Porteous et Gregory Porlock.

— A votre place, je cesserais de penser à tout cela, fit-elle d'une voix douce et apaisante. Et puis, vos yeux vont redevenir rouges. Vous ne m'avez toujours pas dit si vous vouliez que je revienne. Je ne pense pas que ce soit le cas, mais il vaut mieux que les choses soient claires, vous ne croyez pas ?

Mrs. Oakley se tamponna les joues avec sa houppe à poudre et répondit : « Oh, si. »

— Vous comprenez, il faut que je sois fixée, pour savoir si je dois chercher un autre emploi.

Linnet la contempla avec étonnement.

— Mais, Glen vous a laissé toute sa fortune.

— Il n'y a pas tant que ça et de toute façon, je ne peux pas la garder. Tout ce que je désire savoir, c'est si vous voulez de moi... et je ne le pense pas.

Il s'avéra qu'elle avait raison.

— Non pas parce que nous ne vous aimons pas ou quoi que ce soit. Mais voyez-vous, vous *savez,* et nous ne pourrions jamais oublier que vous savez, et je ne crois pas que nous puissions le supporter... alors, si cela ne vous dérange pas...

Dorinda revint à la Grange et informa Justin Leigh qu'elle se trouvait sans emploi.

— Je vais retourner au Club des Bruyères et commencer à chercher. J'ai touché un mois de salaire et comme je n'ai pas remué le petit doigt pour le gagner, ce n'est pas si mal. Dans un sens, c'est un soulagement que les Oakley ne veuillent pas me reprendre, parce que je pense qu'il sera mieux d'aller dans un endroit où personne n'a jamais entendu parler de l'Oncle Glen. C'est idiot de ma part, mais c'est ainsi que je le ressens.

Mr. Leigh, étendu de tout son long dans le plus confortable des fauteuils du bureau, ne leva la tête ni n'ouvrit complètement les yeux. Il aurait fort bien pu sommeiller, mais Dorinda était absolument persuadée que ce n'était pas le cas. Après quelques instants, il murmura d'un ton interrogateur :

— Proclamation d'Indépendance ?

Elle répondit d'un ton digne :

— Miss Silver et moi pouvons repartir à Londres demain après le petit déjeuner.

— Oui, il vaut mieux déjeuner d'abord. Ne jamais voyager le ventre vide.

— Ce n'était pas mon intention. Bon, je monte faire mes bagages.

Il ouvrit suffisamment les yeux pour qu'elle voie qu'ils souriaient.

— Tu n'as pas besoin de six ou sept heures pour faire tes bagages. Viens me parler.

— Je ne crois pas en avoir envie.

— Réfléchis bien. Réfléchis à toutes les choses auxquelles tu penseras plus tard en souhaitant me les avoir dites. Si tu n'es pas capable d'y penser toute seule, je ferai preuve de grandeur d'âme et saurai me dévouer. — Le sourire avait gagné ses lèvres. — Approche-toi, chérie, et détends-toi. — Il tendit le bras et approcha un autre fauteuil qu'il accola au sien.

— Il faut reconnaître que feu Gregory Porlock s'y entendait pour choisir une maison avec de bons fauteuils. Et qu'avons-nous fait pendant des journées entières ? Nous sommes restés assis, les fesses posées sur le bord, tendus comme des cordes de violon, à parler avec des policiers ! Ce n'est pas une manière de traiter de bons meubles. Approche-toi et raconte-moi tout sur ton nouveau boulot.

Dorinda se sentit faiblir. Elle eut l'horrible conviction qu'elle faiblirait toujours quand Justin la regarderait ainsi. Seulement il n'y aurait plus beaucoup d'autres occasions, puisqu'ils allaient tous deux reprendre le travail, et ils ne se verraient plus aussi souvent.

Elle s'approcha et s'installa dans le fauteuil. A peine se fut-elle assise qu'elle réalisa que c'était une erreur. Il est beaucoup, beaucoup plus facile d'afficher sa fierté et son indépendance lorsqu'on se tient debout. Un fauteuil moelleux et confortable a un effet affreusement amollissant. Au lieu de s'enflammer à l'idée de pouvoir subvenir à ses besoins et préserver son indépendance, elle eut une intuition de la vie désespérément morne et banale qu'elle allait mener. Et comme si cela ne suffisait pas, des images et des souvenirs qu'elle était fermement résolue à bannir de son esprit affluèrent en force. Le moment où, samedi soir dans le hall, Justin avait passé son bras autour d'elle, mais bien sûr ça ne voulait rien dire parce qu'ils étaient cousins et que quelqu'un venait d'être assassiné. Et le moment, qui la remplissait vraiment de honte, où elle avait enfoui son visage dans son manteau et où elle s'était accrochée à lui de toutes ses forces. C'était quand la police était en train d'arrêter Jeffrey Masterman et qu'il s'était dégagé et avait couru vers la fenêtre du fond pour essayer de sauter. Les bruits horribles de la lutte... les piétinements et les chaussures des hommes glissant sur le parquet ciré, les éclats de voix, le bruit de verre brisé, tout cela lui revenait en mémoire comme la bande sonore d'un film. Justin s'était dégagé et était allé leur prêter main-forte. Elle se sentait encore toute confuse de penser qu'il lui avait fallu la repousser. C'est pourquoi il ne fallait pas qu'elle se laisse aller maintenant.

Sa main abandonna le bras du fauteuil et vint lui caresser la joue.

— Tu ne te détends pas du tout... tu es toute raide, un vrai paquet de nerfs. Qu'est-ce qui ne va pas ?

Dorinda répondit simplement : « Je crois que je suis fatiguée. » Elle l'entendit rire doucement.

— Sans doute. Et c'est naturellement une excellente raison pour rester assise raide comme un bout de bois.

— Je suis toujours comme ça quand je suis fatiguée. S'il te plaît, Justin, laisse-moi partir !

— Dans une seconde. Déplace-toi un peu, que je puisse passer mon bras autour de toi... Voilà, c'est mieux comme ça ! Et maintenant, écoute-moi ! J'envisage de me marier.

Elle ne put s'empêcher de sursauter. Mais après ce mouvement incontrôlé, quelque chose se déversa en elle... un flot de sensations qui l'emportèrent loin de toutes ces choses qui la perturbaient. Elles semblaient avoir perdu toute importance... elles étaient englouties et entraînées par ce flot. Elle ne savait pas ce qu'étaient ces sensations. S'il s'agissait d'une souffrance, cela ne faisait pas encore mal. Pour l'instant, elle avait seulement l'impression que plus rien d'autre ne lui importait.

Elle se tourna pour pouvoir le regarder.

— C'est Moira Lane ?

— Tu aimerais que ce soit elle ?

— Si cela devait te rendre heureux...

— Non, je ne pense pas. De toute façon, elle ne m'accepterait pas, quand bien même on me donnerait à elle.

— Qu'en sais-tu ?

— Je ne crois pas qu'elle aime prendre ce qui appartient à autrui.

Il n'était pas conscient de l'incongruité de ses paroles. Mais, quoi qu'il en soit, c'était la vérité. Moira avait volé un bracelet, mais jamais il ne lui viendrait à l'esprit de jeter son dévolu sur un homme qui appartenait à quelqu'un d'autre. La nature humaine était décidément d'une bizarre incohérence.

— C'est une autre ? demanda Dorinda. — Puis sans attendre de réponse : — Qui est-ce, Justin ?

Elle le regardait bien en face. Le bras de Justin avait glissé de ses épaules. Il lui prit les mains et demanda :

— Tu ne crois pas que ce serait bien ? J'ai vu un appartement qui ferait l'affaire. J'ai de quoi le meubler. Cela t'amuserait de m'aider à choisir la moquette et les rideaux ? Toutes les affaires de ma mère sont au garde-meuble, mais tout doit être bien délabré. Je prendrai une journée de congé et nous irons voir s'il y a quelque chose à récupérer.

— Qui vas-tu épouser ?

— Je n'ai pas encore fait ma demande, chérie.

— Et pourquoi ?

— J'avais le sentiment qu'il valait mieux ne pas mélanger cela avec des policiers, des enquêtes et des enterrements.

— Mais les obsèques sont terminées, fit Dorinda.

— C'est bien ce que j'étais en train de me dire. Veux-tu m'épouser ?

— Tu veux bien ?

— Oh, Dorinda !

Elle vit ses yeux humides de larmes. Cela lui fit quelque chose. Il lui tenait toujours les mains. Soudain il bondit hors de son fauteuil, l'entraînant avec lui, et la prenant dans ses bras. C'est seulement lorsqu'il lui lâcha les mains qu'elle réalisa à quel point il les avait tenues serrées. Elles étaient toutes raides et engourdies. Elle les posa sur l'étoffe rêche de son manteau pour le tenir à distance. Mais elle ne sentait pas que l'étoffe était rêche. Elle le savait mais elle ne sentait rien tellement ses mains étaient engourdies. Tout en le maintenant à distance, elle lui dit ce qu'elle estimait devoir lui dire.

— Je ne suis pas la femme qu'il te faut... je l'ai toujours su. Je ne m'y connais pas suffisamment pour savoir comment les choses doivent être faites. Tu devrais épouser quelqu'un comme Moira. J'ai cru que tu allais l'épouser... je l'ai cru pendant longtemps.

— Réfléchis bien, ma douce enfant. Réfléchis bien pour pouvoir accepter. T'ai-je dit que je t'aimais ? C'est vrai, tu sais. Cela fait des mois que je le sens venir. J'ai cru que tu comprendrais quand je t'ai offert la broche de ma mère.

Elle écarquilla les yeux.

— J'ai cru que tu avais un petit faible pour moi...

Il eut un rire nerveux.

— Je me suis laissé prendre au jeu. Veux-tu jouer avec moi ? Dorinda...

Elle laissa retomber ses mains et leva la tête comme une enfant.

— Si tu veux bien de moi.

38

Après dîner, ce soir-là, quatre personnes s'installèrent confortablement autour du feu allumé dans le bureau. Frank Abbott était le quatrième. L'inspecteur principal était parti, le laissant régler les derniers détails et il avait accepté avec empressement une invitation à passer la nuit à la Grange. Le lendemain, chacun repartirait de son côté. Mais ce soir ils étaient paisiblement assis autour du feu et devisaient comme de vieux amis. Tout sentiment de tension s'était envolé. Les vieilles demeures ont été témoin de bien des naissances et bien des décès, de nombreuses histoires d'amour, de bien des joies et des peines et de nombreux exemples du bien et du mal que pouvaient accomplir les hommes. En un peu plus de trois siècles, cette demeure avait connu tout cela. Gregory Porlock et Leonard Carroll s'étaient fondus dans le passé. Pour la maison, ils ne représentaient pas plus que Richard Pomeroy qui avait poignardé un domestique en l'an 1650 et fut pendu pour ce crime sous le Protecteur[1], ou Isabel Scaife qui avait épousé James Pomeroy quelque cinquante ans plus tard et s'était jetée par la fenêtre de cette même chambre qu'avait occupée Leonard Carroll. On n'a jamais élucidé les raisons de ce geste. Elle était tombée sur les pavés de la cour et

1. Oliver Cromwell.

avait été relevée morte. On regarda James Pomeroy de travers, mais il mourut dans son lit et c'est son propre fils, connu sous le nom du bon sir James, qui fut à l'origine d'une fondation destinée à fournir un logement et des vêtements décents à douze paroissiennes et douze paroissiens âgés, avec de la nourriture en quantité suffisante pour satisfaire leurs besoins « pour aussi longtemps qu'ils vivront, et une sépulture décente après leur mort ».

Il y avait d'autres histoires, mélange de bien et de mal... d'hommes pour qui leur propre vie ne comptait guère, et qui la risquaient au combat, ou se sacrifiaient pour ramener sain et sauf un camarade blessé ; d'hommes qui péchaient et d'hommes qui souffraient ; d'hommes qui répandaient des bienfaits et d'hommes qui répandaient le mal ; d'hommes qui mouraient dans le dérèglement à l'étranger ou pieusement dans leur lit. La maison leur avait survécu à tous. Gregory Porlock et Leonard Carroll n'avaient aucune importance. La maison les oublierait.

Le feu flambait gaiement. La pièce était chaude et confortable. Miss Silver avait terminé sa brassière et en avait commencé une autre. Une ruche rose pâle de deux centimètres garnissait les aiguilles. Elle regardait Justin et Dorinda avec un sourire bienveillant. Rien ne lui faisait plus plaisir que de voir des jeunes gens heureux.

Elle dirigea son regard sur Frank, et rencontra le sien, froid et légèrement cynique.

— Eh bien, révérée préceptrice, quel sera notre prochain sujet de méditation ?

— Mon cher Frank ! Que voulez-vous que je vous dise ?

Le regard cynique se transforma en un sourire charmeur.

— Ce que vous voulez.

Elle lui rendit son sourire, mais de manière fugitive. C'est d'un ton grave qu'elle dit :

— Je ne vous demanderai pas de divulguer des secrets, mais comme Mr. Masterman a comparu ce matin devant le juge d'instruction qui l'a inculpé du meurtre de Leonard Carroll, je présume qu'il n'y a pas eu assez d'éléments pour l'inculper de celui de Gregory Porlock, bien qu'il soit évident qu'il ait commis les deux.

Frank hocha la tête.

— Les empreintes digitales que vous nous avez indiquées et la trace de peinture lumineuse sur le bord de sa manche de veston sont les seuls éléments que l'on peut qualifier d'indices dans l'affaire Porlock, et un bon avocat les réduirait à néant. Il aurait fort bien pu poser la main sur la tablette de la cheminée sous une douzaine de prétextes innocents. Il aurait pu toucher la boiserie de l'escalier pendant la charade. Ils ont tous descendu l'escalier, ont tourné au pilastre et ont traversé le faisceau lumineux vers le fond du hall. Cette empreinte de main gauche est située juste à l'endroit où il quittait la zone lumineuse pour retourner dans l'obscurité. C'était une réaction très naturelle que de tendre la main pour toucher le mur.

Miss Silver toussota.

— Mais dans ce cas, la main aurait été dirigée vers le fond du hall. Or, l'empreinte était, si je ne me trompe, presque verticale et légèrement orientée dans l'autre sens... comme en fait on devait s'attendre à la trouver si, comme je l'ai suggéré, Mr. Masterman avait traversé le hall dans l'obscurité à partir du foyer, une main étendue devant lui pour savoir quand il allait rencontrer l'escalier. Je m'attendais à trouver une empreinte de main gauche, car la main droite devait être prête à utiliser le poignard.

Frank hocha de nouveau la tête.

— Oh, c'est bien ce qui s'est passé. Mais nous ne pouvions nous présenter devant un tribunal avec seulement cela. Un bon avocat n'aurait fait qu'une bouchée de notre argumentation. Mais pour Carroll, nous le tenons... je crois qu'il n'y a pas de doute. Ses empreintes sur le récepteur de la chambre de Porlock et sur la porte et la fenêtre de la salle de billard, et surtout la déposition de miss Masterman...

— Je suis vraiment affreusement désolée pour elle, fit vivement Dorinda.

Miss Silver lui adressa un regard plein de douceur.

— Elle avait vécu des moments horribles. Je crois qu'il est hors de doute qu'elle soupçonnait son frère d'avoir causé la mort de leur vieille cousine. Pas nécessairement par poison ou par violence physique. Elle n'était pas, si j'ai bien compris, en état de supporter une frayeur ou un choc quelconque. Je pense que miss Masterman craint qu'elle n'ait pris peur et qu'elle n'en soit morte. Cela a dû être terrible pour elle de ne pouvoir se débarrasser de cette idée, sans parler de la subtilisation du testament, qui, en réalité, ne lui rapportait rien, puisqu'elle recevait la même somme d'après le testament qui vient d'être retrouvé. Je ne puis m'empêcher de me demander combien de temps miss Masterman aurait survécu si la culpabilité de son frère n'avait pas éclaté au grand jour. Supposons que Mr. Oakley ait été arrêté. Supposons qu'elle ait gardé le silence... je ne crois pas qu'il lui aurait été possible de dissimuler à son frère son remords et sa détresse. Et il aurait pris conscience du danger qu'elle lui faisait courir si elle devait s'effondrer, comme ce fut en fait le cas. Il venait de tuer deux hommes. Croyez-vous qu'il aurait hésité à tuer de nouveau ? Je pense que nous nous serions trouvés devant un suicide très convaincant. Je suis persuadée que miss Masterman a sauvé sa propre vie quand sa conscience l'a poussée à agir plutôt que de voir arrêter un innocent.

Justin haussa les sourcils.

— Je me demande si elle estime que cela valait la peine de la sauver.

Les aiguilles de miss Silver accélérèrent leur rythme.

— Je regrette de ne pas être d'accord avec vous sur ce point, Mr. Leigh. Une vie vaut toujours la peine d'être sauvée. Miss Masterman a une conscience intègre. Elle a de bons principes religieux. Elle va avoir une grosse fortune. On peut l'encourager à reporter ses espoirs sur le bien qu'elle pourra faire. Elle aura des moments très pénibles à traverser, mais je tâcherai de rester en contact avec elle. Je crois qu'elle s'en sortira et qu'elle reprendra goût à la vie en représentant l'espoir pour d'autres. Je ferai de mon mieux pour l'encourager. Vous savez, comme le dit Lord Tennyson :

« Personne, respirant avec un souffle humain.
N'a jamais réellement aspiré à la mort. »

Justin se retenait visiblement.

— Réminiscences de la grande utopie victorienne où l'élite culturelle faisait accroire que tout allait pour le mieux dans le meilleur des mondes possibles.

Miss Silver émit un toussotement réprobateur.

— C'est une époque qui a produit de grands hommes et de grandes femmes. N'oubliez pas, je vous prie, ceux qui ont œuvré sans trêve pour l'amélioration des conditions sociales qui commence à se concrétiser. Mais, pour en revenir à l'aphorisme de Lord Tennyson, je ne crois pas que la confiance et l'espoir puissent être dissociés de la vie, et là où ils subsistent, aussi faiblement soit-il, ils peuvent être ranimés. Seule leur totale extinction pourrait provoquer un réel désir de la mort.

Une lueur de sincère admiration brillait dans le regard froid de Frank. Maudie, si pratique, si déterminée, si intelligente, si collet monté, si douce, d'une moralité si inflexible... chacune de ces facettes le ravissait. Il lui envoya du bout des doigts un baiser effronté et affectueux en disant :

— Vous ne pouvez pas savoir comme je me sens bien quand nous sommes ensemble sur une affaire. Mon moral remonte en flèche. Mais continuez à nous raconter. Il y a des tas de choses que j'aimerais savoir et la plupart ne seront pas abordées pendant le procès. — Il se tourna vers Justin. — Strictement entre nous, je suis prêt à vous révéler quelque chose de hautement confidentiel.

Il baissa la voix et souffla dans un murmure : « Elle sait tout. »

— Mon cher Frank !

Il hocha la tête avec emphase.

— Ne vous occupez pas d'elle. Elle a été élevée dans le respect de la modestie... un défaut bien victorien. Vous pouvez me croire si je vous dis que pour elle la race humaine évolue derrière une vitre. Elle regarde à travers la vitrine et voit l'arrière des locaux, et elle réussit à détecter le squelette dans le placard. Alors, la prochaine fois que vous envisagez de commettre un crime, prenez soin de vous tenir à distance. Vous êtes prévenu. C'est uniquement grâce au fait que ma conscience est parfaitement pure que je puis affronter son regard.

Miss Silver tira sur sa pelote rose pâle.

— Mon cher Frank, j'aimerais vraiment que vous arrêtiez de raconter des bêtises. Dites-moi, que voulez-vous que je vous explique ?

— Eh bien, j'aimerais énormément savoir si Carroll bluffait... tout son boniment sur ce qu'il prétendait avoir vu quand la lumière est revenue. Il n'y a pas de doute qu'il était remarquablement placé. Du haut de l'escalier... enfin, à trois marches du haut... ce qui revient à peu près au même, il avait une vue plongeante sur tous ceux qui étaient autour de l'âtre. Et s'il y avait quelque chose à voir, il n'aurait pas pu le rater. Mais y avait-il quelque chose à voir ? Et si oui, quoi donc ?

Miss Silver toussota pensivement.

— Je pense qu'il y avait quelque chose. J'ai réfléchi. Il n'y a aucune chance que Mr. Carroll ait pu voir le coup de poignard ou la suppression des empreintes du manche de l'arme. Après avoir entendu Mr. Porlock pousser un cri et s'affaisser, il a fallu à Mr. Leigh repousser miss Dorinda contre le mur puis le longer en tâtonnant jusqu'à la porte d'entrée pour pouvoir rallumer. L'assassin avait largement eu le temps d'essuyer le manche du poignard et de s'éloigner de la proximité du corps. Je pense qu'il y a une seule chose que Mr. Carroll ait pu voir. En poignardant Mr. Porlock, la manche de veston de Mr. Masterman est entrée en contact avec la peinture phosphorescente dont il avait marqué sa victime. Il n'a pas pu le remarquer avant d'avoir gagné l'emplacement où il avait l'intention de se trouver au moment où les lumières reviendraient. Mais une fois arrivé, il aurait pu très naturellement jeter un coup d'œil à sa main et à son bras et distinguer dans l'obscurité une légère lueur causée par la présence de la tache de peinture. Il aurait pu instinctivement essayer d'enlever cette tache. Si la lumière est revenue au moment où il frottait le bord de sa manche, peut-être est-ce ce que Mr. Carroll a vu et je pense qu'il était trop intelligent pour ne pas en tirer ses propres déductions. Vous vous souvenez que par la suite, Mr. Masterman a saisi l'occasion de se frotter contre miss Lane qui avait un peu de peinture sur l'épaule, et qu'il n'a pas manqué d'attirer l'attention de tout le monde sur le fait qu'il avait taché son poignet. Or, cette tache était juste au bord de la manche et nulle part ailleurs. Il doit être extrêmement difficile de se faire ce genre de tache uniquement en effleurant une dame... tellement difficile que je ne puis croire que cela se soit passé ainsi. Alors qu'il serait, il me semble, extrêmement difficile pour un homme de plonger un poignard jusqu'à la garde au milieu d'une tache lumineuse sans attraper un peu de peinture sur le bord d'un poignet de chemise ou d'une manche de veste. J'ai demandé à tout le monde s'ils avaient remarqué quelque chose de particulier à propos du veston de smoking de Mr. Masterman. Quatre personnes, y compris Mr. Leigh, avaient remarqué que les manches étaient trop longues et qu'elles cachaient pratiquement les poignets de chemise. Cela expliquerait que la tache ait uniquement été sur le veston.

— C'est fort intéressant, miss Silver, fit Justin Leigh, mais si Carroll pensait que Masterman était l'assassin, pourquoi ne le faisait-il pas chanter, plutôt que de s'attaquer à Oakley ?

Miss Silver secoua la tête. Peut-être cela laissait-il entendre que l'élève n'était pas aussi vif qu'elle l'espérait.

— Avez-vous eu l'impression que Mr. Carroll était courageux ? Ce n'est pas du tout l'impression qu'il m'a donnée.

Justin eut un petit rire.

— Oh, non.

— Je ne pense pas qu'il se soit risqué à s'attaquer à quelqu'un qu'il savait être un assassin. Il ne serait certainement jamais allé rencontrer Mr. Masterman dans cette cour déserte. Mais pour Mr. Oakley, c'était différent. Comme tout le monde, Mr. Carroll avait vu Mrs. Oakley à genoux près du corps et l'avait entendue l'appeler Glen. Il pouvait difficilement ne pas deviner l'état d'esprit de Mr. Oakley ou ne pas soupçonner qu'il devait avoir terriblement peur que sa femme n'ait trempé dans ce crime. Il était prêt à jouer sur ces craintes. Il a téléphoné, a lâché quelques insinuations perfides et a raccroché. Lorsque Mr. Oakley l'a rappelé pour lui dire qu'il arrivait, Mr. Carroll a dû s'imaginer qu'il avait partie gagnée. Que son but ait été le chantage est pratiquement certain d'après les paroles surprises par Mrs. Tote quand Masterman, se faisant passer pour Oakley, a dit : « Vous pourriez y trouver votre compte. Si vous descendiez pour en discuter ? » Mr. Carroll s'est contenté de rire et est descendu. Ce fut son moment de triomphe. Mais le triomphe des méchants est de courte durée.

— Oui, fit Justin, vous avez raison... cela a dû se passer ainsi. C'est très convaincant. Tout concorde. Eh bien, nous nous séparons tous demain, mais j'espère que ce ne sera qu'un au revoir. Vous viendrez nous voir quand nous serons mariés ?

Elle lui adressa son plus charmant sourire.

— C'est un plaisir dont je me réjouis à l'avance et que j'attends avec impatience. Il est toujours délicieux d'attendre quelque chose. Comme le dit Lord Tennyson :

« Qu'il est triste de toucher au terme, d'achever quel-
[que chose,
De rouiller en perdant son poli et l'éclat que confère
[l'usage. »

Un silence respectueux s'établit. Dorinda esquissa un timide sourire, mais Frank Abbott se montra à la hauteur de la situation. Sa voix était rieuse, mais recelait une affection sincère. Il se pencha et couvrit de baisers la main de miss Silver, les aiguilles à tricoter et tout le reste.

— Ne vous inquiétez pas, dit-il, l'or ne rouille pas.

ACHEVÉ D'IMPRIMER SUR LES PRESSES
DE COX & WYMAN LTD. (ANGLETERRE)

Nº d'édition : 2305
Dépôt légal : août 1993
Imprimé en Angleterre